古典詩歌研究彙刊

第三六輯

龔鵬程 主編

第 **3** 冊

宋代詩文中的羹詩研究
——以陸游的作品為例

廖 彤 萱 著

國家圖書館出版品預行編目資料

宋代詩文中的羹詩研究——以陸游的作品為例／廖彤萱 著 --
初版 -- 新北市：花木蘭文化事業有限公司，2024〔民 113〕
目 4+196 面；17×24 公分
（古典詩歌研究彙刊 第三六輯；第 3 冊）
ISBN 978-626-344-783-7（精裝）
1.CST：（宋）陸游 2.CST：宋詩 3.CST：詩評
820.91   113009354

ISBN-978-626-344-783-7

9 786263 447837

古典詩歌研究彙刊
第三六輯 第 三 冊   ISBN：978-626-344-783-7

宋代詩文中的羹詩研究
——以陸游的作品為例

作　　者　廖彤萱
主　　編　龔鵬程
總 編 輯　杜潔祥
副總編輯　楊嘉樂
編輯主任　許郁翎
編　　輯　潘玟靜、蔡正宣　美術編輯　陳逸婷
出　　版　花木蘭文化事業有限公司
發 行 人　高小娟
聯絡地址　235 新北市中和區中安街七二號十三樓
　　　　　電話：02-2923-1455／傳真：02-2923-1452
網　　址　http://www.huamulan.tw 信箱 service@huamulans.com
印　　刷　普羅文化出版廣告事業
初　　版　2024 年 9 月
定　　價　第三六輯共 4 冊（精裝）新台幣 8,000 元

宋代詩文中的羹詩研究
——以陸游的作品為例

廖彤萱　著

作者簡介

廖彤萱，女性，臺中人，目前擔任國小教師，畢業於彰化師範大學國文學系碩士班，研究方向為古典文學，碩士論文為《宋代詩文中的羹詩研究——以陸游的作品為例》，希望將來有機會繼續往古典文學方面深入鑽研。

提　　要

　　陸游的詩作數量是歷代文人中最多的，除了數量之外，他的作品風格相當鮮明，而且可以大致按照他的人生經歷分期，以詩作風格分為愛國詩及閑適詩，飲食詩歸在閑適詩的範圍，而本篇論文則是選擇飲食中的羹湯作為研究範圍，剖析羹湯給陸游帶來的身體及心理療癒效用。

　　其中陸游的羹詩有 164 首，繼承宋代繁盛的飲食文化以及宋代文人在創作上「化俗為雅」的風氣，創作轉向生活日常，細品生活的細微滋味。光是陸游筆下的羹湯就可以分為五穀羹、菜羹、肉羹及其他，其中更以菜羹居多，有超過半數，而肉羹數量較少，因此可知陸游歸返山陰之後，他的生活可能較為清貧，或者他在晚年的生活上偏重較養生的素食，並不會太過強調山珍海味。

　　羹詩中寄託陸游不同的情感，對於政治的期待、對於辭官歸隱的惆悵以及對平靜生活的渴望，除了這些主題外，詩人使用不同的體裁、修辭手法以及押韻，來強調羹湯帶給他的轉變，讓他的心情由低落到高昂，由悶悶不樂轉而面對現實生活，能以更開闊的胸襟與大自然合而為一，這即是他筆下的羹詩所達到的最高境界。

誌　謝

　　這篇論文的完成要很感謝我的指導教授，周益忠教授在我撰寫論文的過程中給予我極大的幫助，包含論文題目的調整、論文架構、以及可以研究的方向，並且提供我許多參考書目來充實論文內容，讓我於其中受益良多，若是沒有老師得傾囊相授，這篇論文是無法如此順利地完成。

　　除了指導教授之外，還有彰師大歷史所的陳文豪所長也提供我有關宋代飲食的參考書目，為我完善宋代市民文化及飲食文化的那一章節提供相當大的參考。也感謝黃儀冠老師、張瑋儀老師在這篇碩士論文的口考過程中給予我相當的建議，讓我可以把這篇論文修改得更加完善。還要感謝佳賢學長，在我寫論文的過程中給予我相關技術性的建議，讓我不至於手忙腳亂，無所適從，我也感謝那些在我這三年讀碩士班過程中幫助過我的人，過程中有過痛苦也有過歡樂，這些都將化為人生中的經驗，讓我更加茁壯。

　　最後要感謝我的家人，感謝他們在我撰寫論文時一直在背後默默地支持我，讓我有足夠的動力繼續走下去，謹將此論文獻給我的家人。

廖彤萱謹誌於

國立彰化師範大學國文學系

中華民國 110 年 7 月

目

次

第一章　緒　論

　　宋代在中國歷史上是一個商業極其繁榮的朝代，剛好介於中國二千年歷史的中間，繁榮程度勝過當時世界上的其他國家，在文化發展上達到極高的水平，可以從張擇端（1085～1145）的〈清明上河圖〉〔註1〕及孟元老（？～？）的《東京夢華錄》〔註2〕、吳自牧（？～？）的《夢粱錄》〔註3〕窺見一斑，且宋代在飲食方面也有相當大的成就，承繼唐代的飲食方式，宋代藉由市民文化的興盛將飲食推向高峰，除了市民文化之外，宋型文化也有舉足輕重的地位，對當時的宋人而言，飲食不只是一種必要的生存方式，而是精神層次的提昇。

　　當時許多文人在作品中提及飲食，創作許多飲食詩，這裡的飲食不同於茶酒，茶酒是興盡而發，飲食除了美味之外，更寄託文人的理想與抱負，所以文人創作的飲食詩不只是表達食物的味道，在味道之外有更深層的意涵。

　　能用飲食詩來抒發理想的前提，在於當時代飲食文化的興盛，事實上在唐代已經出現飲食詩的雛型，但尚未發展興盛，原因可能是當

〔註1〕由北宋張擇端所繪，長餘五公尺，全圖分農村及市集兩大部分，描繪北宋汴京城及汴河兩岸的景況，內容栩栩如生，為中國十大傳世名畫之一。

〔註2〕孟元老著，鄧之誠注，楊家駱編：《東京夢華錄》，世界書局，1988年11月三版。

〔註3〕吳自牧著，周游譯註：《夢粱錄》，二十一世紀出版社，2018年3月。

時唐朝都城的地理位置以及商業活動沒有那麼發達，商業發展可帶動人民生活，進而讓文化發展更迅速。飲食呈現出當時代的文化特色，飲食的豐富與當時文化有密不可分的關聯，唐代由於胡漢融合，引進許多源自北方、西域的事物，對於後來的宋代有承先啟後的作用，《東京夢華錄》中出現許多北方麵食、胡餅可能自唐代延續而來，有關唐代飲食，前人寫過《唐宋詩詞中養生作品研究》〔註4〕、《唐代飲食文化研究》〔註5〕，可供參考。

第一節　研究動機

> 死去元知萬事空，但悲不見九州同。王師北定中原日，家祭無忘告乃翁。〔註6〕

這是筆者接觸到陸游的第一首詩，據說也是陸游人生中的最後一首詩作，陸游（1125～1210）為南宋人，當時對於這首詩的最後兩句印象猶為深刻，在詩人臨終前仍不忘北伐大志，他無法親眼看見，只能希望子孫後代能將復國這個好消息告知九泉之下的他。當時這首「愛國詩」在當時留下相當深刻的印象，更因此了解到陸游「愛國詩人」美名的由來，而後來在課本上又讀到陸游的另一首作品，〈游山西村〉〔註7〕，其中二句：「山重水複疑無路，柳暗花明又一村」則是完全不一樣的感受，很難想像這樣風格迥異的二首為同一作者所寫，於是便猜測陸游當時人生中應當遭遇過重大轉變，才有差異如此之大的詩風。後來經過查閱錢鍾書先生（1910～1998）的《新編談藝錄》，有幾篇是專論陸游的，錢先生認為：「放翁高明之性，不耐沈潛，

〔註4〕宋玉莉著：《唐宋詩詞中養生作品研究》，延邊大學文學碩士學位論文，2016年5月15日。

〔註5〕傅及光著：《唐代飲食文化研究》，國立中山大學中國文學系博士論文，2015年6月。

〔註6〕陸游著，錢仲聯校注：〈示兒〉，《劍南詩稿校注》，上海古籍出版社，2005年4月新1版，卷八十五，頁4542。

〔註7〕陸游著，錢仲聯校注：〈游山西村〉，《劍南詩稿校注》，上海古籍出版社，2005年4月新1版，卷一，頁102。

故作詩工於寫景敘事。……至其模山範水，批風抹月，美備妙具，沾句後人者不淺。每有流傳寫景妙句，實自放翁隱發之者。」〔註8〕又說：「放翁愛國詩中功名之念，勝於君國之思。鋪張排場，危事而易言之。」〔註9〕他將陸游的詩作分為愛國詩及田園詩兩類，後者的評價明顯較高，因此筆者對於陸游的田園詩起了研究興趣，想了解陸游從愛國詩轉為田園詩之後，是完全對於官場不聞不問、不再沉溺於報國無路的悲憤之中，還是將他愛國的滿腔熱血寄託於田園詩，於田園詩中可窺見他難以明喻的愛國之心。陸游的田園詩多描寫他在山陰時的生活，舉凡病中、散步、躬耕、睡起、讀書、飲食等都歸於田園詩的範圍，引起最大興趣的是陸游的飲食詩，飲食為人生存的基礎，最早的飲食是為了果腹，到了宋代，飲食已經成為一種文化、一種生活享受、一種人生態度的展現，而許多典籍記載當時飲食之豐富，如何從這樣範圍廣闊的飲食詩來研究，就是一大抉擇。本篇論文，最終選擇陸游的羹詩作為研究主題：

> 晏子對曰：「異，和如羹焉，水火醯醢鹽梅，以烹魚肉，燀之以薪，宰夫和之，齊之以味，濟其不及，以洩其過，君子食之，以平其心，……故《詩》曰：『亦有和羹，既戒既平，鬷假無言，時靡有爭。』」〔註10〕

晏子以羹來比喻君臣間的關係，當以「和」為中心，因羹湯具有調和的特性，因此也有人稱羹為「調羹」，意指同時注意五種口味的互相配合，也可以從側面看出在當時對於羹的要求為口味調和，味道不能過重、過輕，五味調和這個詞後來廣泛運用在各種不同的料理上，有人將五味調和中的「五味」與「陰陽五行」結合，認為分別對應人五臟，所以也可以從養生的觀點來看羹湯的五味調和，陸游的飲食詩中

〔註8〕錢鍾書著：〈放翁自道詩法〉，《新編談藝錄》，中華書局，1984年，頁130、131。

〔註9〕錢鍾書著：〈放翁二癡事二官腔〉，《新編談藝錄》，中華書局，1984年，頁132。

〔註10〕節錄自左丘明著：〈昭公二十年〉，《左傳會箋（下）》，臺北：鳳凰出版社，1974年10月，初版，第二十四，頁32。

時常可見羹詩，推測羹詩應當不只是陸游純粹描寫他當時生活中的飲食而已，在這些羹湯中，除了美味之外，應該還有更深的意涵值得向下挖掘，因此在飲食的廣大範圍中選擇羹湯作為研究對象，以不同方面來看陸游的羹詩，更能品嘗出其對於養生、療癒之道。

在淳熙三年九月（1176）陸游被同僚進言其於嘉州任時宴飲頹放〔註11〕，遂作此詩，自號「放翁」〔註12〕解嘲，表達其放縱之意，酒在陸游的詩中共出現 1300 餘次，除了宋代酒文化之興盛外，尚且包括陸游借酒澆愁，一吐胸中塊壘〔註13〕，在〈陸游飲食詩歌研究〉中特意將陸游的飲酒詩立一章節談論，即可知飲酒對於陸游的重要性，酒是催化劑，也是詩人作品中的材料，它可以幫助詩人忘卻現實，進入虛幻迷離的想像空間，寫出平日受限於現實無法達到的境界〔註14〕。

除了飲酒詩之外，〈陸游飲食詩歌研究〉尚且分了飲茶詩、藥膳詩及其他飲食詩，可見作者對於陸游筆下的酒、茶及藥膳頗為看重，但對於其餘飲食詩的篇幅就沒有著墨太多，顯然這位作者較注重茶與酒。這篇研究認為陸游的飲食詩除了可以直接從陸游的詩作中尋找，也可以尋求間接證據，透過陸游大量的飲酒詩與飲茶詩來推估陸游的飲食，通常在飲酒或飲茶的同時，桌上仍會有一兩道下酒小菜，

〔註11〕楊家駱主編：《新校本宋史并附編三種　十五》，鼎文書局，1978 年，卷三百九十五，頁 12058。

〔註12〕陸游著，錢仲聯校注：〈和范待制秋興三首　其一〉，《劍南詩稿校注》，上海古籍出版社，2005 年 4 月新 1 版，卷五十五，頁 611，全詩為：「策策桐飄已半空，啼螿漸覺近房櫳。一生不作牛衣泣，萬事從渠馬耳風。名姓已甘黃紙外，光陰全付綠尊中。門前剝啄誰相覓，賀我今年號放翁。」

〔註13〕肖春蘭著：《陸游飲食詩歌研究》，廣西師範大學中國語言文學碩士學位論文，2018 年 6 月，頁 5：「據筆者初步統計，酒在陸遊的飲食詩中共有 1300 餘次，高頻率的出現次數就足以說明兩件事，一是當時制酒業處於發達的程度，二是陸遊對酒十分熱愛。」

〔註14〕肖春蘭著：《陸游飲食詩歌研究》，廣西師範大學中國語言文學碩士學位論文，2018 年 6 月，頁 6、7。

也許陸詩中並未寫明菜餚而只言茶酒，依然可以從這些詩中看出陸游在飲食上的偏好及特殊性，而飲食詩的範圍廣闊，已有前人研究過陸游的飲茶詩、飲酒詩、飲食詩等，由於論文的篇幅，對於陸游的飲食詩多是廣泛探討，如研究陸游飲食詩的審美趣味、研究陸游飲食詩歌、研究陸游的飲食書寫等。

本篇論文欲研究的對象是陸游及其羹詩，由於陸游先後於官場及田園中輾轉，他的作品風格迥異，有悲涼壯闊及恬適平淡兩大類，而與飲食詩相關的大多是歸於恬適平淡一類，陸游的飲食詩共三千餘首，在他隱居山陰老家時，體認到生活的平淡，於他而言粗茶淡飯都是一種美味。他筆下的飲食，不再是單純的食物，他將自己對歸隱田園的心情、對當時環境的真實寫照都寄託在他的飲食詩中，詩中提及的飲食有最常見的主食，如五穀雜糧及麵食、副食如羹湯、菜餚、甜點等，其中幾類又可再細分。

陸游的詩作極多，有九千餘首，將其作品按時間排序，則可以明顯看出陸游的人生經歷，從仕宦到隱居，從滿懷壯志到平淡歸鄉，然而在他返鄉後所寫下的詩作中，是否還存有為國為民之心，是否還對朝廷有所期望，這些看似描寫歸隱生活的詩作，陸游於其中賦予了他的理想，尤其羹湯這種食物有其特殊性，它調和了多種口味，可以添加不同食材，食材的選擇受限於陸游的生活環境以及時代背景，而且文學上對於不同羹湯有不同的意象存在，因此研究陸游的羹詩，可以對於陸游當時的生活背景以及他的人生觀，有更深刻的了解。

第二節　研究範圍

　　一個朝代的文化影響是巨大而且深遠的，宋代市民文化的興盛，前人對兩宋的汴京、臨安的各個行業已經有所研究，如研究當時北宋時期商人的經營策略〈兩宋京城從商經營策略研究〉﹝註15﹞、或是研

﹝註15﹞劉鳳娟著：《兩宋經營從商者經營策略研究》，鄭州大學歷史學碩士學位論文，2012 年 5 月。

究從北宋到南宋的傳承〈汴京文明對南宋杭州的影響〉〔註16〕，所以當時汴京城以及臨安城即有很多值得研究的地方，飲食文化只占其中的一角，但卻是一個朝代的文化中不可忽視的一部分。

　　有研究認為宋代文人在飲食上的書寫承襲了唐代後期的飲食書寫方式：

> 在飲食創作發展史上，唐代是承前啟後的一個關鍵階段。這一時期在繼承前人的基礎上發生了很多創變，為宋代飲食創作的興盛開啟了先路，奠定了基礎。唐代是飲食吟詠由虛擬化轉向質實化，由貴族化轉向平民化的重要時期。〔註17〕在飲食描寫中滲入自己的感慨不始於唐代，但在唐代，飲食書寫的精神內蘊得到進一步擴充。唐人脫離了專注物象的魏晉式描述，喜歡在食事中灌注深切的情感，表達心境旨趣。〔註18〕

以此看來，宋代飲食詩的書寫並不是憑空冒出來的，有極大的可能是承襲自盛唐之後作者情感寄託於飲食之中，進一步與宋代文化轉化而成的。宋代飲食詩還有幾個特色，在選材上他們以俗為雅，將原本被認為是屬於「俗」的飲食化為「高雅」的文學意象，並且將詩的意境提升，不單單描述飲食的味道，文人的情感寄託讓飲食出現轉變，宋代文人重視生活，相較於唐朝，他們更會將生活中的事物記錄下來，陸游就是最好的例子，他的《劍南詩稿》中有九千餘首詩，而飲食詩更是佔了三千餘首，幾乎是全部詩作的三分之一，這是因為兩宋當時的政治因素、社會文化及飲食生活三者的相輔相成〔註19〕，讓飲

〔註16〕程民生著：〈汴京文明對南宋杭州的影響〉，《河南大學學報（社會科學版）》，1992 年 7 月第 32 卷第 4 期。

〔註17〕劉麗：《宋代飲食詩研究》，浙江大學中國古代文學博士學位論文，2017 年 2 月，頁 31。

〔註18〕劉麗：《宋代飲食詩研究》，浙江大學中國古代文學博士學位論文，2017 年 2 月，頁 32。

〔註19〕劉麗：《宋代飲食詩研究》，浙江大學中國古代文學博士學位論文，2017 年 2 月，頁 33～65。

食詩得以興盛。

　　在深入研究本篇論文之前，應當先對飲食詩做出範圍的界定，飲食詩有廣義及狹義的定義，廣義的飲食詩即詩名或詩作內容有提及任一種食材，即可被歸類在廣義的飲食詩中；而狹義的飲食詩則是創作內容以飲食為主、詩中的飲食有表現出特別的意涵等，屬於狹義的飲食詩。本論文以狹義的飲食詩為主要研究對象，同時會兼顧廣義的飲食詩，以飲食詩對陸游的影響來進行全方面的探討。

　　目前已有許多論文曾研究過陸游的飲食詩，如《陸游飲食詩「以俗為雅」的審美趣味研究》〔註20〕以及《陸游飲食詩歌研究》〔註21〕，不論是期刊論文還是學位論文都有一定的數量，而本篇論文並不是要研究陸游飲食詩的整體，而是以飲食詩中的羹湯作為研究目標。前人在研究陸游的飲食詩時，有些論文有將本論文欲研究的羹湯列為其中一個小章節，但並沒有將其當成重點，本篇論文從羹湯這一觀點切入，除了將陸游飲食詩中提及的羹湯做分類，更研究作者欲透過羹湯來抒發何種情感，以及羹湯帶給陸游的心境上的轉變及療癒，這些都會是本篇論文的研究重點。

　　羹湯在文學上的紀載很早，在《楚辭‧招魂》〔註22〕與《楚辭‧大招》〔註23〕中即有出現，而後世文學中對於羹湯的紀錄更多，當時已有人將羹湯從餐桌上的美味引申至政治上的理念，由於羹是調和了許多種口味的緣故，可以用來暗喻「君臣相和」，周全霞先生曾撰過

〔註20〕張雪菲著：《陸游飲食詩「以俗為雅」的審美趣味研究》，長安大學美學碩士學位論文，2019 年 6 月。

〔註21〕肖春蘭著：《陸游飲食詩歌研究》，廣西師範大學碩士學位論文，2018年 6 月。

〔註22〕屈原著，朱熹撰，黃靈庚點校：〈招魂〉，《楚辭集注》，上海古籍出版社，2019 年 5 月五刷，頁 173，節錄：「和酸若苦，陳吳羹些。胹鱉炮羔，有柘漿些。鵠酸臇鳧，煎鴻鶬些。露雞臛蠵，厲而不爽些。」

〔註23〕屈原著，朱熹撰，黃靈庚點校：〈大招〉，《楚辭集注》，上海古籍出版社，2019 年 5 月五刷，頁 173，節錄：「鼎臑盈望，和致芳只。內鶬鴿鵠，味豺羹只。」

一篇單篇論文〈「湯」、「和」相喻──從飲食發展到社會和諧〉〔註24〕研究羹湯代表的政治之意，後來有些地方特色的羹成為思鄉的代稱，如：蓴羹鱸膾更成為流傳後世的思鄉美稱。

　　將範圍縮小至陸游飲食詩中的羹湯，得以使論文主題聚焦，除了讓研究內容不致於太過分散外，也可以避免拾人牙慧的缺憾發生，研究陸游羹詩中羹湯所包含的主題外，更要提的是陸游在羹詩上的藝術特色及成就。

　　本論文以錢仲聯校注的《劍南詩稿校注》〔註25〕為主要研究文本，一共八冊八十五卷，為陸游生前整理詩作並匯集而成，因此可信度較高，這一版本是按照作品的完成年代排列，所以在了解陸游的背景之後，可以按照作品完成年代，找出作品的創作年代月份，並且對照陸游的生平互相應證，藉由作品以及陸游的經歷將他的生平分為幾個階段，會發現陸游的飲食詩主要出現在同一個階段，這是他飲食詩的勃發時期，也是他在山陰老家閑居的十三年。除了《劍南詩稿校注》之外，陸游尚有《老學庵筆記》、《入蜀記》以及河洛出版社編纂的《陸放翁全集》〔註26〕可供參考。

　　《老學庵筆記》〔註27〕共十卷，為陸游晚年作品，寫作時間大約為淳熙末年至紹熙初年，「老學庵」之名為陸游晚年書齋自名〔註28〕，此名為「筆記」，內容均為隨筆短篇，但因創作時間恰逢陸游辭官閑居，內心衝突矛盾又對朝廷感到失望，內容所記時見陸游對於將士殺

〔註24〕周全霞著：〈「湯」、「和」相喻──從飲食發展到社會和諧〉，《西南農業大學學報（社會科學版）》，2008年2月第6卷第1期。

〔註25〕陸游著，錢仲聯校注：《劍南詩稿校注》，上海古籍出版社，2005年4月新1版。

〔註26〕陸游著：《夏學叢書　陸放翁全集》，河洛圖書出版社，1975年5月初版。

〔註27〕陸游著，李劍雄、劉德權點校：《老學庵筆記》，北京：中華書局，2019年6月第2版第8次印刷。

〔註28〕陸游著，錢仲聯校注：〈老學庵〉，《劍南詩稿校注》，上海古籍出版社，2005年4月新1版，卷三十三，頁2201、2202，陸游自注：「予取師曠老而學如秉燭夜行之語名庵。」

敵的讚美以及對朝中主和派的反感，作品內容廣泛，除了人物傳記之
外還可見典章制度、奇聞軼事等，這是研究陸游剛辭官閑居那段日子
的心境變化相當有力的資料。《入蜀記》〔註 29〕為陸游於乾道五年授
任為夔州（今四川重慶奉節地區）通判，次年閏六月自山陰前往夔州，
並於十月底達夔州任所，《入蜀記》六卷記錄他這一路前往夔州旅途
上的風土民情、所見所聞，為一部遊記體散文著作，這一部著作記載
了一路上的景象，取道臨安、秀州、蘇州、常州至鎮江，路經建康、
江州、黃州、武昌、荊州、巴東，記錄詳實，這時他對於朝廷尚未完
全失望，所以倒並未顯現淒苦之意，本書除了作者將自己的人生經歷
融入其中，對於研究當時蜀地地方性文化有所幫助。河洛出版社編纂
的《陸放翁全集》〔註 30〕共兩冊，收有表、牋、劄子、啟、書、序等，
將陸游作品盡數收錄，然內容並無校注，唯有作品而已，而作品是按
照類別來排，所以較難區分出它的完成時間，本書對於研究陸游的羨
詩可以起到補充的作用，因其收錄的散文、札記紀錄陸游當時的旅途
路線，而陸游的上奏書表則證明了他的志向，與他的人生經歷構築成
他的人生地圖，在研究陸游時除了他的詩作之外，其他類作品也應當
納入參考研究之中。

第三節　研究方法

宋室南遷，朝廷不思北伐復國，而一味偏安江南〔註 31〕，在這樣
的政治環境下，陸游一直是主戰的，究其原因除了陸游出生的年代特
殊，更因為他的家庭是典型的儒家家庭，深受儒家「窮則獨善其身，
達則兼善天下」的理念影響，但朝中對於與金議和佔據多數，更以秦

〔註 29〕陸游著，黃立新、劉蘊之編注：《入蜀記約注》，北京：中國文聯出版
社，2004 年 10 月初版。
〔註 30〕陸游著：《夏學叢書　陸放翁全集》，河洛圖書出版社，1975 年 5 月
初版。
〔註 31〕饒龍隼：〈宋南渡文化重心偏移東南述論──兼對兩宋政術的歷史省
察〉，《文學與文化》，2014 年第 3 期，頁 102、103。

檜為首,在官場沉浮 31 年(1158～1189),陸游不斷遷謫、受讒,徹底對於官位功名感到灰心,於是回到山陰,是謂窮。然而這是以當官與否判斷陸游的達與窮,在《陸游飲食詩「以俗為雅」的審美趣味研究》中有一章節專門談論〈陸游精神通達之「美的境界」〉〔註32〕,作者將陸游官場上的失意、回到故鄉的「窮」當作是詩人本身對於美的意境的提升,在心境上反而是另一種「達」,這是一個很特別的觀點,也可以作為論文在研究飲食詩意象時的參考。

壹、宋型文化

在宋代繁盛的市民文化及別具一格的宋型文化薰陶下,陸游的詩作完整反映出宋型文化的特色,不同於唐代的唐型文化,宋型文化具有內斂、自省、議論、平淡以及民族意識,可以說宋型文化確定了以中國為本位的文人精神,以陸游而言,他的愛國詩中展現的即是這樣的民族精神。而他的羹詩中則有宋型文化內斂而且平淡的風格,用字遣詞都相當貼近日常生活,選材也多是生活所見,更值得討論的是他藉由宋型文化中的自省,來回顧他的人生經歷,試圖從中找到一個平衡以及紓解之道,藉以來讓自己找回心靈的平靜。

作品是文人寄託情感的媒介,而有些文人因為抑鬱不得志、壯志不得伸,因此藉由寫下這些作品來療癒自己的身心、進而追求大道,其中陸游就是一個明顯的例子,陸游生於北宋過渡到南宋的那段兵荒馬亂的時間,對於國家他有雄心壯志想要北伐復國,但受限於當時朝廷以議和為主,對於陸游這樣的主戰朝臣是相當漠視甚至於排擠的,在這樣的大環境下,陸游的詩作出現濃厚的愛國情感,錢鍾書先生將陸游的作品分為愛國詩及田園詩兩大方面,愛國詩是作者抒發自己的愛國情懷,但田園詩多是陸游閑居山陰時的作品,他那時候並非完全忘卻國事,而是無法將其明說、明寫,這時候陸游的心中必定是矛

〔註32〕張雪菲著:《陸游飲食詩「以俗為雅」的審美趣味研究》,長安大學美學碩士學位論文,2019 年 6 月,頁37～42。

盾萬分的，報國無法他只能藉由創作來療癒自己，改變自己矛盾、衝突、悲觀的想法，來真實的面對當下的人生，這樣的文學治療也是一種「意義治療」。

貳、意義治療

意義治療是由奧地利人維克多・法蘭克（Victor Frankl，1905～1997）所提出，在《生存的理由　與心靈對話的意義治療學》〔註33〕一書中有提到他認為個體的存在有三大層面：人的性靈、人的自由、以及人的責任〔註34〕，意義治療是希望能把心靈帶到知覺之中，因此特別希望人們可以意識到自己的責任，能夠負責是人類存在的基本要素之一，那麼存在的分析就是以「責任的意識」為起點的一種心理治療〔註35〕。人的生命中存有不斷變動的價值觀，Frankl 賦予在意義治療上三個專有名詞，依次稱之為創造價值、經驗價值、態度價值〔註36〕，作者認為只要一個人他存有意識，那他就有責任，這份責任也仍然保留到他存在的最後一刻〔註37〕。

以陸游而言，他在官場上受挫的打擊下，轉而回歸老家，可以從意義治療這方面來探究陸游在山陰的生活是在尋找他生命的意義，他的飲食詩即是其中一帖重要的良方，透過寫下這些飲食詩來轉移自己沉浸於復國無望的注意力，並進一步的透過飲食詩來體會生活、追尋生命的意義，《生存的理由》中提到的三種價值，詩人在山陰的生活所實踐的當屬經驗價值以及態度價值，自然生活給他心靈的充實感，

〔註33〕維克多・弗蘭克著：《生存的理由　與心靈對話的意義治療學》，臺北：遠流出版社，1991 年初版。
〔註34〕維克多・弗蘭克著：〈現代人的心靈問題〉，《生存的理由　與心靈對話的意義治療學》，臺北：遠流出版社，1991 年初版，頁 16～19。
〔註35〕維克多・弗蘭克著：〈生命的意義〉，《生存的理由　與心靈對話的意義治療學》，頁 43。
〔註36〕維克多・弗蘭克著：〈生命的意義〉，《生存的理由　與心靈對話的意義治療學》，頁 61～63。
〔註37〕維克多・弗蘭克著：〈生命的意義〉，《生存的理由　與心靈對話的意義治療學》，頁 62。

而當他面對不可更改的命運時，他所展現的態度、他的反應，都讓自己重新開展出一片新的領域。

從陸游在山陰的生活經驗可以發現，家鄉的一切正逐漸改變他對人生的態度，可一點可以從他的作品中看出來，在他剛回到家鄉的那一段時期他的詩作中還充斥著對於仕途、戰場的期望，心理落差還是在的，他藉由創作來讓自己的情緒有一個宣洩的破口，進而改變他對於人生的態度，這時候就可以研究到陸游的愛國詩是如何走向閒適詩，雖然心態上出現轉變，但他依然處於困境之中，他要以何種態度來面對現實中的人生，這會是一個重要的研究主題。

陸游的飲食詩涉及的食材種類繁多，將研究主題定在羹詩上，原因有二，其一為筆者發現羹湯可以真實的反應出陸游當時在山陰時的生活景況，羹湯對當時陸游的家境來講與麥、粟米等一樣屬於主食，而其他雖然也頗有一定數量的水果、茶酒等無法用以果腹，只能偶爾嘗鮮；其二為陸游的飲食詩中在羹詩這方面大部分是屬於實寫，也就是實際將日常生活的飲食寫出來，而少部分則是虛寫，用比喻的方式來代指，這就可能與典故相關。羹湯中隱含的意象對陸游有一定的作用，可以是寄託他的志向、抒發他的煩悶悲苦、享受生活中的平靜、甚至是期待再有被重用的一天。

陸游的羹詩中可以看宋代飲食的特色，當時文人的飲食已經不只是滿足生活需求、口腹之慾而已，這是他們精神境界的具體提升，陸游的飲食詩描寫的雖不是兩宋時期都城的美食，但具有地方性特色或是貼近普通百姓生活，可以說是南宋時在鄉野間飲食的真實體現，陸游在飲食詩中呈現出他對於人生思想的昇華，是他面對自己人生的態度，藉由飲食來療癒自己的身心，在一展抱負無果之後，內心的失落感必定是相當強烈的，在這樣的情況下他要如何讓自己得以豁達地面對人生，本論文認為飲食在此功不可沒。

前人研究多是針對陸游的愛國詩中心境的展現、飲食詩的飲食書寫、將飲食詩分類並歸納其文學意義……等，對於陸游的文學造

詣、飲食文化有諸多探討，不乏有談及陸游的飲食觀，對於陸游心靈內在唯有研究陸游飲茶詩的〈表達曠達超脫的心靈追求〉〔註38〕一節，多圍繞陸游的飲食詩特徵，也論及飲食詩對於陸游的作用，倒是在〈陸游飲食詩「以俗為雅」的審美趣味研究〉中有一章節專論陸游飲食詩中美的境界，其中通達愛國情感、萃取養生之道及追求天人合一較著重陸游的心靈層面，也是少數深入探究飲食詩對陸游具有深層影響的論文。而對於陸游的心靈療癒，大部分會針對他的養生詩，如〈論陸游的精神養生法——以詩歌為例〉〔註39〕和〈陸游養生詩的題材風格研究〉〔註40〕等有針對陸游養心的部分粗略提過，但養生的面向有許多種，無法聚焦在飲食方面。

　　而本論文以陸游的《劍南詩稿校注》為主要文本，並引用其他專書，有些期刊論文及研究論文極具參考價值，對於本篇論文主題研究有所幫助，也會一併納入間接資料之中，與前人研究不同，除了分析宋代飲食興盛之因與時代背景，針對陸游的人生、飲食詩做分類，再分析其羹詩以及羹詩中暗藏的意涵，這是目前尚未有人研究或深入挖掘的領域，以羹詩談陸游的自我療癒，期望可以從這些羹詩中研究出陸游療癒自身的辦法及心理轉變過程。

第四節　前人研究成果

　　本篇論文主要參考資料為陸游的《劍南詩稿校注》之外，還會探討其他古籍與文獻，前人在研究唐宋時期都城文化及民間文化方面已有許多研究成果，這些研究論文各有優缺，本論文以其優缺做為參考，從其未著重探討或研究的地方為本論文基礎，研究陸游一生中所

〔註38〕肖春蘭著：《陸游飲食詩歌研究》，廣西師範大學中國語言文學碩士學位論文，2018年6月，頁20、21。

〔註39〕王雪艷著：〈論陸游的精神養生法——以詩歌為例〉，《醫苑縱橫　現代養生》，2018年2月。

〔註40〕王興銘、吳曉威、高長山著：〈陸游養生詩的題材風格研究〉，《古籍整理研究學刊》，2016年11月第6期。

做的羹詩及他寄託在羹湯內獨特的情感。

壹、唐宋飲食及文化研究成果

一、《唐宋飲食文化初探》〔註41〕

本書先概述了唐宋的飲食結構與變化，再來引申到飲食觀與飲食心理，後來走向現實，研究唐宋時的飲食器具及飲食業發展，最後舉了幾個唐宋時期較為突出的現象，像是製糖業、釀酒、製茶、肉品屠宰等等。這一本書內容充實，尤其是在飲食觀以及飲食心理上，對本論文有極大的影響，作者將飲食觀的特徵分為講究火候、本味為上、追求蔬食、飲食有節四個部分，其中本論文會提到後面三個部分，陸游的羹詩中即是追求這樣的意境。

二、《宋代詩歌之養身與療心》〔註42〕

這一本書著重研究宋代詩歌中的養生觀念，其實在《唐宋飲食文化初探》中已有提到，但只有一個章節〔註43〕，而本書先講述了宋代的身心療養觀，接著舉幾個具有代表性文人為例，它的第八章和第九章就是在專論陸游，先談陸游的境遇，再研究陸游飲食詩中的興味，其中陸游在越州的時候，也是飲食詩創作數量最多的時期，作者將飲食詩中的食分為三類，蔬食類、旅食類和戲作類，蔬食與陸游當時貧困的生活有關，旅食則是陸游在旅途中品嘗到各地的食材，戲作類則偏向陸游對當時環境的自我調侃。第九章是本篇研究比較著重參考的部分，他對於陸游的飲食詩有詳細的分類，此書重點在研究養生，講究蔬食原本的味道，因此才特意分出蔬食類，在內容上蔬食可能與藥膳養生比較有關聯。本篇論文在將羹湯分類時，有分出一類為菜

〔註41〕陳偉明著：《唐宋飲食文化初探》，北京：中國商業出版社，1993 年9 月初版。

〔註42〕張瑋儀著：《宋代詩歌之養身與療心》，台南：南一書局，2015 年 1 月初版。

〔註43〕陳偉明著：〈唐宋飲食觀念與飲食心理〉，《唐宋飲食文化初探》，北京：中國商業出版社，1993 年 9 月初版，頁 39～43。

羹，這一類是專門討論以蔬菜作為主要食材的羹湯，這是因為菜羹對陸游有特殊的意義所在，所以特意分出一類菜羹以及在其他類的藥膳羹。

三、《北宋東京飲食文化研究》〔註44〕

這篇學術論文專門研究北宋汴京城的飲食文化，在談飲食之前，作者先研究了北宋時飲食文化興盛的原因，接著才研究城內的飲食文化結構，本論文對這篇論文的第一章〈北宋東京飲食的自然環境〉較為看重，因為本篇論文同樣有研究到當時的市民文化興盛之因，在本論文的第二章會參考這一篇論文的內容，另外這一篇論文除了食物之外還談論到當時的炊具，但由於炊具並不是研究陸游羹詩的重點，而且陸詩中出現的炊具並不多，在炊具部分只能為補充之用。

四、〈北宋開封飲食業繁榮及其原因〉〔註45〕

這一篇論文較為簡略，但字字精確，對於北宋時開封飲食之所以能興盛的原因最詳盡的分析，由於人口增加〔註46〕，對飲食的需求也遽增、飲食業出現先進的經營理念〔註47〕以及開封本身地理位

〔註44〕孫劉偉著：《北宋東京飲食文化研究》，鄭州大學中國古代史博士學位論文，2019 年 5 月。

〔註45〕徐艷萍：〈北宋開封飲食業繁榮及其原因〉，《三門峽職業技術學院學報》，2007 年 6 月第 6 卷第 2 期，頁 45～49。

〔註46〕徐艷萍：〈北宋開封飲食業繁榮及其原因〉，頁 47：「開封，身為北宋都城之所在，其本身的向心力吸引著來自全國各地的文人、商賈，人口非常多。僅宋神宗熙寧至宋徽宗崇寧年間 30 年左右的時間，東京人口就增加了近 30 萬，達到 140 萬左右。……隨著都城整個社會商品經濟的迅速發展，工商業者和流動人口所占比重大大超過前代。他們從生存需要出發，對飲食業的依賴性更大，尤其是其中的流動人口，因其對飲食業的依賴性更大，故其數量的驟增對宋代開封飲食市場的影響則更顯突出。」

〔註47〕徐艷萍：〈北宋開封飲食業繁榮及其原因〉，頁 47、48，包括：不斷提高食品質量、服務質量大大提升、經營方式靈活多樣、充分發揮廣告作用以及注重店鋪的選址。

置〔註48〕及政策改變〔註49〕等等，讓當時飲食業初具現代飲食業經營的雛型。本論文在研究兩宋市民文化興盛時多次引用到此論文，雖然〈北宋開封飲食業繁榮及其原因〉主要研究對象為北宋的飲食業，但市民文化興盛之因與飲食文化其實是可以一概而論的，飲食文化包含在市民文化之中，除了飲食文化會特別強調當時農業的發展之外，其餘原因的重疊性相當高，對於研究市民文化發展有所助益。

五、〈宋代兩京飲食服務業發展原因及概況〉〔註50〕

這篇論文與上一篇有些重複，但他將研究範圍擴大到兩宋，分別為汴京城和臨安城，南宋的臨安城有許多延續自汴京城的文化習慣〔註51〕，所以將二者放一起並無不妥，尤其陸游為南宋人，飲食習慣可能與北宋時有些差異，但〈宋代兩京飲食服務業發展原因及概況〉

〔註48〕徐艷萍：〈北宋開封飲食業繁榮及其原因〉，頁48，節錄：「汴河每年運糧七百萬石，溯淮而上，到達京師，邦國之所仰，百姓之所輸，金穀財帛，歲時常調，軸艫相銜，千里不絕。除了水路，陸路交通也很發達，《清明上河圖》中就畫有滿載商貨的駱駝商隊。」

〔註49〕徐艷萍：〈北宋開封飲食業繁榮及其原因〉，頁48，節錄：「北宋商品經濟極為發達，為了適應生產發展的需要，北宋實行了一系列的有效政策。首先是打擊投機倒把的行為，對借機哄抬物價牟取暴利的行為用行政手段強加制止。建炎初年，開封城內一些投機分子，借戰後物資匱乏之機，不斷哄抬物價牟取暴利。……政府以行政手段強制限定價格，使酒與餅的價錢復舊。其次，還實行了榷禁制度，控制那些關係國計民生的商品，另外還實行了一些優惠政策。東京居民耗米量大，為了鼓勵商人輸米入京，除了開放米價，還對商人輸入京師的米給以免力勝錢。」

〔註50〕劉樹友：〈宋代兩京飲食服務業發展原因及概況〉，《渭南師範學院學報》，2012年3月第27卷第3期，頁120～124。

〔註51〕程民生：〈汴京文明對南宋杭州的影響〉，《河南大學學報（社會科學版）》，1992年7月第32卷第4期，頁15，「早在北宋時，京師開封的『風俗典禮』就對杭州有一定影響，到了耐得翁生活的南宋中後期，杭州作為南宋政府所在地已有百餘年之久，宋人仍然堅定不移地視開封為京師。也就是說，杭州風俗仍然仰開封為師。大的方面且不說，即使是市肆也模仿著開封。像南宋地位不如北宋一樣，南宋杭州的政治地位也遜於開封，東京雖然名存實亡，在精神上仍然鎮服著杭州，杭州仍然處於昔日東京輝煌的光圈之中，不敢與其平起平坐。」

這篇論文並沒有結論，感覺作者整理了許多資料並提出看法，但就是缺乏在最後下一個定論，非常可惜。

　　許多學者研究過唐宋兩代的飲食文化或者針對宋代進行深入研究，這些對於宋代商業發展、市民文化、飲食文化以及宋型文化都有所幫助，本篇論文會比較聚焦在宋代來談論其中的飲食文化，唐代的部分只會略提，畢竟陸游詩歌中體現出很典型的宋型文化特徵。

貳、有關陸游的研究成果

一、《陸游飲食詩歌研究》〔註52〕

　　這一篇學位論文將陸游的飲食詩分為飲酒、飲茶、藥膳和其他飲食詩，看得出作者比較關注在前三者，對於其餘的飲食詩只將它們放入同一章研究，這樣是有些不足的，這一篇論文的內容及長度稍顯不夠，論文最後一章作者有對於陸游的飲食詩作總體的研究，探討飲食詩的文學意義，較會參考陸游飲食詩的文學意義〔註53〕這一章節，而前面有關於茶酒或藥膳的探討只會略提，本論文欲研究的羹詩在此篇論文屬於其他類的飲食詩，會較針對這些其他類的飲食詩作研究。

二、《陸游詩歌中的飲食書寫》〔註54〕

　　這一篇論文詳述了宋代飲食詩發展興盛之因，不離宋代的經濟與文化因素，作者將陸游的飲食經歷分為三期〔註55〕，並深入研究了陸游的飲食觀，對於陸游飲食詩中的主食、肉食等也有詳盡地梳理其情感意義，羅列表格詳細易懂，更言：「陸游的飲食題材詩歌亦涉

〔註52〕肖春蘭著：《陸游飲食詩歌研究》，廣西師範大學中國語言文學碩士學位論文，2018年6月。

〔註53〕肖春蘭著：《陸游飲食詩歌研究》，頁37～41。

〔註54〕溫雪茹：《陸游詩歌中的飲食書寫》，廈門大學中國古代文學碩士學位論文，2017年。

〔註55〕肖春蘭著：《陸游飲食詩歌研究》，頁30～44，分為「少年時期：飲食偏好成型時期」、「中年時期：宦游四方的飲食況味」和「晚年時期：歸隱山陰的家鄉風味」。

及頗廣，絕非以一種觀念、情感統領之，而是隨著年齡增長、仕宦起伏、地域遷徙、觀念變遷呈現出極為豐富的特色。食養生有之，縱酒好肉有之，食粥之理趣、品蟹之鄉情、青粳與悟道、羹藜與佛學，均在飲食題材詩歌中反映出來。」〔註56〕這一段話闡明作者研究陸游飲食詩的動機，相較於上一篇論文，這一篇的內容詳盡而且對於陸游的飲食詩鑽研較深，特別是陸游在遊宦四方時的異地飲食以及他的家鄉風味〔註57〕，但在飲食的分類上作者並為把羹單獨分出一類，而是按照羹所添加的食材將其分別放於主食〔註58〕、蔬菜〔註59〕之中，這一點有些可惜，畢竟羹也在陸游的飲食詩中佔不小的數量，作者將更簡單整理放在烹調方式這一節，但只有包括菜羹〔註60〕，因此本論文著重於研究陸游的羹詩，探索未曾被人深究的陸游羹詩所傳遞的意義。

三、《陸游飲食詩「以俗為雅」的審美趣味研究》〔註61〕

這篇論文以宋代作品的創作特色「以俗為雅」為主要研究主軸，研究陸游的食之味、飲之樂，分成食物及飲品兩大部分，總結出這篇論文的重點在第四章〈陸游「以俗為雅」的審美境界〉〔註62〕，不只是提到陸游本身，更比較了梅堯臣與蘇軾與陸游三人在「以俗為雅」這方面的不同，筆者認為這是這篇論文值得參考的一點，他將研究範圍稍微擴張到同為宋代的文人，梅堯臣與蘇軾他們不只是與陸游同為宋朝人，在飲食文學方面皆有不俗的成就，可以此參考。

〔註56〕改寫自肖春蘭著：《陸游飲食詩歌研究》，頁3。
〔註57〕肖春蘭著：《陸游飲食詩歌研究》，頁34～40。
〔註58〕肖春蘭著：《陸游飲食詩歌研究》，頁82。
〔註59〕肖春蘭著：《陸游飲食詩歌研究》，頁93～105。
〔註60〕肖春蘭著：《陸游飲食詩歌研究》，頁98～100。
〔註61〕張雪菲著：《陸游飲食詩「以俗為雅」的審美趣味研究》，長安大學美學碩士學位論文，2019年6月。
〔註62〕張雪菲著：〈陸游「以俗為雅」的審美境界〉，《陸游飲食詩「以俗為雅」的審美趣味研究》，長安大學美學碩士學位論文，2019年6月，頁33～42。

四、《從《劍南詩稿》論陸游的飲食生活》〔註63〕

這一篇論文將陸游的美食生活分為江南美食以及蜀地美食，是以地區作為劃分依據，接著談到陸游飲食中的養生，另外還特意把飲品單獨提出來另立一章，作者比較著重在飲茶詩以及飲酒詩，所以才刻意做了這樣的安排，除了這兩者之外其他都比較偏向概括性的描述。

五、《晚年陸游的日常生活與詩歌創作──幾個側面的研究》〔註64〕

這篇學位論文對於研究陸游的晚年生活有極大的幫助，他的特別之處在於作者從經濟的角度來看陸游晚年家庭的收支，陸游時常在詩中提到他貧病交加，這篇論文這是以此為基礎來研究陸游晚年的生活窘困情況，除此之外他還研究到了陸游在晚年生活的心理變化，陸游在山陰多年，不再執著於功名，他開始注意他的家庭、他的日常生活，這就是他詩風的一個轉變。

六、〈三萬里天供醉眼，二千年事入悲歌──陸游飲食詩歷史文化意義試論〉〔註65〕

這一篇論文對於陸游飲食詩的貢獻做出了三點整理，分別為飲食文化資料寶庫、平民飲食生活讚歌和南宋百姓食生產、食生活的壯麗畫卷〔註66〕等，對本論文具有參考價值的為平民生活的那部分，也是作者花了最長篇幅敘述的，陸游的飲食詩補充了許多當時平民的飲

〔註63〕汪育正：《從《劍南詩稿》論陸游的飲食生活》，東吳大學歷史學系碩士論文，2011 年 6 月。

〔註64〕王宏芹著：《晚年陸游的日常生活與詩歌創作──幾個側面的研究》，華中師範大學古代文學碩士學位論文，2015 年 4 月。

〔註65〕姜新：〈三萬里天供醉眼，二千年事入悲歌──陸游飲食詩歷史文化意義試論〉，《楚雄師範學院學報》，2015 年 10 月第 30 卷第 10 期，頁 1～10。

〔註66〕姜新：〈三萬里天供醉眼，二千年事入悲歌──陸游飲食詩歷史文化意義試論〉，《楚雄師範學院學報》，2015 年 10 月第 30 卷第 10 期，頁 2～5。

食，不管是《東京夢華錄》或《夢粱錄》記載的皆是都城的飲食，在都市人與鄉下的飲食是有些差距的，陸游所在的山陰老家自然不若臨安城那般繁華，他的飲食詩反映南宋時期平民日常的飲食生活，補充了許多研究宋代飲食文化缺乏的部分，「從陸游飲食詩中可以看到作者關注生活，直入生活，認識現實，把握現實，又能充分反映現實。他安於貧困，不甘沉淪，憂國憂民，積極用事的人生態度，是他取得藝術上輝煌成就的根基。」〔註67〕陸游的飲食詩表現出他認真對待人生，不會因為自身困境而怨天尤人的處事態度，是本論文值得研究的一個面向。

除了專書之外，近代許多學者研究宋代的飲食文學，不論是期刊論文、單篇論文還是學位論文，都有可觀的數量，方向有分研究汴京城市井文化的〈北宋時期東京城的市井飲食探究——以《東京夢華錄》記載為主〉〔註68〕和《北宋東京飲食文化研究》〔註69〕這類方向的論文大概都以《東京夢華錄》〔註70〕為主要研究文本；研究宋代除了東京之外的地方性飲食，〈《嶺表錄異》與晚唐嶺南飲食民俗〉〔註71〕、〈淺談嶺南飲食文化中的養生智慧〉〔註72〕這兩篇論文是專研究嶺南地區的飲食；以文人作為出發點，研究他們的飲食觀，研究

〔註67〕姜新：〈三萬里天供醉眼，二千年事入悲歌——陸遊飲食詩歷史文化意義試論〉，《楚雄師範學院學報》，2015 年 10 月第 30 卷第 10 期，頁 4。

〔註68〕閆成：〈北宋時期東京城的市井飲食探究——以《東京夢華錄》記載為主〉，《中國民族博覽》，2019 年第 3 期。

〔註69〕孫劉偉著：《北宋東京飲食文化研究》，鄭州大學中國古代史博士學位論文，2019 年 5 月。

〔註70〕孟元老著，楊家駱編：《東京夢華錄注》，臺北：世界書局，1988 年 11 月第 3 版。

〔註71〕羅旭著：〈《嶺表錄異》與晚唐嶺南飲食民俗〉，《廣西民族師範學院學報》南方民族研究，2018 年 4 月第 35 卷第 2 期，頁 19～21。

〔註72〕江津津、林金鶯、董蕾、黃利華著：〈淺談嶺南飲食文化中的養生智慧〉，《廣州城市職業學院學報》，2018 年 9 月第 12 卷第 3 期，頁 13～16。

對象就有《北宋文人飲食文化——以梅堯臣詩文為例》〔註 73〕、〈從飲食詩看蘇軾的貶謫生活〉〔註 74〕等；以及最後單純從宋代飲食為出發點作研究，〈宋代食菰文化初探〉〔註 75〕和〈膾食文化論考〉〔註 76〕以及〈簡談宋代麵點特色——以兩宋京城為中心〉〔註 77〕等，以宋代飲食的特色為中心，探討起源或影響。

　　透過上面的文獻或專書可以發現，前人研究著重於整個朝代的文化或者是陸游的飲食詩整體，範圍較大而且內容繁複，一不注意容易失焦，從主題偏離。本論文專注在陸游飲食詩中的羹詩這一類，淺談陸游所作的飲食詩數量繁多之因，宋代的文化背景為一大主因，而陸游的生平遭遇也是不可忽略的一環，雖然對於陸游的人生經歷影響他的創作這樣的想法已有前人提出不小的研究成果，分析出各因素對陸游的影響以及陸游的飲食觀〔註 78〕，但並未針對「羹」這一類作詳細了解，多為一筆帶過。

　　以前人的研究為基礎，本篇論文以「羹詩」為研究主題，圍繞飲食詩深究作者在寫羹詩時所得到的療癒，以及心靈上的圓滿，在了解當時飲食詩中的羹類及其在詩人人生中的重要性與特殊性會有所幫助。

〔註 73〕何欣隆著：《北宋文人飲食文化——以梅堯臣詩文為例》，東吳大學歷史系碩士學位論文，2013 年 7 月。

〔註 74〕蕭欣浩著：〈從飲食詩看蘇軾的貶謫生活〉，《揚州烹飪大學學報》，2010 年，頁 20～23。

〔註 75〕楊逸：〈宋代食菰文化初探〉，《地域文化研究》，2017 年，頁 80～88。

〔註 76〕鄭新剛：〈膾食文化論考〉，《語文學刊》，2011 年第 11 期。

〔註 77〕彭嘉琪：〈簡談宋代麵點特色——以兩宋京城為中心〉，《湘南學院學報》，2020 年 8 月第 41 卷第 4 期。

〔註 78〕溫雪茹：《陸游詩歌中的飲食書寫》，廈門大學中國古代文學碩士學位論文，2017 年。

第二章　宋代市民文化之興盛與飲食文化發展

　　宋代出現了與現代相似的城市，當時的戶籍制度將城中非農業人口列為郭坊戶，謝桃坊先生（1935～）認為：「我國市民階層的興起是以西元 1019 年（北宋天禧三年）坊廓戶單獨列籍定等為標誌的。」〔註1〕在〈論宋代市民文化的傳播與消費變遷〉中「市民文化」有三種特徵：以城市消費為中心的物質文化〔註2〕、以市民文化為代表的精神文化〔註3〕和具有商業精神的市民意識〔註4〕，這樣的歸類顯示了市民文化與宋代的城市發展、商業規模有不可分割的密切關聯。

〔註1〕姚瀛艇著：《宋代文化史》，河南大學出版社，1992 年，頁 500。

〔註2〕夏寶君、陳培愛著：〈論宋代市民文化的傳播與消費變遷〉，《求索》，2011 年 6 月，頁 249，原文摘錄：「宋代市民消費與市場的關係表現出更多的積極因素，經由市場的市民消費是城市消費的主流，而城市消費則是市民文化的突出表現。在服裝業、旅宿業及交通業以及工業上都有長足的進步。」

〔註3〕夏寶君、陳培愛著：〈論宋代市民文化的傳播與消費變遷〉，頁 249，原文摘錄：「市民階層對娛樂休閒的追求，極大地刺激了茶坊酒市、娛樂服務業的發展。市民文藝也是市民文化的突出表現，瓦子中的娛樂活動內容豐富，有反映市民世俗生活的小唱、諸宮調等……」

〔註4〕夏寶君、陳培愛著：〈論宋代市民文化的傳播與消費變遷〉，頁 250，原文摘錄：「瓦子、勾欄的興旺與坊市制度的崩潰、城市商業的發展、市民生活方式的改變等因素，都有很大的關係，以此為代表的市民文化的發展引起了整個社會道德觀和價值觀的變化……」

　　宋代打破了「坊」、「市」分離的限制，實現了「坊市合一」。
北宋的東京開封還廢除了「宵禁」法令，打破了商品貿易的
時間限制，出現了夜市、曉市。城市市場完全打破了時空局
限，商品交易時時處處都可進行，商業的發展和城市經濟的
繁榮成為文化娛樂傳播的土壤。〔註5〕

唐代的長安城有嚴格的坊市制度〔註6〕，住宅與商業區完全分離，市
集的開放有時間限制，而且還規定有宵禁，因此長安城在夜晚時街道
是淨空的，有衛兵巡邏。在《兩宋經營從商者經營策略研究》〔註7〕
中將其歸類為時間的開放〔註8〕與空間的開放〔註9〕，時間的開放即
是宋太祖於乾德三年（965）下詔「京城夜漏未三鼓，不得禁止行人」
〔註10〕到後來除了早市之外，還出現夜市、鬼市等等，幾乎是全天都
有市集開著；而空間的開放則指宋代的街道並不像唐代長安城一般規
劃整齊，在一定限制內攤販們可以沿街設攤開店，出現許多「侵街」
的情況，許多商家違法占用街道或鄰街隨意擺設攤位，相當於現代的
違法擺攤，當時為了解決這樣的亂象，宋真宗大中祥符五年（1012）

〔註 5〕夏寶君、陳培愛著：〈論宋代市民文化的傳播與消費變遷〉，頁 250。

〔註 6〕魏美強：《論唐宋都城坊市制的崩潰》，南京大學考古學及博物館學碩
士學位論文，2016 年 5 月，頁 25，原文摘錄：「長安諸坊均築坊牆，
坊牆四面各開一口，並與坊內十字大街相通，坊內住戶嚴禁面街開
口；坊設坊正及里正，維持坊內治安，入夜後關閉坊口，禁止出入；
東、西兩市為固定的交易場所，交易活動限於白天進行，入夜後關閉
市口，中止交易活動……」

〔註 7〕劉鳳娟著：《兩宋經營從商者經營策略研究》，鄭州大學歷史學碩士
學位論文，2012 年 5 月。

〔註 8〕劉鳳娟著：《兩宋經營從商者經營策略研究》，鄭州大學歷史學碩士
學位論文，2012 年 5 月，第一節〈兩宋京城商業繁榮的基本表現〉，
頁 7。

〔註 9〕劉鳳娟著：《兩宋經營從商者經營策略研究》，鄭州大學歷史學碩士
學位論文，2012 年 5 月，第一節〈兩宋京城商業繁榮的基本表現〉，
頁 6。

〔註10〕《欽定四庫全書·史部二·編年類》，李燾著：《續資治通鑑長編·第
四冊》，卷六，頁十三，原書來源：浙江大學圖書館，影印本：https://
ctext.org/library.pl?if=gb&file=4927&page=87（查詢時間：2021 年 5 月
6 日）

下詔開封府「毀撤京城民舍之侵街者。」〔註11〕可以從《清明上河圖》的橋上設有許多攤販，甚至攤販將街道兩旁擠滿，沒一處空餘之地看出來，當時的攤販將可以占用的位子占滿，這樣的亂象對市容以及安全會有危害，因此朝廷想立法禁止，但成效不彰。

當時的汴京城裡有酒樓、茶館、夜市、廟會、勾欄瓦舍等等，市井小民喜愛的通俗文化幾乎占據這個時代，這樣的繁榮延續到南宋的臨安城。南宋時由於北方人往南遷徙，北方的文化與南方原本的文化進行融合，在商業飲食、手工業、社會風俗以及文學藝術上都有巨大的影響及改變〔註12〕，〈南宋定都杭州與南北文化的融合〉〔註13〕一文的著重點在杭州，臨安城位於杭州內，這篇文章以杭州作為出發點來看南北文化的融合，認為「北宋的中原文化，特別是東京的都市文化與南方文化的融合，對南宋及以後杭州城市發展的影響是十分廣泛而又深刻的。」〔註14〕這樣的看法是不難理解的，南宋在某種程度上繼承了北宋的文化並且以其為基礎進行創新和延伸，陸游的飲食詩也有出現這種南北融合的現象，像是在〈霜夜二首　其二〉〔註15〕出現北方的鹽酪與羹的搭配。

而原本應該是在普通市民階層流通的文化，卻也漸漸影響到王公貴族，由下往上傳播的現象在以前是非常罕見的，宋代人口遽增，出現了有如現代「城市化」的現象，這個現象奠定了當時宋代都城的

〔註11〕《欽定四庫全書・史部二・編年類》，李燾著：《續資治通鑑長編・第二十九冊》，卷七十九，頁二十一，原書來源：浙江大學圖書館，影印本：https://ctext.org/library.pl?if=gb&file=5008&page=138（查詢時間：2021年5月6日）

〔註12〕徐吉軍著：〈南宋定都杭州與南北文化的融合〉，《杭州通訊》，2006年3月。

〔註13〕徐吉軍著：〈南宋定都杭州與南北文化的融合〉，《杭州通訊》，2006年3月，頁35、36。

〔註14〕徐吉軍著：〈南宋定都杭州與南北文化的融合〉，《杭州通訊》，2006年3月，頁36。

〔註15〕陸游著，錢仲聯校注：〈霜夜〉，《劍南詩稿校注》，上海古籍出版社，2005年4月新1版，卷七十三，頁4050、4051。

繁榮與後來朝代得以進一步發展，因此宋代被許多人認為是中國近代史的開端，著名的歷史學家陳寅恪說：「華夏名族之文化，歷數千載之演進，造極於趙宋之世。」〔註16〕因為不管是在經濟、文化或科技方面，宋代都達到了中國歷史的頂峰。

第一節　市民文化興盛之因

　　這一節探究市民文化在宋代興盛的原因，階層流動、產業變遷以及人口因素都是造成當時市民文化興盛的主要原因，階層流動與政策有關，產業變遷則是當時農業及商業型態產生了改變，而人口數的增長則是一切發展迅速的基石，這三個因素互相配合之下，才創造出像宋代這樣獨特的市民文化。

壹、社會階層流動

一、科舉制度

　　宋代效仿隋唐以科舉取士，科舉造成的結果比唐代影響更加廣泛，雖然唐代已經出現科舉的制度，但唐代時還是存有關隴集團〔註17〕、世家大族，這些世家大族所握有的資源還是比普通百姓還要多，所以那些平民出身的官員在朝唐上就會受到排擠。《江西詩社宗派研究》〔註18〕

〔註16〕陳寅恪著：《金明館叢稿二編》，北京：三聯書店，2009 年，頁 277～278。

〔註17〕陳寅恪：〈統治階級之氏族及其升降〉，《唐代政治史述論稿》，商務印書館，1947 年 2 月初版，頁 11、14，改寫：「宇文泰率領少數西邊之胡人及胡化漢族割據關隴一隅之地，欲與財富兵強之神州正朔所在之江左蕭氏及東山高氏共成一鼎峙之局，故融合其所割據關隴區域內之鮮卑六鎮民族，及其他胡漢土著之人為一不可分離之集團，……此宇文泰之新塗徑今姑假名之為『關中本位政策』……李唐皇室者唐代三百年統治之中心也，自高祖、太宗創業至高宗統禦之前期，其將相文武大臣大抵承西魏、北周及隋以來三世業，即宇文泰『關中本位政策』下所結集團體之後裔也。」

〔註18〕龔鵬程著：《江西詩社宗派研究》，臺北：文史哲出版社，1983 年 10 月初版。

一書第二卷〈宋詩之背景與宋文化之形成〉有提到知識階層之興起〔註19〕與世族結構之分化〔註20〕最為重要，談到了社會流動、知識階層實際的結合、師道與道統觀念的形成等〔註21〕，宋代由於世家大族在唐末因戰亂而崩解，所以宋代的平民擁有較多的晉升機會，他們的仕途不會只停留在枝微末節的小官，而且對只要金榜題名就可以改善家境，再加上文人得到的待遇很高，因此許多家庭只要有點能力都會希望讓孩子去讀書。

　　唐代皇室姓李，尊老子為先祖，重視道教，宋代重新重視儒家，自宋太祖以來重文輕武，盛行的是文人政治，儒家的學說同時符合統治者與被統治者的理念，合理化上位者的統治權，並讓中下階層得以改變自己的身分地位，藉由儒家理念來達到經世濟民的偉大目標〔註22〕。當時宋代出現許多行業，像說書、講唱等，而科舉落第的人為了要謀生，除了去私塾教書之外，還能去給勾欄瓦舍的藝人寫劇本，所以當時的一般平民階層也摻雜了許多文人，他們了解如何迎合達官貴人的喜好，他們的喜好則促進宋代絲綢、瓷器、茶葉的發展，甚至與各國貿易時也以這些作為交易媒介〔註23〕。

二、商人的地位變遷

　　除了文人階層的流動之外，商人對當時的宋代也有相當大的影響，中國傳統社會地位都是士農工商，商人排在最後，地位相當低，就算是最有錢的富商在普通官員面前依然是低人一等的，宋代的經濟繁榮有一部分要歸功於當時對商業鬆綁，而對於商人當時在社會上的

〔註19〕龔鵬程著：《江西詩社宗派研究》，臺北：文史哲出版社，1983 年 10 月初版，頁 81～89。
〔註20〕龔鵬程著：《江西詩社宗派研究》，頁 91～95。
〔註21〕龔鵬程著：《江西詩社宗派研究》，頁 86～89。
〔註22〕馮芸著：〈商人社會流動對宋代社會結構的影響〉，《思想戰線》，2013 年第 3 期第 39 卷，頁 153。
〔註23〕郭學信：〈宋代俗文化發展探源〉，《西北師大學報（社會科學版）》，2005 年 5 月第 42 卷第 3 期，頁 61；田利蘭著：〈論宋代城市經濟發展的時代特徵〉，《文史探源》，2014 年 9 月，頁 115。

地位是否有改變則有不同看法，〈論宋代城市經濟發展的時代特徵〉〔註24〕的作者認為當時汴京城的坊郭戶籍就是商人地位提升的展現，前面有提過坊郭戶籍是針對汴京城裡的非農業人口，其實也就是商人，將他們納入汴京城的戶籍之內，因此就出現許多城市人口，這些商人有了戶口之後，與城市之間產生雙贏的局面，城市有賴商人的貿易往來，而商人也需要依賴城市發展，兩宋就是在這樣的局面下發展迅速。而〈商人社會流動對宋代社會結構的影響〉〔註25〕一文對於商人地位改善持有否定的態度，他認為當時社會上的商人地位仍然相當低，但與前朝不同的是商人可以藉由科舉來改變自己身分地位，並不是改變「商」的地位，而是成為「士」的身分來往上層邁進，這對於當時的商人來說是一種鼓舞。

當時商人的地位是有抬升的，雖然比不上士、農、工這三個行業，但已經有比先前好了很多，在這樣政策的鼓勵下，有許多人開始從商，「在商品經濟的誘惑下，在宋政府的積極提倡下，宋代農民在農閒時期，都會出外做買賣，有些人甚至轉行直接當商人，而這一類人並不是少數，越來越多的人走進了城市，住進了城市，城市人口也就如雨後春筍般增長。」〔註26〕汴京城最規模最大的大相國寺，在固定的時間會出舉辦大型市集供各地商人前來做生意，當時農民閒暇時可以經商，寺廟中的僧人也可以做買賣「占定兩廊，皆諸寺師姑賣繡作、領抹、花朵、珠翠頭面、生色銷金花樣襆頭帽子、特髻冠子、繚線之類。」〔註27〕甚至連官員雖然無法直接經營生意，但可以派自己

〔註24〕田利蘭著：〈論宋代城市經濟發展的時代特徵〉，《文史探源》，2014 年 9 月，頁 114、115。

〔註25〕馮芸著：〈商人社會流動對宋代社會結構的影響〉，《思想戰線》，2013 年第 3 期第 39 卷，頁 153、154。

〔註26〕田利蘭著：〈論宋代城市經濟發展的時代特徵〉，《文史探源》，2014 年 9 月，頁 115。

〔註27〕孟元老著，楊家駱編：《東京夢華錄注》，臺北：世界書局，1988 年 11 月 3 版，卷三〈相國寺內萬姓交易〉，頁 90、91。

的親信來代理〔註28〕，暫且不論是職業商人還是業餘商人，當時從商
人口的數量是很龐大的，而巨大的貿易量讓整座城市變的欣欣向榮。

貳、產業變遷與運輸

除了身分流動之外，產業變遷也是一大原因，宋代將農業大部分
移往長江中下游，並且開闢梯田，種植方面引進占城稻〔註29〕，讓糧
食產量大增，原本南方的種植作物以水稻為主，在宋代朝廷的政策下
南方也開始種植其他旱類作物：

> 原本南方農民專種水稻，很少種雜糧，一部分土地由於水利
> 不發達等原因不能合理使用。為了防止乾旱和解決糧食不
> 足，政府下詔在南方江南、兩浙等諸州種植北方的粟、麥、
> 豆、黍等旱類作物，缺乏此類種子的州郡，則令江北州郡給
> 予，這樣使土地得到合理使用，南北耕作技術得到了交流提
> 高。北宋時期，隨著南方麥、豆、粟、黍的種植面積逐漸擴
> 大，南方人民的飲食結構也有了較大的改變，尤其是小麥在
> 嶺南的大量栽培有著很大的現實意義。〔註30〕

〈唐宋南北經濟文化的交流與東南飲食文化的發展〉〔註31〕中提到在
北宋時期由於南方種植了麥、黍、粟等作物，改變了南方的飲食習
慣，除了米飯之外也出現了需要用麥子做成的「餅」，而宋室南遷之
後保留了北方的飲食習慣，因此對於麥類的需求量仍不小，以陸游而
言，山陰位於浙江紹興，也是在南方，但陸游的飲食詩中有不少提到

〔註28〕劉鳳娟著：《兩宋經營從商者經營策略研究》，鄭州大學歷史學碩士
學位論文，2012 年 5 月，頁 10、11。
〔註29〕占城稻為原產於中南半島上的水稻種類，宋代福建與占城之間商貿往
來頻繁，此稻種由占城引入福建因而得名。《宋史》：「大中祥符五年
（1012）五月戊辰，帝以江、淮、兩浙稍旱即水田不登，遣使就福建取
占城稻三萬斛，分給三路為種，擇民田之高仰者蒔之，蓋旱稻也。」
〔註30〕節錄自周智武著：〈唐宋南北經濟文化的交流與東南飲食文化的發
展〉，《南寧職業技術學院學報》，2007 年第 12 卷第 2 期，頁 8。
〔註31〕周智武著：〈唐宋南北經濟文化的交流與東南飲食文化的發展〉，《南
寧職業技術學院學報》，2007 年第 12 卷第 2 期，頁 7～10。

麥飯、粟飯的作品〈黃祊小店野飯示子坦子聿〉〔註32〕、〈夢行秦晉間有作〉〔註33〕，證明當時農民除了種稻之外也種麥、種粟，這些作物在農村的種植相當普遍。

政策方面有慶曆新政〔註34〕以及熙寧變法〔註35〕，在田稅制度上進行修正，從原本以穀物繳稅變成以白銀繳稅，計稅方式也從擁有的田地大小變成田地產量，如此一來，農業就逐漸走向商業化，農業是一個國家立國的根本，帶動其它產業也走向分工、專業的道路。

在〈北宋時期經濟思想的轉型〉〔註36〕中有一個章節專論經濟生產的商業化：「北宋社會浸淫在商業的氣氛之中，首先體現在社會產品的商品化水準有了極大的提高，從糧食到油、鹽、醋、茶、木材布帛等統統捲入流通領域，這一經濟浪潮對傳統的自然經濟造成了巨大的衝擊。」〔註37〕簡單而言，當時實施的是專業化的分工，最早以

〔註32〕陸游著，錢仲聯校注：〈黃祊小店野飯示子坦子聿〉，《劍南詩稿校注》，上海古籍出版社，2005 年 4 月新 1 版，卷二十四，頁 1748，節錄：「……食新炊麥飯，嘗餂啜蔬羹。孺子雖知學，家貧且力耕。」

〔註33〕陸游著，錢仲聯校注：〈夢行秦晉間有作〉，《劍南詩稿校注》，上海古籍出版社，2005 年 4 月新 1 版，卷四十四，頁 2730，節錄：「夜店紬衾暖，晨廚粟飯香。驢肩雙酒榼，童背一琴囊。……」

〔註34〕改寫自《欽定四庫全書・史部二・編年類》，李燾著：《續資治通鑑長編・第五十三冊》，卷一百四十三，頁二至四十一，原書來源：浙江大學圖書館，影印本：https://ctext.org/library.pl?if=gb&file=94067&page=5（查詢時間：2021 年 5 月 6 日），「宋仁宗慶曆三年，范仲淹等人上書《答手詔條陳十事》請求變法，仁宗採納，內容有明黜陟、抑僥倖、精貢舉、擇官長、均公田、厚農桑、修武備、減繇役、覃恩信、重命令，但這些政策對於官員、商人利益產生極大的影響，加上守舊派朝臣的反對，慶曆新政只實施了一年餘即宣告失敗。」

〔註35〕楊家駱主編：《新校本宋史并附編三種 十三》，鼎文書局，1978 年，卷三百二十七，頁 10544、10545，「又名王安石變法，為王安石在宋神宗熙寧二年（1069）提出一系列針對舊法改革的新法，其中與田稅相關的有青苗法、農田水利法、方田均稅法等，但由於受到保守派反對，引發新舊黨爭，再加上後來宋神宗病逝，新法一度被廢除。」

〔註36〕楊蕤著：〈北宋時期經濟思想的轉型〉，《青海民族學院學報（社會科學版）》，2007 年 4 月第 33 卷第 4 期，頁 110～114。

〔註37〕楊蕤著：〈北宋時期經濟思想的轉型〉，《青海民族學院學報》〈社會科

前的農業社會是自給自足，到了宋代因為生產量加大，農民可以把多餘的糧食出售，甚至出現專業化的市集，那時候一戶人家只需要專門生產一樣物品即可，剩下的可以投入市場進行貿易，這樣一來更符合經濟學上的比較利益原則〔註38〕，當時宋代的經濟作物出現了商品化以及專業化，有的州專門產茶、有的州專產當地的水果，汴京城周圍則有專產蔬菜花卉的農戶〔註39〕，這些都是當時商品經濟的最佳體現。

　　在運輸方面，不管是北宋或者南宋都仰賴運河，北宋仰賴汴河來運輸物資，而定都在汴京城也有考量過運輸的問題，糧食仰賴漕運，因此並沒有把國都定在時常發生洪患的黃河附近，比起長安、洛陽更偏向南方，北宋時的漕運四渠〔註40〕中以汴河最為重要，它帶起汴京城貿易的興盛，除了保證當時的軍民糧食充裕之外，也帶動汴河沿岸其他城市的興起，〈北宋運河走向與政治、經濟中心轉移〉在最後一段認為「自古黃河多沙，北宋由於採用引黃河濟汴河，後來汴河淤積相當嚴重，這給汴河漕運帶來很大不便。……到北宋後期，制定的每年疏浚制度未能維持，泥沙淤積日益嚴重，沈括有記載：『京城動水門至雍丘、襄邑，河底皆高出堤外平地一丈二尺餘，自汴堤下瞰民

學版〉，2007 年 4 月第 33 卷第 4 期，頁 111、112。

〔註38〕比較利益（Comparative Adavntage），為古典經濟學家李嘉圖於 1817 年所提出的法則，根源於亞當‧斯密的絕對優勢理論。李嘉圖認為各個國家會去生產對自己來說相對優勢較大的產品，通過國際貿易換取那些對本國來說不具備生產優勢的產品，經由比較在其中獲取利益。而比較利益法則用在宋代則是不同城鎮或不同家戶之間會選擇對自己而言較具有優勢的生產方式，再投入到市場上進行貿易，以此獲得較大的利益。

〔註39〕鐘金雁：〈宋代兩京飲食業析論〉，《雲南教育學院學報》，1998 年 8 月第 14 卷第 4 期，頁 39。

〔註40〕孟元老著，鄧之誠注，楊家駱編：《東京夢華錄》，世界書局，1988 年 11 月三版，頁 27、28，卷一〈河道〉：「穿城河道有四。南壁曰蔡河，……中曰汴河，……東北曰五丈河，……西北曰金水河……」此四河合稱漕運四渠。

居，如在深谷。』」〔註41〕這就是所謂的「懸河」〔註42〕，常出現在
泥沙淤積嚴重的河道，如黃河的中下游，除了有政治因素之外更因為
地理因素導致了汴京周邊的沒落。

　　後來宋室南遷到臨安城，江南的富庶更勝北方，杭州更是魚米之
鄉，因此才會有「直把杭州做汴州」的詩句產生，原本北宋國都在汴
京，還需把南方的糧食運往北方，而國都在臨安則不需要如此大費功
夫，杭州剛好是江南運河、浙東運河及錢塘江的交會點，南來北往相
當便利，奠定當時南宋偏安一百五十多年的基礎，陸游在〈常州奔牛
閘記〉：

　　　予謂方朝廷在故都時，實仰東南財賦，而吳中又為東南根
　　　柢。語曰，蘇常熟，天下足。故此閘尤為國用所仰。遲速豐
　　　耗，天下休戚在焉。
　　　自天子駐蹕臨安，牧貢戎贄，四方之賦輸，與郵置往來，軍
　　　旅征戍，商賈貿遷者，途出於此，居天下十七。〔註43〕

奔牛閘位於常州內，當時有名言「蘇常熟，天下足」之句，因此可知
當時奔牛閘疏通調節水流之重要性，與陸游齊名的南宋詩人楊萬里
也曾做過一首詩〈過奔牛閘〉〔註44〕，內容敘述船隻過奔牛閘之盛
況，第二段則描述南宋定都臨安後，四方運輸皆仰賴河運，也是其重

〔註41〕改自王卓然、梁麗著：〈北宋運河走向與政治、經濟中心轉移〉，《華
　　　北水利水電學院學報》〈社會科學版〉，2007 年 10 月第 23 卷第 5 期，
　　　頁 135。
〔註42〕懸河又被叫作地上河，常出現在泥沙量大的河川中下游，如中國黃河
　　　中下游，由於泥沙不斷被沖刷，在中下游坡度平緩的地方於河床往上
　　　堆積，水位也隨之上升，為了防止洪患只能將兩岸的堤防不斷往上築
　　　高，後來形成河面高於河岸兩岸地面的懸河景象。
〔註43〕陸游著：《夏學叢書　陸放翁全集》，河洛圖書出版社，1975 年 5 月
　　　初版，卷二十，頁 119。
〔註44〕《全宋詩‧四二》，北京大學出版社，1998 年 12 月一版，楊萬里著：
　　　〈過奔牛閘〉，卷二十九，頁 26467，全詩為：「春雨未多河未漲，閘
　　　官惜水如金樣。聚船久住下河灣，等待船齊不教放。忽然三板兩板開，
　　　驚雷一聲飛雪堆。眾船過水水不去，船底怒濤跳出來。下河半篙水欲
　　　滿，上河兩平勢差緩。一行二十四樓船，相隨過閘如魚貫。」

要財稅來源，由此可知不管是在北宋還是南宋，河運都佔有相當重要的地位。

參、人口增加

　　農業發達加上政策鬆綁，讓宋代的人口迅速上升，在〈論人口因素在兩宋「城市化」轉型中的作用〉〔註45〕中認為人口因素常在兩宋「城市化」轉型中被忽略，但人口增加往往是讓國家發展的基礎，人口成長離不開穩定的社會背景、糧食產量的增加或是政策考量，有許多事務都需要有足夠的人口數量才能推動，因此這些因素缺一不可。

　　本節只打算談論城市的人口，城市人口的迅速增加相較於農村人口會給國家帶來更大的影響及改變，城市人口增加主要有兩種可能，一種是城市人口的自然增長，一種則是外來人口移入造成城市人口增加。自然增長的前提是都市的基礎建設、治安環境以及生活衛生都不錯，甚至讓居民有餘裕可以生養更多孩子〔註46〕；而外來人口則是城市有一股拉力，可能是就業機會較多或是與前面提過的基礎建設完善等等吸引農村人口移來都市，以及當時田地已經不足以負荷農村人口的增長了，都市拉力加上農村推力形成農村人口往都市流動的現象，人口增加，城市空間就會顯得擁擠，為了爭奪所剩的空間，他們會占用街道、店鋪門口等，就是前面有提過「侵街」的亂象，所以除了是商業繁榮的體現外，也從側面反映出當時都城人口的龐大。

　　　　兩宋作為中國近代史首波「城市化」的高峰期，要早於英國首次「城市化」約 700 餘年。據史料統計，北宋初期城市化率就為 20%，到了南宋則達到了 225。根據現存史料統計，兩宋時期有市鎮多達 3600 個以上，臨安最多的時候人口達

〔註45〕陳軍：〈論人口因素在兩宋「城市化」轉型中的作用〉，《安徽工程大學學報》，2018 年 12 月第 33 卷第 6 期。

〔註46〕陸愛勇：《宋代城市人口管理探析》山東大學中國古代史碩士學位論文，2005 年 5 月 8 日，頁 11。

250 萬。泉州這樣人口在 20 萬以上的城市就有六個，南宋
10 萬人左右的中等城市則更多，聚居於市鎮周圍的人口有
的開始脫離單純農業生產，開始轉向商業、手工業與服務業
等。〔註47〕

　　兩宋的國都人口高居當時世界之冠，當時汴京城內有 140 萬人
左右〔註48〕，南宋以後城市人口比重開始下滑，再也不復當時的盛
況，無論如何，兩宋在當時的世界上締造出空前絕後的繁榮，這是當
時世界罕見的。

　　宋代市民文化包含許多方面，如節日慶典、日常娛樂、民俗技
藝、勾欄瓦舍、文學藝術、飲食文化等等，它讓宋代的文化走向世俗
以及大眾化，有更多人願意去接受這樣通俗的事物，而不是只有達
官貴族能夠欣賞，普通百姓也可以去勾欄瓦舍欣賞藝術表演，這樣
的行為打破了貴族長期壟斷的文化活動〔註49〕，提升普通百姓的文
化修養。

> 宋代市民文化的勃興，是商品經濟和城市經濟發展到一定
> 階段的產物，同時它反過來又帶動和刺激了商品經濟的發
> 展。有專家學者分析指出：宋代以市民文化為代表的娛樂活
> 動的增加，使市場出現了專門供應娛樂市場的文娛類商
> 品，名類繁多，如仿戲劇人物角色物件、雜技玩具、鼓樂玩
> 具、仿生糖果等；而繁華的瓦市更是以其大規模的消費需
> 求，促進了周圍的商品市場，像南宋臨安的二十來處瓦市，
> 幾乎全位於商業繁華的街市或商道要衝。〔註50〕

市民文化興盛，帶動很多行業應運而生，如勾欄瓦舍中說書人的表

〔註47〕陳軍：〈論人口因素在兩宋「城市化」轉型中的作用〉，《安徽工程大
　　　　學學報》，2018 年 12 月第 33 卷第 6 期，頁 37。
〔註48〕趙岡著：《中國城市發展史論集》，北京：中國新星出版社，2006 年。
〔註49〕郭學信：〈宋代市民文化興盛的時代特徵及社會效應探論〉，《廣西社
　　　　會科學》，2015 年第 6 期，頁 117、118。
〔註50〕郭學信：〈宋代市民文化興盛的時代特徵及社會效應探論〉，《廣西社
　　　　會科學》，2015 年第 6 期，頁 117。

演，後來就會推出有名藝人相關周邊商品，或者是在勾欄瓦舍附近擺攤販售一些零嘴等等，因此人潮聚集之地就會愈加熱鬧，為當時的情況帶來雙贏的局面。

第二節　宋代飲食文化興盛

　　宋代市民文化包含很多方面，本論文研究陸游的羹詩，因此單獨取飲食這一方面做論述，在宋代文學中出現飲食相關記載的如雨後春筍般冒出，許多學者曾研究當時都城中的飲食文化並寫成文章發表，尤其研究都城的飲食業、服務業等最廣為人知。

　　藉由當時大小飲食產業間互相競爭與合作，可以想見宋代飲食業蓬勃發展，除了人為因素，包括人口、政策以外，當時許多飲食技術剛好發展到一個階段，互相配合之下造就宋代飲食文化不同於前代，而是更加發達，像是出現了更普遍的食用油及調味料，陸游在山陰時居住於農村，並非都城，因此都城的飲食業與陸游的飲食詩只是間接相關，陸游雖生活貧困，但詩中仍有出現胡麻油與蜜等調味料，而且羹有調和之義，顯示在羹裡加的材料絕對不只一種，可見這些調味料不只是在繁華的都城中流行，而是擴及到農村，逐漸形成人們生活中不可或缺的一部分。

壹、飲食產業的競爭與合作

　　在〈北宋時期東京城的市井飲食探究──以《東京夢華錄》記載為主〉〔註51〕中作者按照店舖規模分成三類，第一類是大型正店，像是汴京城有名的樊樓，專門接待一些達官顯要；第二類是檔次較低的腳店，專門接待普通市井小民；第三種則是路邊攤販或夜市，是最接地氣、最貼近人民生活的店舖，在《東京夢華錄》的〈酒樓〉中記載的就有 72 間正店和腳店，當然實際的數量一定比記載的更多，其中

─────────────

〔註51〕閭成：〈北宋時期東京城的市井飲食探究──以《東京夢華錄》記載為主〉，《中國民族博覽》，2019 年第 3 期。

以樊樓〔註 52〕最為知名，南宋也不遑多讓，最出名的有熙春樓、花月樓、嘉慶樓、聚景樓〔註 53〕等，有些酒樓甚至成為都城的知名地標，顯示當時都城內的食店林立，人民在飲食上有很多種選擇，這些食店也帶動許多工作機會，像是茶博士、閒漢、札客〔註 54〕等。

　　當時人潮聚集最多、最具代表性的夜市當屬州橋夜市，從夜市中販賣的飲食可知當時都城食物種類之豐：

> 自州橋南去，當街水飯、熝肉、乾脯。王樓前獾兒、野狐肉、脯雞。梅家、鹿家鵝鴨、雞兔、肚肺、鱔魚、包子、雞皮、腰腎、雞碎，每個不過十五文……。
> 夏月麻腐雞皮、麻飲細粉、素簽、沙糖冰雪冷元子、水晶皂兒、生淹水木瓜、藥木瓜、雞頭穰、沙糖綠豆甘草冰雪涼水、荔枝膏……，皆用梅紅匣兒盛貯。冬月盤兔、旋炙豬皮肉、野鴨肉、滴酥、水晶膾、煎夾子、豬臟之類，直至龍津橋須腦子肉止，謂之雜嚼，直至三更。〔註 55〕

這些食店在上述的分類中屬於第三類，屬於街邊攤或者早市、夜市，早市是指在天剛亮時就已經開市的市集，「酒店多點燈燭沽賣，每分不過二十文，並粥飯點心，亦間或有賣洗面水，煎點湯茶藥者，直至天明。」〔註 56〕，專賣給趕集的人；夜市則是開到夜半時分仍未歇業的市集，甚至還有「最是大街一兩處麵食店及市西坊西食麵店，通宵買賣，交曉不絕。」〔註 57〕這時候已經有較大的店家是一整天都在營

〔註 52〕孟元老著，鄧之誠注，楊家駱編：《東京夢華錄》，世界書局，1988 年 11 月三版，卷二〈酒樓〉，頁 72、73。
〔註 53〕吳自牧著，周游譯注：《夢粱錄》，二十一世紀出版社，2018 年 3 月初版，卷十六〈酒肆〉，頁 273、274。
〔註 54〕孟元老著，鄧之誠注，楊家駱編：《東京夢華錄》，卷二〈飲食果子〉，頁 74、75。
〔註 55〕孟元老著，鄧之誠注，楊家駱編：《東京夢華錄》，卷二〈州橋夜市〉，頁 66。
〔註 56〕孟元老著，鄧之誠注，楊家駱編：《東京夢華錄注》卷三〈天曉諸人入市〉，頁 121。
〔註 57〕吳自牧著，周游譯注：《夢粱錄》，卷十三〈天曉諸人出市〉，頁 228、229。

業的，這裡的食物種類多樣且靈活，不同季節有不同特色食物推出，隨時適應客人的需求。

　　當時除了正店和腳店賣各式料理之外，在都城中也出現一些專賣店，像肉行〔註58〕、餅店〔註59〕、魚行〔註60〕、米舖〔註61〕、茶肆〔註62〕、酒肆〔註63〕等專賣一種食材的，或者是麵食店〔註64〕、素點心從食店〔註65〕、粉食店〔註66〕等專賣同一類食物的商鋪，當然也出現具有地方性飲食特色的食店，像《東京夢華錄》中的南食店「北食則礬樓前李四家、段家熝物、石逢巴子，南食則寺橋金家、九曲子周家，最為屈指。」〔註67〕，不過南北食之分只在北宋，到南宋時已經是「向者汴京開南食麵店、川茶分飯，以備江南往來士夫，謂其不便北食故耳。南渡以來，幾二百餘年，則水土既慣，飲食混淆，無南、北之分矣。」〔註68〕飲食已經沒有南北之分，但從《夢粱錄》中來看，南方的肉舖中以「豬肉」、「魚肉」居多，「杭城內外，肉鋪不知其幾，皆裝飾肉案，動器新麗。每日各鋪懸挂成邊豬，不下十餘邊。」〔註69〕羊肉產地較遠，這時候大部分是供應給皇宮貴族，像是張俊（1086～1154）〔註70〕宴請宋高宗的宴席中就有「羊舌簽」、「片羊頭」、「燒

〔註58〕孟元老著，鄧之誠注，楊家駱編：《東京夢華錄注》，卷四〈肉行〉，頁133。
〔註59〕孟元老著，鄧之誠注，楊家駱編：《東京夢華錄注》，卷四〈餅店〉，頁133。
〔註60〕孟元老著，鄧之誠注，楊家駱編：《東京夢華錄注》，卷四〈魚行〉，頁134。
〔註61〕吳自牧著，周游譯注：《夢粱錄》，卷十六〈米鋪〉，頁283。
〔註62〕吳自牧著，周游譯注：《夢粱錄》，卷十六〈茶肆〉，頁272。
〔註63〕吳自牧著，周游譯注：《夢粱錄》，卷十六〈酒肆〉，頁273、274。
〔註64〕吳自牧著，周游譯注：《夢粱錄》，卷十六〈麵食店〉，頁279、280。
〔註65〕吳自牧著，周游譯注：《夢粱錄》，卷十六〈葷素從食店〉，頁282。
〔註66〕吳自牧著，周游譯注：《夢粱錄》，卷十六〈葷素從食店〉，頁282。
〔註67〕孟元老著，鄧之誠注，楊家駱編：《東京夢華錄注》，卷三〈馬行街鋪席〉，頁115、116。
〔註68〕吳自牧著，周游譯注：《夢粱錄》，卷十六〈麵食店〉，頁279、280。
〔註69〕吳自牧著，周游譯注：《夢粱錄》，卷十六〈肉鋪〉，頁284、285。
〔註70〕張俊字伯英，鳳翔府成紀人，為南宋高宗時期名將，依附秦檜，於紹

羊」〔註71〕等，可是除了羊肉之外，宴席中也出現不少的魚肉與海鮮，羊肉的地位仍高，但比例已經減少了不少。

　　高檔次的正店、中檔次的腳店以及路邊的攤販或普通專賣店這三類之間，販賣的食物不同、針對的客群也不一樣，不同客群對於飲食的需求不同，「更有專賣血臟麵、齏肉菜麵、筍淘麵、素骨頭麵、麩筍素羹飯。……此等店肆乃下等人求食粗飽，往而市之矣。」〔註72〕這樣的店家就是針對那些以賣勞力為主的人民，他們要將肚子填飽才有力氣幹活，對飲食的要求不慎精細，三種類食店的客群中其中少不了有重疊的，小型腳店及夜市都是針對最底下最普通的百姓，他們之間存在著競爭關係，但更多的是互相合作，有些大型酒店會向專賣店買他們的特色產品，而有些腳店也會向正店來批發酒水〔註73〕，那些小店除了被動等待正店來買之外，有些小販也會主動挑著擔子走進正店裡兜售，大型酒樓通常不會禁止小販的進入，「又有賣紅色或果實蘿蔔之類，不問酒客買與不買，散與坐客，然後得錢，謂之『撒暫』。如此處處有之。唯州橋炭張家、乳酪張家，不放前項人入店，亦不賣下酒，唯以好淹藏菜蔬，賣一色好酒。」〔註74〕這裡寫明只有

　　　　興十二年（1142）進封清河郡王，卒於紹興二十四年（1154），年六
　　　　十九。
〔註71〕孟元老等著：《東京夢華錄外四種》，臺北：大立出版社，1980 年 10
　　　　月，周密：《武林舊事》，〈高宗幸張府節次略〉，頁 493～497。
〔註72〕吳自牧著，周游譯注：《夢梁錄》，卷十六〈麵食店〉，頁 279、280。
〔註73〕孫劉偉著：《北宋東京飲食文化研究》，鄭州大學中國古代史博士學位
　　　　論文，2019 年 5 月，頁 93：「北宋時期的酒店和當今市場上的酒店
　　　　大不相同，北宋時期東京稱之為酒樓的場所是以賣酒為主要業務，同
　　　　時兼營食品，……北宋東京大型的酒店稱為正店，正店造酒兼賣，有
　　　　的稱為酒樓。《清明上河圖》所見的『孫家正店』就是諸多正店中的
　　　　一家。當時政府規定小酒店（當時稱為『腳店』）是沒有資格釀酒的，
　　　　他們需要從正店批發酒來銷售，賺取中間差價。李華瑞先生認為：『批
　　　　發零售現象的出現與宋代商品經濟，特別是城市消費經濟的發達密
　　　　切相關。因為批發零售是商業網點增多、市場擴大的反映』。」
〔註74〕孟元老著，鄧之誠注，楊家駱編：《東京夢華錄注》，卷二〈飲食果
　　　　子〉，頁 74、75。

兩家禁止，顯示當時讓小販進入酒樓兜售商品乃是常態，除了飲食之外，還與其他產業合作，大型酒店樓下在五更時就開始有商品交易，而午後才是各類的飲食上市，因此兩宋時期的外食餐飲業相當發達，「處處各有茶坊、酒肆、麵店、果子、油醬、食米、下飯魚肉、鮝臘等鋪，蓋經紀市井之家，往往多於店舍，旋買見成飲食，此為快便耳。」〔註75〕「若別要下酒，即使人外買軟羊、龜背、大小骨、諸色包子、玉板鮓、生削巴子、瓜薑之類。」〔註76〕在這些食店中採買食物比在自行烹調還要方便，因此在兩宋的飲食業比其他朝代還要發達。

貳、食用油與調味料

茲舉兩宋的食用油與調味料為例，陸詩中提到了胡麻壓油（芝麻油），以及甜羹、蜜餞等，為甜味的來源，食用油在宋代出現較大的變化在於植物油的大量運用，而調味料尤其是甜味來源除了蜂蜜之外更多出了蔗糖，也是在宋代才大規模發展並傳播的。

一、食用油

食用油與當時已經出現的調味料都是為了要讓食材嘗起來更添風味，在北宋年間食用油與調味品已經相當普遍，經常用的食用油有動物油與植物油，前者的出現很早，在周代就已經出現脂膏，動物油是從動物的脂肪中提煉出的油，但可食用的植物油要一直到宋代才出現，其中更以芝麻油居多，芝麻又稱胡麻、脂麻，當時在許多地方種植芝麻，包括當時的洛陽與商丘〔註77〕，陸游在〈蕎麥初熟刈

〔註75〕吳自牧著，周游譯注：《夢粱錄》，卷十三〈鋪席〉，頁 225、226。

〔註76〕孟元老著，鄧之誠注，楊家駱編：《東京夢華錄注》，卷四〈會仙酒樓〉，頁 131。

〔註77〕改寫自《欽定四庫全書・史部二・編年類》，李燾著：《續資治通鑑長編・第八十六冊》，卷二百三十六，頁十七，原書來源：浙江大學圖書館，影印：https://ctext.org/library.pl?if=gb&file=6779&page=35（查詢時間：2021 年 5 月 12 日），原文為：「上曰：『又聞買梳朴即梳朴

者滿野喜而有作〉〔註78〕中寫道:「胡麻壓油油更香,油新餅美爭先嘗」,沈括在《夢溪筆談》中有提到:「今之北人喜用麻油煎物,不問何物,皆用油煎。」〔註79〕,直接證明了當時在北宋已經擅長用油來料理食物。

除了芝麻油之外,當時還有菜籽油、大豆油等等植物油的出現,這讓當時的烹調方式產生更多的變化,出現煎、炒、炸等需要用到較大量食用油的烹調方式,植物油也是從這時候走上普通百姓的餐桌。

> 植物油廣泛應用於烹飪中,促進了食品加工業的發達。在繁華的都城開封,專業食品店鋪林立,其中出售多種油煎、油炸類食品,僅《東京夢華錄》、《夢梁錄》等書記載的油製品就有十幾種:油炸素夾兒、油炸、油炸糟瓊芝、油酥餅兒、花花油餅、肉油餅、肉餅等,這些食品在製作過程中用到了植物油。……食品加工業在當時已形成為一個龐大的產業,又因為這些食品店所售食品中有大量的油煎或油炸麵食,故食品加工業對油的需求量極大。經過植物油煎、炸、炒製成的各種食物,由於高溫烹飪的緣故,食物原料中所含的芳香物質釋放出來,香氣四溢,因此一些老百姓多喜食油煎、油炸食品。〔註80〕

貴買,脂麻即脂麻貴。』安石曰:『今年西京及南京等處水,脂麻不熟,自當貴,豈可責市易司?若買即致物貴,即諸物當盡貴,何故脂麻獨貴?』」西京為洛陽,南京為商丘。

〔註78〕陸游著,錢仲聯校注:〈蕎麥初熟刈者滿野喜而有作〉,《劍南詩稿校注》,上海古籍出版社,2005 年 4 月新 1 版,卷十九,頁 1474,節錄:「城南城北如鋪雪,原野家家種蕎麥。霜晴收斂少在家,餅餌今冬不憂窄。胡麻壓油油更香,油新餅美爭先嘗。」

〔註79〕沈括:《夢溪筆談》,台北:師大出版中心、國立臺灣師範大學出版中心編輯電子書,卷二十四,〈雜志一〉,節錄:「……如今之北方人,喜用麻油煎物,不問何物,皆用油煎。慶曆中,群學士會於玉堂,使人置得生蛤蜊一簀,令廚人烹之。久且不至,客訝之,使人檢視,則曰:『煎之已焦黑,而尚未爛。』坐客莫不大笑。余嘗過親家設饌,有油煎法魚,鱗鬣虬然,無下筋處。主人則捧而橫嚙,終不能咀嚼而罷。」

〔註80〕改寫自楊計國:〈宋代植物油的生產、貿易與在飲食中的應用〉,《中國農史》,2012 年 2 月,頁 70。

油類是允許民間私下買賣的，因此宋代食用油的貿易相當盛行，由於宋代的農業發達，在原料上供應充足，榨油技術也獲得提升，城市對於食用油的需求量增加，再加上以養生而言，植物油相較於動物油更加營養、對人體負擔較小，在某種程度上當時植物油的需求量漸漸增大，逐漸取代大部分的動物油，而前段提到的許多油製品，「宋人用到動物油時，一般稱肉脂、羊脂、羊油、牛脂、牛油、豬脂、豬油等，專門予以說明，區別十分明顯。如製作『假煎肉』時，用『瓠與麩薄切，各和以料煎，麩以油浸煎，瓠以肉脂煎，加蔥、椒、油、酒共炒』〔註81〕。」〔註82〕當時如果是用動物油的話會將所用的油脂種類寫出，如《都城紀勝》的羊脂韭餅〔註83〕，上述製作假煎肉用的是豬脂，而其他沒有寫明的用的則幾乎是植物油，像油炸素夾兒、油炸、油炸糟瓊芝、油酥餅兒等，當時使用的食用油以植物油較為普遍，宋人又說：「蓋人家每日不可缺者，柴、米、油、鹽、醬、醋、茶。或稍豐厚者，下飯羹湯，雖貧下之人，尤不可免。」〔註84〕這時候油已經成為人們生活的必需品，連一般平民百姓都是屬於日常生活必須。

二、調味品

　　除了食用油之外，宋代有許多調味料已趨成熟，《宋代調料研究》〔註85〕對兩宋的調味料有相當詳盡的研究，作者將調料分為鹽、油、

〔註81〕林洪著：〈山家三脆〉，《山家清供》，叢書集成初編本，第 1473 冊，頁 16。

〔註82〕楊計國：〈宋代植物油的生產、貿易與在飲食中的應用〉，《中國農史》，2012 年 2 月，頁 70。

〔註83〕孟元老等著：《東京夢華錄外四種》，臺北：大立出版社，1980 年十月，《都城紀勝》：〈食店〉，頁 94，節錄：「市食點心，涼暖之月，大概多賣豬羊雞煎、煠鰍劐子、四色饅頭、灌肺、灌腸、紅燠姜豉、蹄子肘件之屬夜間頂盤挑架者，如鵪鶉餶飿兒、焦䭔、羊脂韭餅、餅錪、春餅、旋餅……」

〔註84〕吳自牧著，周游譯注：《夢粱錄》，二十一世紀出版社，2018 年 3 月初版，卷十六〈鮝鋪〉，頁 286。

〔註85〕邱飛飛著：《宋代調料研究》，河北大學歷史學碩士學位論文，2018 年 6 月。

醬、醋、糖五類，本篇研究較為注重最後一類的糖，因為糖在宋代有突破性且更廣泛的發展。

　　以前中國的甜味來源相當稀少，早期來自蜂蜜，陸游的〈閑居對食書愧二首　其二〉〔註86〕、〈禹祠〉〔註87〕中有提到蜂蜜的滋味，後來才出現甘蔗製成的蔗糖。陸游：《老學庵筆記》卷六：「唐太宗時，始以甘蔗汁煎成沙糖。」〔註88〕在宋代南方有許多地方種植甘蔗，當時有「福唐、四明、番禺、遂寧、廣漢」五大產區〔註89〕，不過因為都位處南方，在北宋時仰賴漕運將這些蔗糖運送入汴京，南宋時因為距離甘蔗產地較近，蔗糖取得更加方便，不僅延續了在汴京時喜愛甜味的風氣，還出現專賣糖果的五間樓〔註90〕，當時對於甜味的需求已經比在汴京時擴大許多。

　　宋代的糖在飲食上不僅被用於增添風味與色澤，如說紅燒及鹵製菜肴時加入少許糖的「東坡肉」，還會被用來做甜食。第一種是餳糖，又叫麥芽糖，在宋代多為消遣性質的消費，更多的是作為糖果點心在市場上銷售，而且種類十分豐富。如常食的膠牙餳〔註91〕、糖絲線〔註92〕等。可見餳糖在

〔註86〕陸游著，錢仲聯校注：〈閑居對食書愧二首　其二〉，《劍南詩稿校注》，上海古籍出版社，2005 年 4 月新 1 版，卷二十七，頁 1915、1916，節錄：「老病家居幸歲穰，味兼南北飫枯腸。滿脾蜜熟餳餭美，下棧羊肥餺飥香。……」

〔註87〕陸游著，錢仲聯校注：〈禹祠〉，《劍南詩稿校注》，上海古籍出版社，2005 年 4 月新 1 版，卷七十，頁 3884、3885，節錄：「祠宇嵯峨接寶坊，扁舟又繫畫橋傍。豉添滿筯蓴絲紫，蜜漬堆盤粉餌香。……」

〔註88〕陸游著，李劍雄、劉德權點校：《老學庵筆記》，中華書局，2019 年 6 月，頁 94。

〔註89〕徐海榮主編：《中國飲食史》卷四，杭州：杭州出版社，2014 年，頁 87、88。

〔註90〕朱瑞熙：〈南宋臨安府的飲食文化〉，《視點‧杭州‧生活品質》，2013 年 4 月，頁 18，「五間樓是南宋孝宗時『福客糖果所聚』之地，即臨安府專門運銷福州、泉州食糖、水果的一個批發市場。」

〔註91〕吳自牧著，周游譯注：《夢粱錄》，二十一世紀出版社，2018 年 3 月初版，卷六〈十二月〉，頁 105、106。

〔註92〕孟元老等著：《東京夢華錄外四種》，臺北：大立出版社，1980 年 10 月，

宋代的糖類生產結構中所占的比例並不大。第二種是乳糖，又稱石蜜，是用水牛乳、米粉、沙糖等一起煎成塊，然後密封收藏。第三種則是製作蜜餞，最初人們採用的是浸漬的辦法，即將食料浸入蜂蜜中，唐時出現了煮和煎的方法。早期此技術多用於食療品的加工，宋時才開始較廣泛地運用於消閒食品。

宋時蔗糖生產有了很大發展，蜜餞生產中的「蜜」，有時也用蔗糖替代，可有效降低成本不管是用蜜還是蔗糖，生產的成品被宋人稱為「蜜煎」。〔註93〕

兩宋的市面上已經出現許多糖類的點心及料理，他們用的甜味來源並不限定是蜂蜜還是蔗糖，而且因為市面上也時常可見糖製品，如：沙糖冰雪冷元子、間道糖荔枝、西川乳糖獅子、十色蜜煎蚫螺、糖蜜酥皮燒餅〔註94〕等，可以推知當時蜂蜜或者蔗糖的價格應該不算太高。兩宋時期對於甜味的需求的確相較於前代增加許多，但不是因為宋人的口味突然轉變，而是因為這時候製糖技術成熟，開始出現在市面上，因此衍生越來越多相關的飲食，也開始改變宋人的飲食習慣。

　　陸游飲食詩如果要形容滋味很美好，除了將其比喻為山珍海味之外，有時也會用「蜜」來作例子，〈今年立冬後菊方盛開小飲〉：「野實似丹仍似漆，村醪如蜜復如齏。」〔註95〕〈以石芥送劉韶美禮部劉比釀酒勁甚因以為戲二首〉：「長安官酒甜如蜜，風月雖佳懶舉觴。」〔註96〕

　　　　周密：《武林舊事》，〈果子〉，頁446。

〔註93〕邱飛飛著：《宋代調料研究》，河北大學歷史學碩士學位論文，2018年6月，頁43、44。

〔註94〕孟元老著，鄧之誠注，楊家駱編：《東京夢華錄》，卷二〈州橋夜市〉，頁66；吳自牧著，周游譯注：《夢梁錄》，卷十六〈葷素從食店〉，頁282。

〔註95〕陸游著，錢仲聯校注：〈今年立冬後菊方盛開小飲〉，《劍南詩稿校注》，卷二十五，頁1817，全詩為：「胡床移就菊花畦，飲具酸寒手自攜。野實似丹仍似漆，村醪如蜜復如齏。傳芳那解烹羊腳，破戒猶慚擘蟹臍。一醉又驅黃犢出，冬晴正要飽畊犁。」

〔註96〕陸游著，錢仲聯校注：〈以石芥送劉韶美禮部劉比釀酒勁甚因以為戲二首〉，《劍南詩稿校注》，卷一，頁61、62，全詩為：「長安官酒甜如蜜，風月雖佳懶舉觴。持送盤蔬還會否，與公新釀鬪端方。」

〈術家言予今歲畏四孟月而秋尤甚自初秋小疾屢作戲題長句〉:「一生強半臥窮閻,糲飯藜羹似蜜甜。」〔註97〕〈望霽〉:「但令有米送官倉,豆飯藜羹甘似蜜。」〔註98〕蜜可以用來形容美酒、形容簡單粗食,陸游詩中的蜜應當是指甜味,但這樣的甜味來源應當不是蔗糖,蔗糖源自甘蔗,陸詩中只出現「蔗漿」〔註99〕一詞,「糖」字也用的很少,大部分是用在「糖蟹」〔註100〕這道蟹料理,所以陸游在飲食詩用作比喻的「蜜」是蜂蜜,事實上陸詩中提到「蜜」或「蜂蜜」的共有 61 首,數量頗多,除了比喻為蜜之外,也有作者在旅遊中實際見到的蜜蜂,或是用來比喻美好的感覺,如「睡味甜如蜜,人情冷似漿。」〔註101〕當作飲食的蜂蜜反而很少,最明顯的兩首分別為

〔註97〕陸游著,錢仲聯校注:〈術家言予今歲畏四孟月而秋尤甚自初秋小疾屢作戲題長句〉,《劍南詩稿校注》,卷八十三,頁 4475、4476,全詩為:「一生強半臥窮閻,糲飯藜羹似蜜甜。耄齒覺衰嗟已晚,孟秋屬疾信如占。危途本自難安步,惡石何妨更痛砭。堅忍莫為秋雨嘆,牽蘿猶足補茅苫。」

〔註98〕陸游著,錢仲聯校注:〈望霽〉,《劍南詩稿校注》,卷三十九,頁 2506、2507,全詩為:「夜雨勿厭空階聲,天公欲作明朝晴。明朝甲子最畏雨,榜舟入市聞古語。今年雨暘俱及時,麥已入倉雲四垂。雨來不馻亦不遲,大點如菽細如絲。徐徐雲開見杲日,晚禾吹花早禾實。但令有米送官倉,豆飯藜羹甘似蜜。」

〔註99〕陸游著,錢仲聯校注:〈掩戶〉,《劍南詩稿校注》,卷五十二,頁 3077、3078,全詩為:「蔗漿那解破餘酲,一讀南華眼自明。香縷映窗凝不散,墨丸入硯細無聲。太山蟻垤初何有,佛國魔宮本亦平。此段光明誰障得,曠懷還與老書生。」

〔註100〕陸游著,錢仲聯校注:〈夜隱即事〉,《劍南詩稿校注》,卷九,頁 765、766,全詩為:「天涯久客我何堪,聊喜燈前得縱談。磊落金盤薦糖蟹,纖柔玉指破霜柑。燭圍寶馬人將起,花墜紗巾酒正酣。更作茶甌清絕夢,小窗橫幅畫江南。」、〈醉中歌〉卷一,頁 92,節錄:「吾少貧賤真臞儒,貪食嗜味老不除。折腰斂版日走趨,歸來聊以醉自娛。長鱭巨楂羅杯盂,不須漁翁勸三閭。牛尾膏美如凝酥,猫頭輪囷欲專車。黃雀萬行頭顱顱,白鵝作鮓天下無。潯陽糖蟹徑尺餘,吾州之薌尤嘉蔬。珍盤餖飣百味俱,不但項臠與腹腴。……」

〔註101〕陸游著,錢仲聯校注:〈思歸示兒輩〉,《劍南詩稿校注》,卷五十三,頁 3140、3141,全詩為:「睡味甜如蜜,人情冷似漿。流年垂及耄,客子固多傷。興發難豚社,心閒翰墨場。吾兒姑力穡,莫羨笏堆床。」

〈禹祠〉:「豉添滿筯蓴絲紫,蜜漬堆盤粉餌香。」和〈雜詠園中果子四首　其四〉:「鹽收蜜漬饒風味,送與山僧下夜茶。」這裡出現的「蜜漬」相當於蜜餞,從第二首可知蜜餞可為當時飲茶的茶點,提供甜味。除了作調味之外,蜂蜜在當時也可以作藥用,「蜂蜜糖含有大量人體所需的微量元素……而且沒有蔗糖等糖品具有的食忌與副作用。」〔註102〕陸詩中的蜂蜜也有養生的作用,在研究陸游的飲食詩時應當將這一點考慮進去。

　　甜味能給人滿足感,除了上述的作品之外,陸游的作品仍有出現其他甜味,如〈甜羹〉以及〈甜羹之法以菘菜山藥芋萊菔雜為之不施醯醬山庖珍烹也戲作一絕〉二詩:

　　山廚薪桂軟炊秔,旋洗香蔬手自烹。從此八珍俱避舍,天蘇陀味屬甜羹。〔註103〕

　　老住湖邊一把茅,時沽村酒具山殽。年來傳得甜羹法,更為吳酸作解嘲。〔註104〕

兩首詩都提及甜羹,第一首在詩題後有注:「菘〔註105〕、蘆服〔註106〕、

〔註102〕陳偉明著:《唐宋飲食文化初探》,北京:中國商業出版社,1993年9月初版,頁134。

〔註103〕陸游著,錢仲聯校注:〈甜羹〉,《劍南詩稿校注》,卷二十二,頁1638。

〔註104〕陸游著,錢仲聯校注:〈甜羹之法以菘菜山藥芋萊菔雜為之不施醯醬山庖珍烹也戲作一絕〉,《劍南詩稿校注》,卷二十三,頁1707。

〔註105〕陳彭年等重修,林尹校訂:《新校正切　宋本廣韻》,臺北:黎明文化,2015年10月24刷,頁25,〈上平聲　一東〉:「菜名。」《教育部重編國語辭典修訂本》:http://dict.revised.moe.edu.tw/cgi-bin/cbdic/gsweb.cgi?ccd=t6PVdR&o=e0&sec=sec1&op=v&view=0-1 (查詢時間:2021年5月10日)「菘」:「植物名,十字花科蕓薹屬。」http://dict.revised.moe.edu.tw/cgi-bin/cbdic/gsweb.cgi?ccd=t6PVdR&o=e0&sec=sec1&op=sti=%22%E7%99%BD%E8%8F%9C%22(查詢時間:2021年5月10日)「白菜」:「植物名。十字花科蕓薹屬,一或二年生草本。莖扁薄而白,葉闊大,呈淡綠色,葉柄白色,扁平。繖房狀總狀花序,花黃色。長角果粗厚,直立。是一種可食用的蔬菜。也稱為『大白菜』、『菘菜』。」

〔註106〕許慎撰,段玉裁注《說文解字注》,新北:頂淵文化,2008年10月,初版三刷。一篇下,艸部,八頁,頁25,原文為:「蘆,蘆菔也,一曰薺根。」、「菔,蘆菔,似蕪菁,實如小未者。今之蘿蔔也。」

山藥、芋作羹」，用菘、蘿蔔、山藥以及芋頭作甜羹；第二首同第一首，所用食材完全相同（菜菔同蘆服），甜羹所用的材料除了菘菜屬於菜葉類蔬菜之外，其他都是五穀根莖類，那甜羹的甜味自何而來？推斷陸游這裡所謂的「甜」指的是這些食材的本味，而不是添加了蜂蜜或蔗糖，五穀根莖類含有大量的澱粉，平時儲存於根莖之中作為植物的生長養分，澱粉本身與口腔中的澱粉酶產生反應，會產生淡淡的甜味〔註107〕，因此不須在羹中加入糖或蜜，咀嚼的久了自然可以品嘗出食材中的甜，這樣的甜味屬於飴糖（或稱餳糖），與麥芽糖類似，將糧食中的澱粉水解為醣類，以糯、粟米為佳〔註108〕，蘿蔔、山藥、芋頭同屬於五穀根莖類，澱粉也許無法像糯米、粟米一般製成麥芽糖，但本身確實帶有淡淡甜味。他提到甜羹的味道是天蘇陀味，一種只出現在天上的美味，蘇陀是一種佛教名詞，舊稱須陀，也譯作甘露，意指天上之食物，《玄應音義二十二》曰：「蘇陀味，舊經中作須陀飯，此天甘露食也。」〔註109〕陸游當時與佛教應當有所接觸，不然他不會在詩中用到這個詞，而甜羹在他眼裡是一種天上的食物，味道非比尋常。陸游在甜羹中常到的是食物的本味，不同於來自糖或蜜的甜，這樣的甜味來自自然，當時陸游正是細細品味生活才能於甜羹中嘗出食材的本色，不需要藉由調味料就可以品嘗到其中的美好。

　　分茶酒店的現代化經營，讓當時都城的飲食文化興盛，有更多的人願意上街去品嘗，這時候的飲食不僅僅是為了滿足生理需求，更是心理上的放鬆與享受，食用油與調味品對兩宋人生活的改變過程是很類似的，都是由於大量種植、技術成熟、運輸方便等原因才改變當時的飲食文化，這些食用油及調味品傳入，讓兩宋的飲食出現許多變化。

〔註107〕參考自〈醣＆糖大不同〉、中研營養資訊網 https://www.ibms.sinica.edu.tw/health/howeatsix.html，2021 年 3 月 21 日（查詢時間）
〔註108〕陳偉明著：《唐宋飲食文化初探》，北京：中國商業出版社，1993 年 9 月初版，頁 129。
〔註109〕于亭著：《玄應《一切經音義》研究》，中國社會科學出版社，2009 年 6 月。

　　除了糖之外，鹽是屬於人的生活必需品，最早出現時間已不可考，因此在兩宋時的特殊性較為缺乏，歷朝歷代在烹調上都會用到鹽；食用油已經在前兩段談論過；醬的出現早在《周禮》時就已經有文字紀錄「百醬」〔註110〕之詞，在宋朝除了醬之外也常用豉來調味；醋的釀造技術在唐代就已經成熟，在宋代成為必備調味料之一，官方的油醋庫除了產油之外也釀醋，但以上這四種都比不上糖在宋代的地位顯著提升，而受限於論文篇幅，在此只能略以糖作為著重之處，其餘調味料留待後續研究論文再言。

　　兩宋時代的飲食文化興盛當然不單單是這兩種而已，當時的政策、人口遷移都有影響，宋室南遷後，保留許多他們在汴京時的飲食文化，帶到南方與南方原本的飲食習慣互相結合，原本北方較偏愛麵食，後來連南方也出現許多麵食店，客群也擴大到南方人，當時有許多店家模仿原本在汴京的習慣來布置，「杭城食店，多是效學京師人，開張亦效御廚體式，貴官家品件。」〔註111〕可見當時有許多人仍忘不了昔日在汴京時那樣的熱鬧繁華，只能藉由模仿來懷念過去，所以這時候他們在飲食上品嘗的已經不是味道，而是他們曾經的過往。

第三節　宋型文化

　　談完了宋代市民文化與飲食文化的興盛之後，對於陸游羹詩的探討還有「宋型文化」這一觀點可供研究，相較於前面已經談過的兩種文化，宋型文化是比較偏向更深層的文化意蘊，表露在當時文人的作品之中，而且跟文人的意識、創作動機、政策等等皆有關聯。

　　除此之外陸游詩中展現出明顯的地方意識，具體有蜀地以及山陰的地區意識，而陸游的羹詩中表現出的地域文化則是山陰意識較

〔註110〕《十三經注疏3　周禮》，臺北：藝文印書館，1993年9月，頁10，〈天官冢宰〉。

〔註111〕吳自牧著，周游譯注：《夢粱錄》，二十一世紀出版社，2018年3月初版，卷十六〈分茶酒店〉，頁276。

多，因為羹詩主要是陸游在山陰時創作的，所以會針對陸游的山陰意識研究。

壹、宋型文化特徵

「宋型文化」一詞出自傅樂成先生的〈唐型文化與宋型文化〉一文，他曾經歸納出唐型與宋型兩種不同的文化特色：

> 大體說來，唐代文化以接受外來文化為主，其文化精神及動態是複雜而進取的。……到宋，各派思想主流如佛、道、儒諸家，已趨融合，漸成一統之局，遂有民族本位文化的理學的產生，其文化精神及動態亦轉趨單純與收斂。南宋時，道統的思想既立，民族本位文化益漸強固，其排拒外來文化的成見，也日益加深。宋代對外交通，甚為發達，但其各項學術，都不脫中國本位文化的範圍；對外來文化的吸收，幾達停滯狀態。這是中國本位文化建立後的最顯著的現象，也是宋型文化與唐型文化最大的不同點。〔註112〕

傅樂成先生認為唐代主要是接受外來文化，因此唐型文化是比較開放、多方融合的，仍可以從唐代的文化中看到各民族的特色。但是在宋代各派思想已經逐漸有一統之勢，雖然在民間文化上還是有跟各國進行互相交流的，但在學術及思想方面已經逐漸確立了中國本位特色，應該說是當時是以宋朝為本位的文化。

所以兩者比較之下會發現唐型文化比較開放、活潑、感性、有包容力；宋型文化則相對較單純、理性，而且開始思索自己的內在精神，探究自我，或是提出疑問。不同文化風格則影響著文人的創作與意識形態，拿唐人與宋人的作品來對比會發現，兩個朝代表現出的精神是有相當大差異的。

> 唐型文化作用下的士人作家普遍具有一股勁健豪俠之氣，他們突破了傳統的「學而優則仕」的觀念，充滿了文化創造的活力，積極探索創作道路的多樣性，在文學創作中往往能

〔註112〕傅樂成著：《漢唐史論集》，臺北：聯經出版社，1981 年 6 月，頁 380。

夠直抒胸臆，毫無扭捏猥瑣之態，充滿著自然真摯的美與清
新純真的氣息。……而與唐型文化下的士人作家相比，宋型
文化作用下的文人作家雖然文人意識更為自覺，他們的文
化創造活動也滲透著更為強烈的文人氣息，但由於缺乏唐
代士人作家那種時代自豪感和建功立業的進取心，他們創
造出來的主流文化呈現出濃郁的精緻、高雅、含蓄、內省的
審美趨勢。因此，他們的詩歌創作更多表現出來的是平和沖
淡、自主內斂和縝密細膩。〔註113〕

以這篇文章來看，作者認為宋代的士人身上的文人氣息更加濃厚，他
們的作品更加精緻高雅，但是流露出的情感卻是平淡細膩的，這裡的
平淡是相較唐人的作品而言，宋代文人已將目光放到一些細微的、平
凡的事物上，於其中體悟人生的道理。

　　除了關注點不同之外，家國的認同也在宋代覺醒並且確立，對於
宋朝積弱不振的國勢開始感到憂心，再加上文人政治、科舉制度讓儒
學達到高峰，宋代的儒學呈現出與過往不同的風貌，那就是理學。

宋仁宗初期，疑古思潮開始盛行。當時士人對流傳多年的傳
統經學，有著自己獨到的見解和看法，絕不輕易認同前人，
並對傳統經學家「疏不破注」的做法不以為然。……宋代學
者幾乎對所有流傳下來的經典，都持一種懷疑和批判的態
度，而不是一味的盲從古人。陸游說：「唐及國初，學者不
敢議孔安國、鄭康成，況聖人乎！自慶曆後，諸儒發明經旨，
非前人所及；然排《繫辭》、毀《周禮》，疑《孟子》，譏《書》
之《胤征》、《顧命》，黜《詩》之序，不難於議經，況傳注
乎！」〔註114〕

就連陸游也存有疑心，懷疑之後會推動思考，思考後則會開始想去證
明，這樣一遍一遍的反覆最後成就出一個宋代顯學，文人在這時候要

〔註113〕節錄自王宏武著：〈略論唐型文化與宋型文化〉，《甘肅高師學報》，
　　　　2011 年第 16 卷第 6 期。
〔註114〕董德志著：〈略論宋代文化的時代特徵〉，《聊城大學學報（社會科學
　　　　版）》，2011 年第 2 期，頁 294。

追求的是書中客觀的真理，而不是一味的相信前人說法，所以他們在
思考構思的過程中會是很嚴謹的，除了思考經典古籍之外，他們也會
進一步反思自己人生，從生活中悟出道理。

> 宋儒因專講修養，砥礪名節，有「餓死事小，失節事大」之
> 說。這個說法，對後世影響極大，……宋代理學家之居官
> 者，莫不潔身自好，操守出眾，但大都反對政治的革新，主
> 張保持現狀。對外雖亦有濃厚的民族意識，但反對戰爭，僅
> 求苟安。因此節操雖勵，無益於政治的進步；夷夏之辨雖嚴，
> 而不能報仇雪恨，恢復故土。〔註115〕

以陸游的人生經歷以及抱負理想來看，誠然他的志節高操，但他主張
北伐，對當時偏安江南的朝廷來說是一個麻煩，畢竟當時朝上以主和
派的官員居多，陸游的想法作為在他們眼中是極不合群的，所以陸游
應該是傅先生口中理學家的例外，陸游他是有復國的心，但在這樣的
大環境下也是獨木難支。

貳、陸游羹詩體現的宋型文化

在《南宋四家詩與宋型文化之關係研究》〔註116〕一博士論文中
為主題式的探討，先講宋型文化的幾個特點，再由不同特點來研究南
宋四大家的詩作，宋型文化包括淑世精神〔註117〕、憂患意識〔註118〕、
仕隱情懷與孔顏之樂〔註119〕，在陸詩方面作者專列一章節針對前二

〔註115〕傅樂成著：《漢唐史論集》，臺北：聯經出版社，1981年6月，頁379。
〔註116〕蔡淑月：《南宋四家詩與宋型文化之關係研究》，彰化師範大學國文
　　　　研究所博士論文，2011年6月。
〔註117〕蔡淑月：《南宋四家詩與宋型文化之關係研究》，彰化師範大學國文
　　　　研究所博士論文，2011年6月，〈宋型文化之形塑與仕人心態之轉
　　　　換〉，頁50～57。
〔註118〕蔡淑月：《南宋四家詩與宋型文化之關係研究》，彰化師範大學國文
　　　　研究所博士論文，2011年6月，〈宋型文化之形塑與仕人心態之轉
　　　　換〉，頁58～68。
〔註119〕蔡淑月：《南宋四家詩與宋型文化之關係研究》，彰化師範大學國文
　　　　研究所博士論文，2011年6月，〈宋型文化之形塑與仕人心態之轉
　　　　換〉，頁69～104。

者做詳加研究，但細究其內容會發現，雖然在憂患意識一節雖然有分為憂國及憂民兩部分，他明顯偏重在詩人的愛國詩，也就是「憂國之心」，花了比較大的篇幅去表達陸游愛國詩中對於宋型文化的反映，而且很可惜在仕隱情懷以及孔顏之樂這兩大特徵的內容並沒有與淑世精神或憂患意識一樣多，整體而言作者對於陸游詩作的研究著重在愛國詩這一部分。

　　本篇論文主要研究的是陸游的羹詩，就比較偏向陸游的仕隱情懷以及孔顏之樂，雖然在《南宋四家詩與宋型文化之關係研究》篇幅較少但還是可以作為參考依據，其中孔顏之樂在本篇論文中會有比較重的比例，因為與陸游的羹詩關聯性比較大。

　　陸游的羹詩主要集中在他歸返山陰後的二十年，這時候陸游生活在鄉村之中，他的作品中可見到關於詩人對於當官或歸隱的矛盾衝突以及最後他在平凡生活中體會的樂趣，雖然他在淳熙十六年時罷官，但他的歸隱之意早在淳熙十六年之前的作品中就有出現，只是那時他還遲遲無法下定決心。

　　歸鄉之後的作品中時常表現出他對於日常生活的悠閒以及回想當官時的忙碌，以這兩者來做對照，陸游的仕隱與他個人志向抱負有很大的關聯，對陸游來說當官可以是他實現理想的第一步，而他離他的理想最近的時候則是王炎聘他為幕僚，他可以真正參與軍務，這時候他的愛國詩作慷慨激昂。但很快王炎幕府解散，陸游繼續被調任前往他處，他原先的躊躇滿志逐漸被現實消磨，無奈之下他選擇離開朝堂，回歸山陰一事對詩人來說已經是一種退讓，身理、現實層面的退讓，除了無奈之外，《南宋四家詩與宋型文化之關係研究》的作者認為其中未嘗不有明哲保身的想法〔註120〕，為了要躲避當時朝上的黨爭迫害，陸游才選擇辭官。

　　「開口攬時事，論議爭煌煌」，宋代文人這種坐而論道、行

〔註120〕蔡淑月：《南宋四家詩與宋型文化之關係研究》，彰化師範大學國文研究所博士論文，2011 年 6 月，頁 229～232。

而施道的政治熱情和政治自覺，實質上仍是經世致用理念
指導下儒家治國平天下理想的一種實踐方式，其邏輯起點，
是以「修身」為核心的理想人格的樹立與追求。……范仲淹
「君國以忠，親友以義，進退安危，不易其志，立身大節，
明白如是」的偉大人格成為士林的典範，……其後，歐陽修
執文壇牛耳，「天資剛勁，見義勇為，雖機阱在前，觸發之
不顧，放逐流離至於再三，志氣自若也」。由是，重名節，
重人格成為宋代士林一種普遍的精神風尚。〔註121〕

陸游也承襲了這樣的意志，在心態上，即使他身在家鄉，也未曾忘
記他對於理想的渴望，詩作中常紀錄回憶或夢見過去的時光，這是
陸游這時期愛國心唯一能體現的方法，但陸游憂國憂民的意識卻不
只在愛國詩作中，他的田園詩內在也有同樣的情感，只是用平淡的
文字包裹起來，如：陸游的羹詩中還包含他的政治理念，他對於君
臣和諧的渴望，「武丁命傅說，治國如和羹。」〔註122〕調製羹湯講
究五味的搭配，任一味道都不可過多過少，否則便會失去其調和之
道，陸游用羹湯來表達他對政治的期待，若當時的君王、臣子、地
方官員都能如此，北伐何嘗無望，他也不用到心灰意冷回家鄉隱居
的地步。

　　在長期躬耕的田園生活中，陸游沒有一味沉溺在鬱悶之中，他回
過頭檢視自己的生活，從生活中的日常尋找療癒舒緩之道，最後歸於
平淡，〈書懷〉：「無事自能心太平，有為終蔽性光明。皮膚脫盡見真
理，粱肉掃空甘菜羹。」〔註123〕若沒有外在事物的煩憂，心中自然能
平靜下來，引申為陸游這時候對於自己當官的期待已經幾乎放下，心
中遠大的理想仍存在著，他可以很坦然地回顧自己的人生，這才悟出
了人生的道理，粱肉是很精緻的食物或料理，跟簡單純粹的菜羹相

〔註121〕余敏芳：〈論宋型文化的雅俗變奏〉，《江西社會科學》，2017 年第 10
　　　　期，頁 114。
〔註122〕陸游著，錢仲聯校注：〈養生〉，《劍南詩稿校注》，卷四十八，頁 2925。
〔註123〕陸游著，錢仲聯校注：〈謝王子林判院惠詩編〉，《劍南詩稿校注》，
　　　　卷五十八，頁 3360。

比，陸游顯然更甘於這樣回歸自然本味的菜羹。

　　如同《南宋四家詩與宋型文化之關係研究》歸納出的〈「思歸懷抱真——追尋淵明精神〉〔註124〕，羹詩中時常引用陶淵明的作品，陶淵明不為五斗米折腰的精神是陸游所仰慕的，陶淵明選擇回歸自然是因為他認為官場像是一個牢籠束縛住他，但陸游於仕隱中的掙扎更多，兩難的選擇牽扯了他的理想、他的志節，所以雖然他選擇回到山陰，他的心理落差是相當大的，為了要舒緩這樣的落差，陸游讓自己轉移注意力到其他地方，除了外在世界之外，陸游也開始專注在自我的修養，他的詩作中有許多〈讀書有感〉、〈讀書〉、〈觀古人書〉等，他重新翻閱這些書籍，從書中體悟真理。

　　　　宋詩面貌在歐陽修、蘇軾等人手中基本成型，之後黃庭堅就
　　　　正式開始了對詩歌的俗化進程。愛國詩人陸游在詩中更多
　　　　的是用明朗曉暢，甚至淺近滑易的語言去表現對日常生活
　　　　的熱愛；身為理學家的楊萬里也大量採用淺近明白、近於口
　　　　語的語言來顯示大自然的靈性與諧趣；范成大更是以自然
　　　　清新的農家語成就了一代偉大的田園詩人；……宋詩中「以
　　　　俗為雅」的命題，擴大了詩歌的題材範圍，增強了詩歌的表
　　　　現手段，使詩歌更加貼近現實日常生活。可以說，俗化傾向
　　　　成為宋代詩歌發展的主導方向。〔註125〕

陸游的詩作中有許多以俗為雅的典型，這也是宋型文化的特色之一，宋代通俗文化與市民文化的發達，也影響到文人的創作風格，他們的選材日漸平民化、生活化，如果說唐型文化的主題是波瀾壯闊，那宋型文化的選題就是典雅細緻，他們將典雅與通俗互相融合，陸游的羹詩在寫作手法、精神情韻上都相當貼近日常生活，詩中呈現出陸游山陰的純樸生活、簡單的羹湯就能讓詩人心滿意足，他在品嚐羹湯的過

〔註124〕　蔡淑月：《南宋四家詩與宋型文化之關係研究》，彰化師範大學國文
　　　　　研究所博士論文，2011 年 6 月，頁 245。

〔註125〕　李冬紅：〈宋型文化中詩詞的不同走向〉，《湖州師範學院學報》，2010
　　　　　年 6 月第 31 卷第 3 期，頁 3。

程中化解自己的憂憤不平，羹湯已經不僅僅是桌上的一道料理，而是詩人人生感悟的具體呈現。

　　陸游的羹詩中處處可見宋型文化的影子，詩人的自省、議論、雅俗、情感處處不離宋型文化，因為陸游是個士大夫，而且是一個有遠大志節的士大夫，他的詩作充分展現出一個文人對國家的憂患、對人民的疾苦感同身受，陸游藉著飲食來尋求真理，這正是一個儒者追求大道的最佳例子，宋型文化的自省與議論有助於這些文人來探索追求更高的意境，由此可知宋型文化的種種影響陸游良深，是在談宋代文化中不可忽略的一大主題。

參、陸游羹詩的地域文化

　　研究陸游的羹詩，就要談到陸游當時幾乎是在回到山陰之後才大量創作羹詩，所以羹湯這一道飲食與山陰的地域文化是息息相關的，陸游在蜀時的羹詩並不多，可見他當時應該很少品嘗羹湯，或者是當時羹湯給他的感觸並不算太深。

　　陸游詩中展現出的地域文化其實不是只有山陰，還有蜀地的文化，但由於本篇論文是以陸游的羹詩作為研究主題，大部分羹詩又剛好是詩人於山陰時所作，所以將陸游作品中的地域文化範圍縮減到山陰這一個地區，山陰是陸游的故鄉，而且物產豐富，具有相當大的人文情懷以及自然風光，這對詩人的作品產生極大的影響。陸游的家鄉在如今的紹興一帶，《陸游詩歌的地域文化研究——以紹興、漢中為中心》專門談論到紹興文化對陸游的影響，論文認為當地的自然風光以及歷史文化都涵養出詩人獨特的感受，尤其又以陸游回歸故里之後，對山陰的風貌描述更深：

> 陸游長期生活在農村，除了遍遊佳山勝水，也參與農事活動，與父老鄉親融洽相處，徹底融入了農村生活，因此他寫有大量描寫田園風光與民風民俗的詩歌。家鄉的自然、人文環境使陸游的晚年生活充滿了樂趣與溫暖，詩人對故鄉的感情也愈加深厚，對故鄉淳樸的民風熱愛之極。「故里淳風

比結繩，歸耕況遇歲豐登」，「結繩」，出自《周易‧繫辭下》
中：「上古結繩而治，後世聖人易之以書契。」詩人借此表
達了對遠古簡單自然理想生活的嚮往，對家鄉樸實民風的
讚美之情。〔註126〕

陸游的詩中完整反映出山陰當地的風土民情，像是節氣風俗、當地慶
典、人際往來，以及不可或缺的當地飲食，這些都透過陸游的詩作一
一呈現在眼前，詩人在家鄉的生活是很悠閒並且放鬆的，這樣的放鬆
心情影響了他的詩作風格。

　　隨著陸游創作時間的不同，他的詩作中也展現出對山陰不一樣
的情懷，〈詩人的地方意識──以陸游的山陰經驗為例〉就有談到這
一點，在陸游仕宦的過程中，他逐漸懷念起故鄉的一切，論文中認為
陸游這時候出現「吾州」意識〔註127〕，也就是真正對家鄉產生認同
感，這樣的感觸通常會出現在旅居異地時，而陸游對山陰的認同則是
出現在他到蜀地的時候：

遊宦蜀地近十年的時間，對陸游的思想與創作有著無比深
刻的啟發。異地體驗，一方面陸游盡情觀覽蜀地山水自然，
歷史古蹟，壯大心懷；另一方面在宦遊之中，也逐漸反思故
鄉於己的意義，甚感眷戀。〔註128〕

作者在陸游於蜀地的情感中除了單純的欣賞之外，也出現了一點反思
自我，雖然上述只有提到對於家鄉的眷戀，但詩人在這樣的仕途中感
受到失落，這樣的失落源自於他實際當了官之後，親身體會到理想與
現實的差距，蜀地若說是陸游實現理想抱負的象徵，那山陰對他來說
就是一個歸隱的所在。

　　描寫山陰的作品除了有當地特有的鄉土飲食之外，晚年陸游的

〔註126〕白金花：《陸游詩歌的地域文化研究──以紹興、漢中為中心》，陝
　　　　西理工學院中國古代文學碩士學位論文，2014年5月，頁47。
〔註127〕李妮庭：〈詩人的地方意識──以陸游的山陰經驗為例〉，《國立彰化
　　　　師範大學（文學院學報）》，第十八期，2018年9月初版一刷，頁39。
〔註128〕李妮庭：〈詩人的地方意識──以陸游的山陰經驗為例〉，《國立彰化
　　　　師範大學（文學院學報）》，第十八期，2018年9月初版一刷，頁42。

詩作中還時常出現農村或繁忙，或豐收，或悠閒的生活景象，他在這些日常生活中品嘗到樂趣。而農村之外，陸游也時常於山陰出遊，但他晚年走過的地點也幾乎不離山陰這個地區太遠，可能是與友人泛舟湖上、郊外踏青、信步閒遊等等，所以他詩作中也不僅是單純的農村景色，而是從各方面來描繪出山陰一帶的風貌。

〈詩人的地方意識──以陸游的山陰經驗為例〉一文中有提到當時詩人是「記江湖之樂來表現自我」〔註129〕，表面上在寫山陰之景，實際上是陳述自己的心志，放鬆自己的心理，於山川美景間遊樂，他回到了自己最純樸的時候，他在山陰的作品是從生活中取材，〈詩人的地方意識──以陸游的山陰經驗為例〉的內容比較龐雜，而且主要是聚焦在陸游在外地並且懷念故鄉的情感，雖然其中不乏舉例陸游晚年在山陰之詩作，但作者以陸游對於山陰的地區意識做為研究主題，並不是按時間先後劃分，這對於研究詩人山陰時期的作品有些難度。然而此篇在談論到陸游的山陰意識卻有很深刻的見解，在下一節本篇論文談到陸游羹詩中的山陰意識會有相當的助益。

陸游的羹詩多是他在山陰所作，其中所提到的飲食、日常所見等都貼近詩人的真實生活，從這些羹詩中可以看到陸游對於故鄉的一切是眷戀的，心裡頗感放鬆，他偶爾還是會在詩中談到以前當官時的忙碌，與現在的輕鬆做對比：

> 陸游平生「愛山入骨髓，嗜酒在膏肓」，久居家鄉期間，遊覽山水是他生活的重要內容，遊三山、泛若耶、觀鏡湖、漫步村巷田園，無處不到，無景不賞。因此紹興山水春夏秋冬的四季姿容、雨雪風霜的美妙氣象悉數收入陸游眼底。〔註130〕

家鄉的景物在陸游眼中都是美妙的，在這時候詩人直面現實，他開始

〔註129〕李妮庭：〈詩人的地方意識──以陸游的山陰經驗為例〉，《國立彰化師範大學（文學院學報）》，第十八期，2018 年 9 月初版一刷，頁 49。

〔註130〕白金花：《陸游詩歌的地域文化研究──以紹興、漢中為中心》，陝西理工學院中國古代文學碩士學位論文，2014 年 5 月，頁 45。

用心去體驗生活，所以他筆下寫出山陰的四時之貌都是優美動人、引人入勝的，這是因為心理的放鬆，讓詩人看待外在事物的眼光產生改變，原先不起眼的事物都逐漸走入陸游的眼裡。

　　他的羹詩中出現蓴羹，因為陸游後來居住於鏡湖邊，有時他也會到湖上採蓴，還有菰米、赤米、菘菜、芥菜、竹筍、蕈菇等等，這些具有山陰地方特色的食材都多次出現在詩人的羹詩之中，在羹詩中最能表現出山陰意識以及陸游思想的當以蓴羹為最，因為其中包含了思鄉、歸隱的意涵，而且在陸游回到山陰前寫的蓴羹，多是單純寫它的思鄉之意，但在山陰時羹詩中的蓴羹，則是陸游真正實際品嘗到蓴羹這道羹湯，蓴菜是南方水域才有的地方性蔬菜，像是在陸游居住的鏡湖上就有野生的蓴菜，詩人親自去採蓴、製羹，這是他對這樣平淡生活的實踐，詩人不後悔回歸家鄉，這是他人生的轉折，也是他走向農家生活的開始，所以蓴羹在陸游回到山陰前後分別有不同的意義，在〈詩人的地方意識——以陸游的山陰經驗為例〉中也有提到蓴羹與楊梅、羊酪對陸游的鄉土飲食的意識〔註131〕。

　　在《從《劍南詩稿》論陸游的飲食生活》中談到山陰的飲食，將其分為〈難忘家鄉美食〉與〈困頓中的田園美食〉，兩章節都是研究陸游詩中的江南美食，其中〈困頓中的田園美食〉中有一段敘述比較偏重現實層面：

　　　　種著自己食用的蔬菜，照著自己喜好的口感去作烹調；吃不
　　　　完多餘的食物，還可以保存下來，作為飢荒凶年之時，以備
　　　　不時之需的存糧。這麼近乎完全自給自足的生活，看似與最
　　　　普通的農家生活並無多大差別，卻是出仕宋廷的陸游，自身
　　　　最寫實的寫照。有別於陸游在官場仕途上所面臨的諸多險
　　　　惡與逆境，在鄉居生活的環境裡，雖然須自己進行勞動，但
　　　　是一分耕耘，就有一分收穫，過得滿足且充實。這或許也是
　　　　陸游在面對外界不順遂的生命歷程下，藉由這種田園生活，

〔註131〕　李妮庭：〈詩人的地方意識——以陸游的山陰經驗為例〉，《國立彰化
　　　　師範大學（文學院學報）》，第十八期，2018 年 9 月初版一刷，頁 48。

　　　　嘗試找回些許有努力就有收穫的成就感吧。〔註132〕
作者認為詩人躬耕田園是為了在田園生活中獲得一定的成就感，而
這樣的成就感是詩人在仕途中所做不到的，這也許是一部份的原因，
但除此之外應該還有其他的因素，雖然相較於官場的險惡，陸游在農
村中不會時時有生命之憂，然而耕種卻會有豐年荒年之分，在親自耕
種的過程中，陸游對山陰這一片土地的認同感更深，晚年的作品中
除非是回憶曾經蜀地的美食之外，陸游詩中的飲食幾乎都以山陰當
地的為主。

　　而「困頓」一詞用的卻是很恰當，雖然〈困頓中的田園美食〉只
談到外在的困頓，但本篇論文主要要研究的卻是陸游內心的困頓，誠
然外在現實的困窘確實影響陸游的生活環境，在他的羹詩中常看到
貧病交迫，但他看重的是內心的困頓或通達，只要一提到羹湯，他的
心情就會被帶動起來，不再像前面一般沉悶。

　　陸游羹詩中的山陰地域文化，主要是體現在這些食材上，其中
不乏一些山陰本地的風景名勝，透過這些可以一窺陸游的山陰意識，
山陰意識雖然是詩人在外地時開始萌芽發展，但真正壯大則是在詩
人辭官回到山陰的二十年間，這是需要將目光放在日常生活，並且用
心體會才能寫出的情感。從這一方面研究陸游的羹詩，除了談到外在
困頓也談到詩人的內心衝突，後來他以具有山陰當地特色的羹湯來
調和心境，將經驗體悟轉換為態度價值，這就是陸游羹詩中呈現的山
陰意識。

〔註132〕汪育正：《從《劍南詩稿》論陸游的飲食生活》，東吳大學歷史學系
　　　　碩士論文，2011 年 6 月，頁 26。

第三章　陸游的飲食詩

　　這一章節簡單介紹陸游的生平以及足以影響他創作的重要事件，除了詩以外他也創作許多詞、散文等，本論文專研究他的詩作，以他的其他體裁作品為補充之用，陸游的詩作常為記事而寫，因此有很多學者認為自陸游始，開拓了詩的範圍，日常生活小事皆可入詩，而不是刻意為了某樣特定事物而作，這樣的創作方式，讓陸游在文壇別具一格。錢鍾書先生在《宋詩選注》將陸游與同為南宋詩人的楊萬里互相比較，陸游、楊萬里（1127～1206）、尤袤（1127～1194）、范成大（1126～1193）四人被稱為南宋四大詩人，其中以前二者追隨者最多，而楊萬里在宋代的名聲甚至超越陸游，陸游也自謙：「我不如誠齋，此論天下同。」〔註1〕但到了後世，楊萬里的推崇者卻遠不如陸游多，名聲遠不如陸游響亮，「放翁萬首，傳誦人間，而誠齋諸集孤行天壤數百年，幾乎索解人不得。」〔註2〕錢先生認為這是因為陸游的作品中有「與古為新」〔註3〕這樣特色，他不像楊萬里一般創新、

〔註1〕陸游著，錢仲聯校注：〈謝王子林判院惠詩編〉，《劍南詩稿校注》，卷五十三，頁3119～3121，節錄：「文章有定價，議論有至公。我不如誠齋，此評天下同。王子江西秀，詩有誠齋風。今年入修門，軒軒若飛鴻。人言誠齋詩，浩然與俱東。字字若長城，梯衝何由攻。我望已畏之，謹避不欲逢。一日來叩門，錦囊出幾空。我欲與馳逐，未交力已窮。……」

〔註2〕錢鍾書：《宋詩選注》，北京：人民文學出版社，1989年，頁158。

〔註3〕錢鍾書：〈放翁自道詩法〉，《談藝錄》，中華書局，1984年，頁118。

創造出一種新的寫法，相較之下他顯得較為傳統，但這樣繼承傳統中並不是完全的死板，而是從傳統中別出心路，也因此讓後來文人對陸游詩作的接受度比楊萬里的作品還要高。

　　本篇論文針對陸游飲食詩中的羹詩做深究，並且於本章另立一節來談陸游的飲食詩，已經有許多學者研究過陸游的飲食詩，本論文會略為談到其他學者的研究再提出自己對陸游飲食詩的看法，這些研究在對陸游的羹詩研究也極具參考價值，除了他們對飲食詩的分類之外，每個研究者對於陸游飲食詩中的意境及心態轉變都有所不同，研究貴在能於其中提出自己的想法，並且找到證據詳加證明，而不在於談論孰是孰非，事實上陸游的飲食詩範圍廣泛，因此只能對於飲食詩作出分類歸納，將其分為日常及旅食兩類，並略談其分類依據。

第一節　陸游的生平

　　陸游生於宣和七年（1125），卒於嘉定二年（1210），享壽 84 歲，他是越州山陰（今日浙江紹興）人，他出生次年金兵南下，攻陷汴京，他的家庭為了避亂而顛沛流離，從滎陽搬至壽春，直到建炎元年（1127）才返回山陰，建炎四年（1130）又搬到東陽避亂，三年後返回山陰，這樣顛沛避亂的兒時經歷也讓陸游心中充滿著收復失土的念頭。在紹興九年時，李光〔註4〕（1078～1159）罷官，返回山陰尋陸游之父陸宰〔註5〕（1088～1148），直言秦檜（1091～1155）誤

〔註4〕字泰發，越州上虞人，與李綱、趙鼎、胡銓並稱為「南宋四大名臣」，曾為吏部尚書、禮部尚書，紹興九年與秦檜不合，提舉臨安府洞霄宮，紹興二十五年秦檜去世，紹興二十八年，李光復為左朝奉大夫，紹興二十九年卒於江州。

〔註5〕陸游之父，字符均，南宋時期著名藏書家，曾為轉運判官及轉運副使，在靖康元年罷官，隱居鄉里，《嘉泰會稽志・卷十六・藏書》：「越藏書有三家，曰左丞陸氏、尚書石氏、進士諸葛氏，中興祕府始建，嘗於陸氏就傳其書，而諸葛氏在紹興初頗有獻焉，可以知其所蓄之富矣。」

國〔註6〕，讓時年十五的陸游堅定要北伐復國之志。

南宋朝廷在定都臨安之後，對於北伐收復一事一直相當消極，其中以秦檜為最，陸游在 29 歲（紹興二十三年）赴臨安趕考，名列第一，但於隔年禮部複試時，名次於秦檜之孫之前，再加上陸游在論述中喜論恢復失土，因此觸怒秦檜，時年秦檜為益國公，權力滔天，致使陸游落榜。

直到秦檜死後，陸游才被啟任為福州寧德縣主簿，後來宋孝宗即位，言陸游「游力學有聞，言論剴切。」〔註7〕，賜陸游為進士出身，但因為陸游後來力勸張浚北伐，主和派開始阻撓，因此陸游即被免職，返回山陰。乾道五年，陸游以左奉議郎為通判夔州軍州事，隔年前往夔州，途經建康、江州、黃州、武昌、荊州、巴東，完成《入蜀記》六卷。乾道八年（時陸游 48 歲）是一個重大轉折點，這一年主戰派將領王炎（1115～1178）聘陸游至其幕府擔任軍務，這樣的軍旅生活使得陸游人生經歷有了一大變化，在這時期他寫出不少波瀾壯闊的愛國詩作，然而在大環境下，朝廷仍是無意收復，所以陸游的壯志還是無法伸展。

淳熙二年時，范成大（1126～1193）聘陸游為幕僚，被同僚指責不拘禮法，陸游遂自號「放翁」解嘲，淳熙四年范成大入京，後來陸游的官職經過多次升降遷調，在淳熙七年又被人彈劾，返歸山陰，淳熙十三年陸游入臨安，晉見宋孝宗，孝宗親口告誡勿要再言收復之事。直到淳熙十六年（陸游 65 歲），陸游辭官回山陰老家，在山陰老家躬耕，這二十年間的詩風以描寫田園生活、紀錄日常瑣事為主，但他並不忘抗金北伐之事，仍有〈追憶征西幕中舊事〉等描述出征之作，嘉泰二年時寧宗曾召陸游修國史，但在嘉泰三年國史修成之後陸

〔註6〕跋李莊簡公家書：「李光參政罷政歸鄉里時，某年二十矣。時時來訪先君，劇談終日。每言秦氏，必曰：『咸陽』，憤切慷慨，形於辭色。」
〔註7〕楊家駱主編：《新校本宋史并附編三種　十五》，鼎文書局，1978 年，卷三百九十五，頁 12057。

游自請致仕，另有寶謨閣〔註8〕半俸，在嘉定元年寶謨閣待制半俸被剝奪，陸游於嘉定二年十二月二十九日（西元 1210 年 1 月 26 日）逝世，逝世前仍不忘北伐復國，有〈示兒〉〔註9〕之詩。

第二節　陸游詩作分期

陸游的詩作之豐，幾乎可被稱為是目前已知存詩量最大的詩人，目前存有近萬首詩作，若是再加上曾被刪減去的作品，可能會有更多。而陸游此時拓展了詩的主題，在他之前的詩作是不太記載生活瑣事的，直到陸游以相當於記日記的方式來作詩，且凡事皆可入詩，如有〈薪米偶不繼戲書〉〔註10〕、〈忍窮〉〔註11〕、〈人壽至耄期〉〔註12〕之作，這些詩作記下了陸游當時的心境，除了內容取材自日常生活之外，因為作者在經歷官職調任、前往任所時，會取道其他州縣，因此有些作品是紀錄他在旅途中的所見所聞，將這些作品按照創作時間排列，可以看出陸游的生活軌跡以及日常情境，如同一本記錄詳實的日記。

根據陸游的生平事蹟以及作品風格作為詩作的分界，可以分為三期，分別以陸游受王炎之聘為幕僚（乾道八年）以及陸游辭官歸山陰老家（淳熙十六年）為界線，第一期從《劍南詩稿》所收錄的第一首〈別曾學士〉〔註13〕的紹興十三年一直到陸游受王炎之聘為幕僚的乾道八年；第二期從乾道八年到陸游辭官的淳熙十六年；第三期為淳熙十六年到陸游逝世的嘉定二年。

〔註 8〕楊家駱主編：《新校本宋史并附編三種　十五》，鼎文書局，卷三百九十五，頁 12058。

〔註 9〕陸游著，錢仲聯校注：〈示兒〉，《劍南詩稿校注》，卷八十五，頁 4542。

〔註 10〕陸游著，錢仲聯校注：〈薪米偶不繼戲書〉，《劍南詩稿校注》，卷四十，頁 2547。

〔註 11〕陸游著，錢仲聯校注：〈忍窮〉，《劍南詩稿校注》，卷四十二，頁 2638。

〔註 12〕陸游著，錢仲聯校注：〈人壽至耄期〉，《劍南詩稿校注》，卷七十七，頁 4216。

〔註 13〕陸游著，錢仲聯校注：〈別曾學士〉，《劍南詩稿校注》，卷一，頁 1。

壹、第一期：紹興十三年～乾道八年二月（1143～1172）

　　這一期是陸游 18 歲到 48 歲，是三期之中時間最長，但保留作品最少的，有學者認為這是因為陸游在晚年整理《劍南詩稿》時將自己 48 歲前的作品刪去了大部分，吉川幸次郎〔註14〕（1904～1980）在《宋詩概說》中認為：「詩人之中，陸游的名望最高，又有范成大與楊萬里，並稱范陸或楊陸。……他們都在高宗之世度過他們的青年時代，可是只有范成大留下這時期的作品；陸游與楊萬里都加以刪除，拒絕示之於人。說不定這是對高宗卑屈的外交政策所表現的無言的反抗。」〔註15〕吉川先生認為為了要表達抗議之情，因此陸游後來才會將自己年輕時的詩作刪去，這就考量到了當時的政治因素，是有可能的。

　　比較過他這時期的作品，多是寄贈或送別之作（如〈宋仲高兄宮學秩滿赴行在〉〔註16〕），或者是出遊有感（如〈度浮橋至南臺〉〔註17〕），但作品中的感情相較於後來的作品較為淺顯，沒有他後來第二期或第三期的作品那般感觸深切，幾乎所有文人都會有這樣的時期，在他們風格完前定型之前需要打下深厚的基礎，第一期算是陸游的基礎期，作品主題龐雜，風格未定，感覺他還在嘗試各種思路的創作，但在這時期已經可以初步看出陸游的愛國情感，如〈哀郢〉〔註18〕

〔註14〕字善之，明治三十七年（1904）生於神戶市，京都帝國大學文學博士，為國際知名漢學家，研究範圍廣泛，舉凡經史子集至詞曲戲劇小說之類，莫不涉足，偶亦涉及日本漢學與國學，昭和五十五年（1980）去世，享年七十七。

〔註15〕節錄自吉川幸次郎著，鄭清茂譯：《宋詩概說》，臺北：聯經出版社，2012 年 11 月，頁 173、174。

〔註16〕陸游著，錢仲聯校注：〈宋仲高兄宮學秩滿赴行在〉，《劍南詩稿校注》，卷一，頁 2。

〔註17〕陸游著，錢仲聯校注：〈度浮橋至南臺〉，《劍南詩稿校注》，卷一，頁 31。

〔註18〕陸游著，錢仲聯校注：〈哀郢二首　其一〉，《劍南詩稿校注》，卷二，頁 144，全詩為：「遠接商周祚最長，北盟齊晉勢爭強。章華歌舞終蕭瑟，雲夢風烟舊莽蒼。草合故宮惟雁起，盜穿荒冢有狐藏。離騷未盡靈均恨，志士千秋淚滿裳。」

和〈久病灼艾後獨臥有感〉〔註19〕。

貳、第二期：乾道八年三月～淳熙十六年十一月　（1172～1189）

這一期最重要的關鍵點在陸游於乾道八年時受南鄭武將王炎之聘，前往其幕府擔任軍務，這時候陸游才是真正的接觸到軍事之事，隨軍征討，當時王炎準備要收復長安，因此陸游不斷在南鄭與長安之間往返。然而也是在乾道八年的秋天，王炎的幕府解散，陸游調任為成都撫路安撫司參議官，此後陸游不斷調任其他官職，任期短而且頻頻遷移，同僚對陸游也頗有怨言，認為陸游在任時宴飲頹放，因此多次彈劾，直到淳熙十六年十一月被罷官，返回山陰老家。

雖然陸游擔任軍務的時間很短，不到一年，但他曾參與過渭水強渡及大散關遭遇戰，對於抗金戰爭有最直接的感觸，他這時期的作品風格鮮明，有很濃厚的主戰、愛國情感，陸游的愛國詩作就是從這時候奠定了基礎，最典型的有〈觀大散關圖有感〉〔註20〕、〈自笑〉〔註21〕。

後來陸游的愛國詩的源頭也是由此而起，錢鍾書先生主要是批評陸游的愛國詩作〔註22〕，認為內容過於誇大，渲染過度、豪情壯志一

〔註19〕陸游著，錢仲聯校注：〈久病灼艾後獨臥有感〉，《劍南詩稿校注》，卷二，頁199，節錄：「……計出火攻傷老病，臥聞鳶墮嘆蠻烟。諸賢好試平戎策，斂退無心競著鞭。」

〔註20〕陸游著，錢仲聯校注：〈觀大散關圖有感〉，《劍南詩稿校注》，卷四，頁357、358，節錄：「上馬擊狂胡，下馬草軍書。二十抱此志，五十猶癯儒。……安得從王師，汎掃迎皇輿。黃河與函谷，四海通舟車。……」

〔註21〕陸游著，錢仲聯校注：〈自笑〉，《劍南詩稿校注》，卷三，頁253，全詩為：「自笑謀生事事疏，年來錐與地俱無。平章春韭秋菘味，拆補天吳紫鳳圖。食肉定知無骨相，珥貂空自詑頭顱。惟餘數卷殘書在，破篋蕭然笑獠奴。」

〔註22〕呂肖奐：〈錢鍾書的陸游詩歌研究述略──文學本位研究的範例與啟示〉，《四川大學學報（哲學社會科學版）》，2006年第6期，頁64，節錄：「錢先生顯然不太欣賞陸游第一個方面的詩歌，……陸游『愛國

發不可收拾，這是陸游愛國詩作的一大硬傷。其實對於這樣的看法不獨錢先生一人，吉川幸次郎在《宋詩概說》中也有略提到這一點，「陸游也跟南宋的一般人一樣，對於敵國金的情形並不大清楚。例如淳熙十一年，他六十歲時所作的詩，就有題為〈聞虜酋遁歸漠北〉……等，可見他所了解的金國，多半基於想當然耳的道聽塗說，並非實情。……像這樣對於國際局勢的隔膜無知，也是使陸游在政治上招致挫折的原因。」〔註23〕所以吉川先生對於陸游的愛國詩也是頗有些批評的。

　　雖說有學者認為陸游的愛國作品情感太過，但在讀這些作品時應考慮到陸游本人的背景，從他的家學而言是出身於典型的儒家家族，他的經歷讓他對於北伐抗金有強烈的渴望，可從陸游曾經的上書得知，他並不是一個紙上談兵的人，以《宋史·陸游傳》中陸游任王炎麾下時曾提出：「以為經略中原必自長安始，取長安必自隴右始。當積粟練兵，有釁則攻，無則守。」〔註24〕可知他的軍事眼光頗有見地，對於調兵遣將、如何用人的策略也深諳其道。陸游的詩作也許有誇張的成分，但並未脫離現實，錢先生純粹以文學的角度來看陸游的這些愛國詩，若不考慮陸游的背景、經歷，單看這些作品的話或許會對錢先生之言論有所認同，但結合陸游的身家背景及他對南宋朝廷的政治理念，不難了解他在愛國詩中所傳遞的那種急切、渴望驅逐金人的強烈抱負。

　　經由這一時期，陸游徹底體會到朝廷對於北伐收復的不看重，如

詩』中表現出過多的對個人建功立業的嚮往，以至於『功名之念』過於強烈，壓倒或掩蓋了其愛國情懷。因此，其『愛國詩』遠不如杜甫忠君愛國詩歌那樣『摯厚流露，非同矯飾』，甚至不如他自己的文章那樣『平實』。……錢先生在《談藝錄》補訂中對其『危事而易言之』、『自負甚高，視事甚易』、『文士筆尖殺賊，書生紙上談兵』更是列舉集中大量詩句證實，且頗帶諷刺意味。《談藝錄》對陸游愛國詩的缺點直言不諱，而他所總結的觀點的確擊中了陸游『愛國詩』的詩病。」

〔註23〕吉川幸次郎著，鄭清茂譯：《宋詩概說》，臺北：聯經出版社，2012年11月，頁177。

〔註24〕楊家駱主編：《新校本宋史并附編三種　十五》，鼎文書局，1978年，卷三百九十五，頁12058。

〈北窗〉一詩：「壯志已孤金鎖甲，倦遊空攬黑貂裘。灞亭夜獵猶堪樂，敢恨將軍老不侯。」〔註25〕、〈春夜讀書感懷〉〔註26〕、〈書憤〉〔註27〕，淳熙十三年陸游奉召回臨安，宋孝宗親口勸陸游莫要再言收復，這對陸游來說打擊應當很大，同年詩作〈秋夜聞雨〉〔註28〕、〈秋懷〉〔註29〕可以看出陸游的心境，而此後陸游的愛國詩之中，除了主戰思想之外還帶有對朝廷不積極收復失土的感嘆，如〈頻夜夢至南鄭小益之間慨然感懷〉〔註30〕、〈燕堂獨坐意象殊憒憒起登子城作此詩〉〔註31〕、〈縱筆〉〔註32〕、〈雪中忽起從戎之興戲作〉〔註33〕，由於陸游的主戰思想，他的交遊對象多是與他有相同理念的人，可惜當時在朝廷上以主和佔據優勢，像陸游這樣的抗金朝臣、抗金名將往往是許多人排擠針對的對象，在經歷多次勸見上書未果之後，陸游選擇回歸鄉里，離開朝廷。

參、第三期：淳熙十六年十二月～嘉定二年十二月（1189～1209）

　　這一時期是自陸游 65 歲到他逝世，共 20 年，他幾乎都待在山陰

〔註25〕陸游著，錢仲聯校注：〈北窗〉，《劍南詩稿校注》，卷十二，頁 1002，全詩為：「白首微官只自囚，青燈明滅北窗幽。五更風雨夢千里，半世江湖身百憂。壯志已孤金鎖甲，倦遊空攬黑貂裘。灞亭夜獵猶堪樂，敢恨將軍老不侯。」

〔註26〕陸游著，錢仲聯校注：〈春夜讀書感懷〉，《劍南詩稿校注》，卷十六，頁 1255。

〔註27〕陸游著，錢仲聯校注：〈書憤〉，《劍南詩稿校注》，卷十七，頁 1346。

〔註28〕陸游著，錢仲聯校注：〈秋夜聞雨〉，《劍南詩稿校注》，卷十八，頁 1395。

〔註29〕陸游著，錢仲聯校注：〈秋懷〉，《劍南詩稿校注》，卷十八，頁 1396。

〔註30〕陸游著，錢仲聯校注：〈頻夜夢至南鄭小益之間慨然感懷〉，《劍南詩稿校注》，卷十八，頁 1398、1399。

〔註31〕陸游著，錢仲聯校注：〈燕堂獨坐意象殊憒憒起登子城作此詩〉，《劍南詩稿校注》，卷十八，頁 1401。

〔註32〕陸游著，錢仲聯校注：〈縱筆〉，《劍南詩稿校注》，卷十八，頁 1416。

〔註33〕陸游著，錢仲聯校注：〈雪中忽起從戎之興戲作〉，《劍南詩稿校注》，卷十八，頁 1429。

老家，雖然在嘉泰二年奉寧宗召修國史，但隔年四月即請致仕，後來在嘉定元年更是被剝奪寶謨閣待制的半俸，陸游隨即於隔年逝世。

　　由於陸游在這時期幾乎是停留在山陰附近，他在這 20 年的作品以描述閑居生活的閑居詩及養生詩居多，閑居詩為涉及他的田園生活，或日常生活，或描寫風景，或抒發情懷，或遇上老友一同小酌的詩作，雖然在歸隱期間仍提舉建寧府武夷山冲祐觀，但這樣的俸祿顯然不足以讓他養家餬口，因此他自己開闢了菜畦種蔬菜，原先想將這時期定為田園詩及養生詩，但後來認為「田園詩」的範圍過於侷限，誠然陸游當時有親自躬耕田園，但除了田園詩之外如晨起戲作、病作之類的作品，雖也可以歸入田園詩的範圍，仍有些〈讀唐人樂府戲擬思婦怨〉〔註34〕、〈遠遊〉〔註35〕這些記錄作者感物抒懷、出遊等作品，若同樣放入田園詩的範疇則不免有些突兀，因此決定將田園詩改為「閑居詩」，為陸游閑居於山陰時的詩作，包含的範疇就較田園詩還要廣。

　　歸返山陰的陸游已經不年輕了，因此在他的詩作中也時常見到以「病」為題之作，如〈病中作〉、〈一病七十日〉〔註36〕等，為了減緩病症，陸游除了服藥之外，他在飲食上也講求養生，〈陸游與他的「養生詩」〉〔註37〕中提到在飲食上陸游平日喝小米粥易於消化，〈食粥〉：「我得宛丘平易法，只將食粥致神仙。」〔註38〕，養生詩則不只是飲食上的養生，包括身體上的運動以及心境的放鬆等，陸游當時已經知

〔註34〕陸游著，錢仲聯校注：〈讀唐人樂府戲擬思婦怨〉，《劍南詩稿校注》，卷四十六，頁 2830。

〔註35〕陸游著，錢仲聯校注：〈遠遊〉，《劍南詩稿校注》，卷四十九，頁 2934。

〔註36〕陸游著，錢仲聯校注：〈一病七十日〉，《劍南詩稿校注》，卷八十四，頁 4504，節錄：「一病七十日，共疑無復生。堤全河漸復，師濟寇將平。……」

〔註37〕穎子：〈陸游與他的「養生詩」〉，《走進四季人居》，頁 70。

〔註38〕陸游著，錢仲聯校注：〈食粥〉，《劍南詩稿校注》，卷三十八，頁 2462，全詩為：「世人箇箇學長年，不悟長年在目前。我得宛丘平易法，只將食粥致神仙。」

道要養生不僅僅是要注意日常生活飲食，自己的身體也要有一定的運動，「歠醨有餘歡，食淡百味足。養生所甚惡，旨酒及大肉。」〔註39〕「燒香掃地病良已，飲水飯蔬身頓輕。」〔註40〕在詩中他寫明了大魚大肉或是飲酒為養生的最大禁忌，飲食當清淡多食蔬食，而掃地之類的活動可以活絡筋骨，對身體有益。除了飲食及運動之外，更重要的是詩人在心態的轉變，《宋代詩歌之養身與療心》一書中在〈論陸游飲食詩的觀感和興味〉結語有一段寫得非常恰當：

> 就心理層面而言，陸游因謗謫居，貶黜生涯，不免悵然，然將食物等事作為媒介，一則轉移關注，不再執著於仕途的抑鬱；二則聊以寬慰，品嘗各地佳餚，忘卻旅途之苦辛。進而以食物的串連，溝通不同的時空場域，形成對過往的緬懷，使回憶再飯食中再現。〔註41〕

這裡指的就不再只是養生詩，而是從他的飲食詩中來看他的心境，作者認為陸游的飲食詩有轉移注意、聊以寬慰的作用，並且懷念他的過往，本論文認為陸游與當時北宋著名文人蘇軾有個不同之處，雖然他們同樣被多次貶謫，蘇詩在貶謫黃州時寫下：「回首向來蕭瑟處，歸去，也無風雨與無晴。」〔註42〕看出蘇軾在這時候對於仕途官場上的

〔註39〕陸游著，錢仲聯校注：〈對食有感二首 其一〉，《劍南詩稿校注》，卷八十一，頁4355，全詩為：「杯酌以助氣，匕筋以充腹。沾醉與屬饜，其害等嗜慾。歠醨有餘歡，食淡百味足。養生所甚惡，旨酒及大肉。老翁雖無能，更事嗟已熟。勿嘆㪉三間，養汝山林福。」

〔註40〕陸游著，錢仲聯校注：〈山中作〉，《劍南詩稿校注》，卷十二，頁964，全詩為：「朱墨紛紛訟滿庭，半年初得試山行。燒香掃地病良已，飲水飯蔬身頓輕。日落三通傳浴鼓，雨餘千耦看農耕。故巢光景還如此，為底淹留白髮生。」

〔註41〕張瑋儀著：〈論陸游飲食詩的觀感和興味〉，《宋代詩歌之養身與療心》，台南：南一書局，2015年1月初版，頁165。

〔註42〕《東坡樂府箋》，臺北：正大印書館，1974年6月，卷二，頁二至三，頁194、194，〈定風波 三月七日，沙湖道中遇雨，雨具先去，同行皆狼狽，余獨不覺。已而遂晴，故作此。〉，全詞為：「莫聽穿林打葉聲。何妨吟嘯且徐行。竹杖芒鞋輕勝馬。誰怕。一蓑煙雨任平生。 料峭春風吹酒醒。微冷。山頭斜照卻相迎。回首向來蕭瑟處。歸去。也無風雨也無晴。」

風波已經放下了、已經超脫原本禁錮著他的枷鎖，但陸游並沒有，雖然他閑居在老家，寫了不少閑居詩、養生詩，但這些詩作中仍包含詩人對於國家的理想，這部分會在後面深究羹詩意象時深談。

　　陸游的羹詩多是出現在第三期，結合閑居詩與養生詩，不僅僅是因為這時他生活拮据，更因為他的在飲食上的養生觀念，在研究羹詩時主要會針對這一時期，更詩毫無疑問被歸在飲食詩之中，而飲食詩對陸游而言講求的不只是食材的珍貴與否，只要心安平靜，享受當下的閑適，即使是普通野菜粗飯，嘗起來的味道更抵得過山珍海味。

　　在〈錢鍾書的陸游詩歌研究述略──文學本位研究的範例與啟示〉有兩段足以作為陸游詩作的總結：

> 對於陸游兩大方面的創作，錢先生無疑認為陸游第一方面的藝術水準不如第二個方面，他確信陸游更「工於寫景敘事」，而並不「工於」「愛國詩」。〔註43〕
>
> 陸游詩歌從題材上看分兩大類，由於他對兩種題材的情感處理不同，也形成了兩大類不同基調（或情調）：愛國詩「悲憤激昂」，寫景敘事（或日常生活）詩「閒適細膩」。這兩種情調在《劍南詩稿》中並行不悖，展現了一個情感豐富、興趣多面的陸游。〔註44〕

第一方面指的是慷慨激昂、要為國家收復失土，第二方面則是在平淡生活中品嘗出簡中滋味，錢鍾書先生認為陸游在後者的成就遠大於前者，在元清之時，文人推崇的多是陸游的寫景敘事詩，那時候陸游的愛國詩並不那麼受到關注，〈錢鍾書的陸游詩歌研究述略──文學本位研究的範例與啟示〉一文認為愛國詩的關注要一直到民國建立之後才逐漸上升。

　　雖然本論文是以陸游的詩作風格替他的生平經歷分期，但並不

〔註43〕呂肖奐：〈錢鍾書的陸游詩歌研究述略──文學本位研究的範例與啟示〉，《四川大學學報（哲學社會科學版）》，2006年第6期，頁65。
〔註44〕呂肖奐：〈錢鍾書的陸游詩歌研究述略──文學本位研究的範例與啟示〉，《四川大學學報（哲學社會科學版）》，2006年第6期，頁66。

代表陸游在返回老家之後就沒有創作任何愛國詩，第三期的確以閑居詩居多，其中也交雜著一些愛國詩作，事實上陸游就算賦閒在家，他對於國事仍是關心的，像〈有懷梁益舊遊〉〔註45〕和〈老馬行〉〔註46〕裡有提到他對於戰爭的感觸，可惜這時候都是對於過去的懷念，或者是於夢中有感，前人特別針對陸游的回憶做研究，如《陸游詩歌的回憶書寫》〔註47〕，在山陰的陸游雖然身在田園，仍心繫國家大事，也因此陸游被人尊為「愛國詩人」。

第三節　飲食詩分類

　　陸游的飲食詩約有三千餘首，這樣的數量不可謂不多，這樣龐大數量的飲食詩可以依其性質做出恰當的分類，《宋代詩歌之養身與療心》將飲食詩中的食分為三類，蔬食類、旅食類和戲作類，其中蔬食類可能是為了呼應主題而特別分出來的，他說：「食物素材者，如柑、筍；因情境而強化對食物的感受者，如病後之食粥、流徙之疏食等。……推測其長生之理，蔬食淡飯或也為原因之一，成為精神養生物粗食養生的例證。」〔註48〕主要是在證明陸游長壽的原因是其在飲食上注重養生，扣合此書的主旨，這樣的分類算是很恰當，而陸詩提及的飲食可參照論文附錄表格〔註49〕。

　　陸游的飲食詩範圍廣泛，包括食物、料理、茶酒等等，這些都被本論文歸在飲食詩的範圍，不過細觀這些作品，會發現提到食物

〔註45〕陸游著，錢仲聯校注：〈有懷梁益舊遊〉，《劍南詩稿校注》，卷五十二，頁3107。

〔註46〕陸游著，錢仲聯校注：〈老馬行〉，《劍南詩稿校注》，卷六十八，頁3818。

〔註47〕李文月：《陸游詩歌的回憶書寫》，山東師範大學中國古代文學碩士學位論文，2019年6月。

〔註48〕張瑋儀著：《宋代詩歌之養身與療心》，台南：南一書局，2015年1月初版，頁161、162。

〔註49〕溫雪茹：《陸游詩歌中的飲食書寫》，廈門大學中國古代文學碩士學位論文，2017年，頁71（主食）、84（肉食）、93～94（蔬菜）。

烹調方式的很少，也就是這些詩中很少有像是食譜的作品，可見陸游寫這些飲食詩並不是為了要記錄食材要如何烹調才會美味，而是要透過這些飲食來寄託他在生活中的體悟，所以如何製作這一道料理並不是重點，也不是珍貴與否，陸游更看重的是味道以及其衍伸的意涵。

　　其實不只飲食詩，陸游其他的詩作都大量用典，而且用典巧妙，若非細讀、細查，很難發現其用典之精，飲食詩更在用其中佔一大部分，陸游的飲食詩中，有很多提及的飲食並不是真實出現在他眼前的，可能是他引用典故或以此來做為比喻，用典的妙處在於用極短的文字就可以傳遞出複雜的意思，一首詩中的用典可能多達五六處甚至更多，勝在陸游的用典都恰到好處，並不會給人僵硬之感；而善用比喻的好處則是可以用來襯托，一盤普通的山肴野蔬，用來比喻成如同山珍海味一般珍貴美味，這是陸游在閑居之時品味出來的，在老家的陸游並不需要吃那些昂貴的食物，野菜、五穀雜糧這些對他來說遠比那些可望而不可及的佳餚來的真實。

　　茲舉駝峰為例，〈老病追感壯歲讀書之樂做短歌〉：「飢腸得一餅，美如紫駝峯。」〔註50〕、〈初夏十首　其七〉：「賜食金盤出寶閨，玄熊掌映紫駝蹄。」〔註51〕、〈對食戲作二首　其二〉：「但使胸中無愧怍，一餐美敵紫駝峰。」〔註52〕等，這些作品都有提到駝峰或紫駝峰，最早的典故應當出自杜甫的麗人行：「紫駝之峯出翠釜，水精之盤行

〔註50〕陸游著，錢仲聯校注：〈老病追感壯歲讀書之樂做短歌〉，《劍南詩稿校注》，卷二十，頁 1548，節錄：「……得意自吟諷，清悲答莎蟲。飢腸得一餅，美如紫駝峰。俯仰五十年，於世終不逢。夜半起飯牛，頮然成老農。……」

〔註51〕陸游著，錢仲聯校注：〈初夏十首　其七〉，《劍南詩稿校注》，卷三十二，頁 2147，全詩為：「賜食金盤出寶閨，玄熊掌映紫駝蹄。侯家但詫承恩澤，豈識山廚苦賣虀。」

〔註52〕陸游著，錢仲聯校注：〈對食戲作二首　其二〉，《劍南詩稿校注》，卷五十一，頁 3032，全詩為：「米如玉粒喜新春，菜出烟畦旋摘供。但使胸中無愧怍，一餐美敵紫駝峰。」

素鱗。」〔註 53〕駝峰是一種極為珍貴的佳餚，來源是駱駝背上的駝峰，在唐代由於與胡人來往甚密，較容易得到駱駝肉，所以駝峰常見於豪門貴族之筵席，可知紫駝峰肉是一種相當高貴的食材，與雞肉、豚肉一同雜煮是埋沒了它的味道。陸詩中的駝峰並非只實際上真有吃到駝峰肉，而是以珍貴罕見的駝峰肉來比喻美好的味道。

陸游的飲食詩較貼近平民生活，這是許多前人研究出並總結出的成果，陸詩中鮮少對於高級宴會的紀載，提到的宴飲詩多為普通鄉間祭祀的與民同樂、異地民俗風情，而非與達官顯要一同於酒樓高台上尋歡舉杯，〈正月二日晨出大東門是日府公宴移忠院〉〔註 54〕、〈小宴〉〔註 55〕為其中較有代表性的作品，前者為正月二日辦的早宴，屬於蜀地的風俗；後者為陸游宴請友人之作，以鸚鵡盃、葡萄酒來宴客，陸游很喜歡葡萄酒，甚至會自行釀製葡萄酒，「穤稏炊香甑，蒲萄壓小槽。」〔註 56〕其餘跟宴飲相關的詩作多為慷慨激情的出師之作，約有 6 首，多為陸游於成都時的作品，如〈三月一日府宴學射山〉〔註 57〕、〈芳華樓夜宴〉〔註 58〕、〈江樓醉中作〉〔註 59〕等，內容多與陸游對於出兵的期望有關，出現在陸游人生中的第二期。而這些宴飲詩中，幾乎沒有提及飲食，可推知這些宴飲詩為作者抒發心志，可能為報國壯志或與民同樂之情，飲食並不是這些宴飲詩的重點。

本論文對於飲食詩有不同於《宋代詩歌之養身與療心》的分類

〔註 53〕楊倫箋注：《杜詩鏡銓》，臺北：華正書局，1993 年 9 月，杜甫著：〈麗人行〉，頁 58。

〔註 54〕陸游著，錢仲聯校注：〈正月二日晨出大東門是日府公宴移忠〉，《劍南詩稿校注》，卷九，頁 657、658。

〔註 55〕陸游著，錢仲聯校注：〈小宴〉，《劍南詩稿校注》，卷五，頁 400。

〔註 56〕陸游著，錢仲聯校注：〈初寒〉，《劍南詩稿校注》，卷七十八，頁 4258。

〔註 57〕陸游著，錢仲聯校注：〈三月一日府宴學射山〉，《劍南詩稿校注》，卷七，頁 560。

〔註 58〕陸游著，錢仲聯校注：〈芳華樓夜宴〉，《劍南詩稿校注》，卷七，頁 604。

〔註 59〕陸游著，錢仲聯校注：〈江樓醉中作〉，《劍南詩稿校注》，卷九，頁 707。

方法，按照詩中提及的飲食以及這些飲食的產地，將其分為日常類及旅食類兩類，日常類及旅食類是以飲食的產地做為區分，而飲食詩中提到的飲食可能為實寫，為陸游在山陰或在外地品嘗到的飲食；或是以飲食為比喻，從品嘗到的飲食再向外延伸出物外之意，各有不同的精妙之處。

壹、日常類

　　本論文在飲食詩的分類上採用的是較為廣義的飲食詩界定，也就是只要是陸游詩中提及食物，就可以將此首詩歸於飲食詩，至於如此界定的原因在前面研究範圍時已有提到，第四章節對於陸游羹詩的分類則是採用狹義的飲食詩界定，廣義與狹義之分在於這首詩提及的是否有被做成飲食，舉例而言「綠動連村麥，香吹到處梅。」〔註60〕這一詩句提到了「麥」，但這時候這類作物還是被種植在田裡的，還未成為得以入口的「食物」，所以只能被歸在廣義的飲食詩範疇中。

　　日常類的飲食詩指的是陸游眼前所見，或實際嘗到的飲食，但要與下一類「旅食類」做區分，因此將範圍限定在陸游在山陰附近嘗到的飲食，而後面的旅食則是指陸游遠行後在當地嘗到的地方性特產，這一類提到的飲食多是常出現在陸游平日生活中，屬於山陰當地、農家鄉野常見的作物、食材，當然也包括陸游自己種植的蔬菜，但這類日常類的飲食，在細究之下仍可以發現少數作者隱於其中的心志，而不單單是在描寫飲食，包括飲食所蘊含的比喻，不論詩中提及的飲食為實寫而非虛寫，只要是屬於陸游在山陰品嘗到的飲食即可歸在日常類。

　　在此舉柑橘類水果為例，陸游似乎有偏好柑橘類的水果，飲食詩中一共有 35 首提到「橙」、9 首提到「柑」、26 首提到「橘」，加起來光是柑橘類就在飲食詩中佔了 70 首。這類水果在飲食詩中有一個特色，除了本身作為飲食之外，也可以作為標示時間的指標，如：「幽

〔註60〕陸游著，錢仲聯校注：〈冬日〉，《劍南詩稿校注》，卷四，頁 363。

花雜紅碧，野橘半青黃。」〔註61〕、「雨過山橫翠，霜新橘弄黃。」〔註62〕都用「橘」來代表當時的季節是秋末冬初，這是陸游當時看到的景色，橘子正在由青轉黃，一片雪白中更感覺出活潑旺盛的生命力，讓晚秋寒冬不至於太蕭條無趣。當然不只是作為時間標的，陸游也嘗過這些水果的味道，但他更喜歡的是柑橘類散發出的香氣，有8首詩提到了「橙香」，像是「湯餅饗成新兔美，膾虀擣罷綠橙香。」〔註63〕、「簷間雨滴愁偏覺，枕畔橙香夢亦聞。」〔註64〕香氣對陸游來說不僅是好聞而已，而是可以讓他身心放鬆，有助睡眠，橘子本身在中醫上被認為是一種對人體有益的水果，橘子的果肉主治「甘者潤肺，酸者聚痰（臟器）。止消渴，開胃，除胸中膈氣（大明）。」〔註65〕，而橘皮在中醫上又被叫做陳皮、橙皮，「橘皮，苦能泄，濕能燥，辛能散，溫能和。其治百病，總是取其理氣燥濕之功。同補藥則補，同瀉藥則瀉，同升藥則升，同降藥則降」〔註66〕可以祛濕、散辛、理氣，陸游如果是聞著橙香入眠的話應當主要香氣來源是橘子皮，橘皮香氣有鎮靜安神、幫助入睡的功用。

在這裡以橘子作為舉例，除了橘子的實際功用頗多之外，更因為陸游飲食詩中的橘子有其隱藏的意涵，追溯最早歌詠橘子的作品源自屈原的〈橘頌〉：

后皇嘉樹，橘徠服兮。

〔註61〕陸游著，錢仲聯校注：〈野步書觸目〉，《劍南詩稿校注》，卷十五，頁1194，「作於淳熙十年九月。」

〔註62〕陸游著，錢仲聯校注：〈遊淳化寺〉，《劍南詩稿校注》，卷十五，頁1221、1222，「作於淳熙十年十月。」

〔註63〕陸游著，錢仲聯校注：〈野興四首　其三〉，《劍南詩稿校注》，卷二十八，頁1937。

〔註64〕陸游著，錢仲聯校注：〈十一月四日夜半枕上口占〉，《劍南詩稿校注》，卷四十一，頁2604。

〔註65〕李時珍著：〈果部〉，《新訂本草綱目》，臺南：世一文化，2014年4月，卷三十，頁1021～1025。

〔註66〕李時珍著：〈果部〉，《新訂本草綱目》，臺南：世一文化，2014年4月，卷三十，頁1022。

　　受命不遷，生南國兮。

　　深固難徙，更一志兮。

　　綠葉素榮，紛其可喜兮。〔註67〕

　　屈原藉《橘頌》以明其心志，自此之後，橘子或橘樹成為高潔人格的代表象徵，在歷代文人的作品中不乏有詠橘之作，如：張九齡的〈感遇〉：「江南有丹橘，經冬猶綠林。豈伊地氣暖，自有歲寒心。可以薦嘉客，奈何阻重深。⋯⋯」〔註68〕、蘇軾的〈浣溪紗‧詠橘〉：「菊暗荷枯一夜霜。新苞綠葉照林光。」〔註69〕因此可推斷陸詩中出現的橘子除了代表飲食、代表時間遞嬗之外，陸游也就由橘子來表明自己君子般的高潔心志，有「松柏後凋於歲寒」之感，這樣的表明不詩一種療癒，讓他即使閑居在家，也可以透過作品來讓自己心裡有所安慰，證明自己這時候的志向依舊，並未改變。

貳、旅食類

　　歷經多次調任，每一次前往任所時陸游都會行經其他州縣，或者與他人同遊，去往其他地方時，不免停留在當地幾天，品嘗到不同於故鄉的地方性特產，但陸游不單單是感歎食物的美味，而是通過這些旅途中品嘗到的來回憶他的過去或是因飲食產生感嘆，從食物牽動作者的情緒，錢鍾書評價這時候的陸游是「居梁益則憶山陰，歸山陰又戀梁益」〔註70〕，在外地的時候思念故鄉，而回到故鄉的時候則又懷念過往

〔註67〕屈原著，朱熹撰，黃靈庚點校：〈橘頌〉，《楚辭集注》，上海古籍出版社，2019年5月五刷，頁124。

〔註68〕清聖祖御製：《全唐詩（一）》，臺南：平平出版社，1974年12月再版，卷四十七，張九齡著：〈感遇十二首　其三〉，頁572，全詩為：「江南有丹橘，經冬猶綠林。豈伊地氣暖，自有歲寒心。可以薦嘉客，奈何阻重深。運命唯所遇，循環不可尋。徒言樹桃李，此木豈無陰。」

〔註69〕《東坡樂府箋》，臺北：正大印書館，1974年6月，卷三，頁二十二，頁376，〈浣溪紗　詠橘〉，全詞為：「菊暗荷枯一夜霜。新苞綠葉照林光。竹籬茅舍出青黃。　香霧噀人驚半破，清泉流齒怯初嘗。吳姬三日手猶香。」

〔註70〕錢鍾書著：〈放翁詩詞意複出議論違牾〉，《新編談藝錄》，中華書局，1984年，頁129。

在外地的日子，其實這是人之本性，懷鄉之思是人的本能，到了外地人
生地不熟，面對陌生的風土民情，人到了這時候不免會倍感思鄉。

　　若論陸游旅食類的飲食詩作，莫過於他前往蜀州時的作品，這時
候的飲食詩因為軍旅生活而分為兩種，一種是描述前線慷慨激昂、烹
羊宰牛犒勞將士的飲食詩，如〈書事〉：「……雲埋廢苑呼鷹處，雪暗
荒郊射虎天。醙酒芳醇偏易醉，胡羊肥美了無羶。……」〔註71〕這首
詩寫在乾道八年，陸游欲離南鄭時所作，時王炎幕府已散，陸游一腔
熱血無法完成他收復的心願，醙酒、胡羊都是犒勞將士的食物，但這
時候這些食物已經無用了，陸游此時前往成都調成都撫路安撫司參
議官，揚州借指當時的首都臨安城，雖然幕府解散讓他離故鄉又近了
一步，但他此時內心卻是有些悵然若失的。

　　第二種則是提到蜀地日常生活美食的飲食詩，像這一篇〈秋晴欲
出城以事不果〉：

> 古人已去不可回，今人日夜歸泉臺。浮生細看只此是，到死
> 自苦何為哉。……瀼西黃柑霜落爪，溪口赤梨丹染腮。熊肪
> 玉潔美香飯，鮓罋花糝宜新醅。……南窗病起亦蕭散，甚欲
> 往探城西梅。一官底處不敗意，正用此時持事來。〔註72〕

這首詩的寫作時間較前一首還要早，乾道七年，陸游於夔州任通判，
前一年他自山陰前往夔州，寫這首詩的時候他已經在夔州住了一段
時間，雖然這首詩的前半部頗有自嘲之味，有種「前不見古人，後不
見來者」的味道，寫下這首詩時陸游原先應當是在病中，但是在提完
蜀地美食之後，他的病疾立刻消散甚至欲出城賞梅，夔州當地的飲食
特產有黃柑、赤梨、熊肪、香飯、鮓罋、花糝，除了這首詩，蜀地尚
有薏米、巢菜〔註73〕等，這些都是令作者回味再三的當地美食，「陸

〔註71〕陸游著，錢仲聯校注：〈書事〉，《劍南詩稿校注》，卷三，頁259。

〔註72〕陸游著，錢仲聯校注：〈秋晴欲出城以事不果〉，《劍南詩稿校注》，卷
　　　　二，頁204。

〔註73〕溫雪茹：《陸游詩歌中的飲食書寫》，廈門大學中國古代文學碩士學位
　　　　論文，2017年，頁39。

游在蜀地的飲食題材詩歌呈現出較為明顯的地域特色……這一時期的飲食詩，在食材上，與之後山陰地區的詩歌呈現出明顯的差異，是瞭解當時蜀地飲食的寶貴材料。在內容上，也與山陰時期飲食詩的閒適不同，報國的志氣、客居的感慨、異鄉的風物更是創作的重點。」〔註74〕除了蜀地之外，陸游還去過福建、江蘇、江西等地任職，但等到陸游回歸山陰後，最懷念的還是蜀地的美食，就像〈陸游詩歌中的飲食書寫〉所說的，陸游懷念的其實不只是那些飲食的滋味，更是陸游當時得以在蜀地參與軍旅、一展抱負的象徵。

陸游在〈野飯〉中寫道：「薏實炊明珠，苦筍饌白玉。輪囷斸區芋，芳辛采山蕨。山深少鹽酪，淡薄至味足。……何必懷故鄉，下箸厭雁鶩。」〔註75〕他直接感嘆在這裡的生活何必再懷念故鄉呢？可知陸游雖然在旅途中多次抒發出思鄉之情，但美食可以讓他暫時忘卻思鄉之惱。在陸游回到山陰老家後，仍會懷念這些他當年在蜀地吃到的食物，〈思蜀〉：「老子饞堪笑，珍盤憶少城。流匙抄薏飯，加糝啜巢羹。柑美傾筠籠，茶香出土鐺。……」〔註76〕也正回應了錢鍾書先生對陸游的評價，當然錢先生可能並未考量過陸游思蜀之因，蜀地是陸游離他人生抱負最近的地方，透過回憶蜀地的美食，也等於陸游在心中默默宣洩了一次他報國的理想。

旅食類的飲食詩通常不僅是記載飲食而已，誠然陸游的詩作保存不少當地的飲食紀錄，但陸游當時身處環境的不同以及心態上的變化，賦予了食物不同的滋味，可以說心態影響了一切，〈雲門過何山〉：「……心廣體自舒，泰然不肉肥。念昔在官塗，萬事與願違。逢人無一欣，對食或累欷。低回三十年，竟不飽蕨薇。……」〔註77〕在

〔註74〕溫雪茹：《陸游詩歌中的飲食書寫》，廈門大學中國古代文學碩士學位論文，2017年，頁39。

〔註75〕陸游著，錢仲聯校注：〈野飯〉，《劍南詩稿校注》，卷五，頁405。

〔註76〕陸游著，錢仲聯校注：〈思蜀〉，《劍南詩稿校注》，卷十七，頁1345。

〔註77〕陸游著，錢仲聯校注：〈雲門過何山〉，《劍南詩稿校注》，卷十七，頁1369。

仕途裡，陸游沒有餘力去享受食物的美味，在辭官之後才終於能用心去體會生活中的滋味，如〈歸雲門〉裡提到的「萬里歸來值歲豐，解裝鄉墅樂無窮。」〔註78〕詩人將自己的主觀情感投射在飲食上，才於其中嘗出不同的味道。

　　陸游的飲食詩數量龐大，論文所舉不過冰山一角，他的飲食詩對於南宋時期的飲食文化保存了相當珍貴的史料，而且貼近平民生活，呈現出南宋農家飲食的真實寫照，包括的不只是端上桌的食物，更有在種植、在田裡生長以及加工時的樣態，陸游都一一記錄在他的飲食詩中，這樣的作品傳達出農家純樸、辛勤耕作的社會情態，以及期望能有個豐收年的希冀，反映了南宋時期的現實社會。

　　「詩人運用樸實自然的語言描寫飲食活動，詩人於平淡中還在詩中滲透了他的思想和情感內涵。」〔註79〕這裡的內涵包括愛國內涵及養生內涵，作者認為陸游的飲食詩開拓了宋代飲食詩的意境，不僅僅是單純地寫飲食而已，而是將自己的情感寄託在飲食之中，飲食也是陸游排憂解難的對象，它讓陸游不再沉浸於復國未果的苦悶之中，而是轉向享受生活的平靜，因此飲食對陸游而言也有療傷的作用。

〔註78〕陸游著，錢仲聯校注：〈歸雲門〉，《劍南詩稿校注》，卷十，頁824，全詩為：「萬里歸來值歲豐，解裝鄉墅樂無窮。甌炊飽雨湖菱紫，籃絡迎霜野柿紅。壞壁塵埃尋醉墨，孤燈餅餌對鄰翁。微官行矣閩山去，又寄千巖夢想中。」

〔註79〕肖春蘭著：《陸游飲食詩歌研究》，廣西師範大學中國語言文學碩士學位論文，2018年6月，頁38。

第四章　陸游詩中的羹湯

　　經過統計，陸游詩作中提到羹的共有 164 首，按照添加的食材將其分為五穀羹、菜羹、肉羹，最後一類其他類則可能是陸游在作品中只提到了「羹」，但無法判斷出羹類中所含的食材，因此將那些無法分類的歸為其他類，當然也有可能是這樣的羹中混合了兩種以上的食材，也可以算在這最後一類。

　　「羹」在陸詩中大量出現，幾乎都出現在陸游回歸山陰時期的詩作中，主要在淳熙十六年之後，所以陸詩中的羹應當是作者閑居時的平民食物，加在羹裡的多是些山林菜圃隨手可得的食材，雖然當時不是只有平民百姓會吃羹，但貴族吃得都相當精緻講究，與一般市井生活有些隔閡，貴族在飲食上要求的不只是果腹，他們的飲食是一種享受，而平民階層的飲食是一種生活，甚至講求飽腹。陸游當時在山陰老家生活並不富裕，詩作中常出現無飯可吃的情況，因此就算有了餘糧，可能也是拿來煮羹，就像是貧窮人家煮粥一樣，耗費較少的糧食而又能增加飽足感。

　　歷代學者對於「羹」與「湯」各有不同的說法，因而產生羹湯之辯，近代最有名的為王力先生（1900～1986）〔註1〕的羹湯說，可惜並

〔註1〕字了一，廣西博白人，生於 1900 年，為中國漢語語言學家、翻譯家、散文家，在聲韻學、訓詁學方面頗有貢獻，於 1986 年逝世，享壽 85 歲。

未將此說寫成論文發表，只能根據他人所撰之文章來推究，但在其編纂的《王力古漢語字典》中就有提到：第一，羹為帶汁的肉食或菜；第二，後來衍生出「湯」之義，而所謂的「湯」即是菜湯，由此可以推知王力先生認為「羹」最早的原意乃是帶有湯汁的肉食料理，因此羹與湯原本分別有不同意思，但直到唐朝時羹與湯幾乎是無法區分了，在這裡王氏引用王建的〈新嫁娘〉：「洗手作羹湯」為例，雖然後世有許多字詞典都引用王氏之說，但王氏之說並非無懈可擊，根據〈評王力的「羹」、「湯」說〉〔註2〕一文，王氏之說的一大弊病在於皆用同一首〈新嫁娘〉來解釋〈羹〉、〈湯〉二字，但這樣顯然缺乏足夠的證據，他要訓釋此二字，卻用同一首詩來為二字做註解，顯然有失妥當。

　　考證「羹」歷來的釋義，《說文解字》：「五味盉䰜也。从鬲，从羔。詩曰：『亦有和䰜。』或从美彌省。小篆，从羔，从美。」〔註3〕，「羹」也作「䰜」，小篆的字形則是現在的「羹」，而《說文解字注》則較為詳細：「皿部曰。盉，調味也。《內則》注曰：『凡羹齊宜五味之和，米屑之糝。』晏子曰：『和如羹焉，水火醯醢鹽梅以亨魚肉，宰夫和之，齊之以味，濟其不及，以泄其過。』凡魚肉必用菜，菜謂之芼。……芼及醯醢鹽梅是之謂五味之和也。實於鉶謂之鉶羹，肉汁不和五味謂之大羹。」〔註4〕《廣韻》：「羹臛，爾雅曰：『肉謂之羹。』」〔註5〕，「臛」也為肉羹之義〔註6〕，《爾雅‧釋器》：「肉謂之

<hr/>

〔註2〕黃金貴、胡麗珍著：〈評王力的「羹」、「湯」說〉，《浙江大學學報（人文社會科學版）》，2005年1月第35卷第1期。

〔註3〕許慎撰，段玉裁注《說文解字注》，新北：頂淵文化，2008年10月，初版三刷。三篇下，鬲部，十一、十二頁，頁112。

〔註4〕許慎撰，段玉裁注《說文解字注》，新北：頂淵文化，2008年10月，初版三刷。三篇下，鬲部，十一、十二頁，頁112。

〔註5〕陳彭年等重修，林尹校訂：《新校正切　宋本廣韻》，臺北：黎明文化，2015年10月24刷，頁184，〈下平聲　十二庚〉。

〔註6〕許慎撰，段玉裁注《說文解字注》，新北：頂淵文化，2008年10月，初版三刷。三篇下，鬲部，十一、十二頁，頁112，原文為：「……臛字不見於古經而見於招䰟。王逸曰。有菜曰羹。無菜曰臛。王說與禮合。許不云羹也而云肉羹也者、亦無菜之謂。」

羹。」〔註7〕不同字典有不同的解釋，不過在《說文解字》及《說文解字注》中雖然「羔」代表牲肉，但兩本字書對於「羹」的註解重在調味，五味之和，《廣韻》引用《爾雅》之說，然而《爾雅》的解釋為引用《左傳》鄭伯與其母姜氏的典故〔註8〕，認為肉即是羹，王氏應當是採用此說，但王氏之說對於「羹」的釋義欠缺全面，他將「羹」與「湯」二字混淆，「湯」一字在最早為熱水或沸水之義，按理與「羹」應當是相當容易區分的，「羹湯」一詞首見於王建的〈新嫁娘〉，直至宋代才將此二字連為一詞沿用，如：「撐船賣買羹湯、時果」〔註9〕、「凡下酒羹湯，任意索喚」〔註10〕，所以王力對於唐代始將羹湯二字意義混用的論點是錯誤的，但他最大的錯誤也只在這裡，至於對「羹」的訓釋只能說是不太明確，但也算是有擦到邊，至少王力先生有點明羹是「帶汁」的。

　　羹的起源很早，屬於中國古代的主食、主要菜餚，雖然「羹湯」一詞的起源很晚，但在很早就有「羹飯」、「羹食」之詞，《韓非子·五蠹》：「糲粢之食，藜藿之羹」〔註11〕將羹、食二字相對，表示當時的羹已經可以算是主菜，《禮記·內則》：「羹食，自諸侯以下至於庶人無等。」〔註12〕羹食對於當時的社會上層或下層來說都可以算是主食，

〔註7〕郭璞注，邢昺疏，李學勤主編：〈釋器〉，《爾雅注疏（上）》台北：台灣古籍出版社，2002 年 1 月出版二刷，頁 160～161。

〔註8〕左丘明著：〈隱公元年〉，《左傳會箋（上）》，臺北：鳳凰出版社，1974 年 10 月，初版，第一，頁 24，原文為：「潁考叔為潁谷封人，聞之，有獻於公。公賜之食。食舍肉，公問之，對曰：『小人有母，皆嘗小人之食矣，未嘗君之羹。請以遺之。』」

〔註9〕吳自牧著，周游譯注：《夢粱錄》，卷十二〈湖船〉，頁 215。

〔註10〕孟元老等著：《東京夢華錄外四種》，臺北：大立出版社，1980 年十月，周密：《武林舊事》，〈酒樓〉，頁 442。

〔註11〕《欽定四庫全書·子部三·法家類》，韓非著：《韓非子·第五冊》，卷十九，第二頁，原書來源：浙江大學圖書館，影印本：https://ctext.org/library.pl?if=gb&file=55301&page=47（查詢時間：2021 年 5 月 24 日）

〔註12〕王孟鷗註譯：〈第十二　內則〉，《禮記今註今譯（上）》，台灣商務印書館，2009 年 11 月二版，頁 500。

這些都是在談論「羹」在古代的重要性。

〈評王力的「羹」、「湯」說〉認為羹的特徵有三：第一為調味，第二為米、麵、菜的調和，第三為濃湯或薄糊狀〔註13〕，王氏之說只提到了第三點。調味方面上段已經提過，《說文解字》、《說文解字注》都有強調羹的調味，第二點是羹中加入的食材不同，燉煮之後羹會呈現濃稠狀或糊狀，通常是加入米、麵或菜來增加濃稠度，加入米的羹謂之糝，在後面「五穀羹」的章節會細談，而要等到元代時羹湯才有菜湯之義，羹的菜湯之義起源很晚，所以宋代的「羹」仍是以當作一道菜或主食居多。

藉由推論及考證後，可以理解「羹」的實際定義，就不易將它與「湯」混淆，而本詩較常使用的詞為「羹湯」，因陸游為南宋人，南宋時期羹與湯已經混用，但仍是屬於下飯〔註14〕，也就是菜餚，同時也可以叫做羹菜，還是有原本的羹之義，符合上述羹的三大特徵，本篇論文中會以「羹湯」為主要用詞。

本論文將陸游的羹詩分為五穀羹、菜羹、肉羹及其他四類，以下詳加細談，除了針對食材種類之外，羹湯給詩人何種影響或詩人欲透過羹湯傳遞出自己的意志，藉由羹湯，陸游對生活的看法與態度有何改變，是否在一定程度上治癒了他受挫的心，都在研究的內容之中。

第一節　五穀羹

五穀羹即是在羹中加入穀類的羹，陸詩中的五穀羹主要有玉糝羹、糝羹、芋（魁）羹三種，芋（魁）屬於五穀根莖類作物，可一併

〔註13〕黃金貴、胡麗珍著：〈評王力的「羹」、「湯」說〉，《浙江大學學報（人文社會科學版）》，2005 年 1 月第 35 卷第 1 期，頁 66。

〔註14〕吳自牧著，周游譯注：《夢梁錄》，卷十六〈麵食店〉，頁 279、280，「又有下飯，則有焙雞、生熟燒、對燒、燒肉、煎小雞……豉汁雞、焙雞、大燠爊魚等下飯。更有專賣諸色羹湯、川飯，并諸煎肉魚下飯。」

納入五穀羹之中，一共有 31 首提到五穀羹，數量實在不多，很多為糝再加上其他食材製成羹，如藜糝羹、薺糝羹，這一章節主要深究糝羹及芋羹，並且延及其他加糝的羹類，如藜羹加糝，而下一章節的菜羹也會談及藜糝羹或薺糝羹等，最後討論羹湯中加糝的原因。雖然這一章節的標題定為五穀羹，但其實是從「糝」向外延伸，觸及其他羹類，羹詩中純粹只添加五穀的數量不多，而且無法確定是否羹湯之中只有五穀一種，筆者將那些糝羹添加其餘食材的也放在五穀羹這一章節一併論述，因五穀放於羹中有其特殊功用，於這一章節中論述並不顯突兀。

壹、糝的字義

「糝」字在《說文解字注・米部》：「糂」字，清・段玉裁注：「今南人俗語曰米糝飯，糝謂孰者也。」〔註15〕關於「糝」的解釋，目前有三種說法：

一、糝為穀物碎粒

糝羹即為將穀物磨成碎粒再做成羹，《說文解字注・米部》：「古之羹必和以米。《墨子》：『藜羹不糂十日。』……《內則》注曰：『凡羹齊宜五味之和，米屑之糝。』」〔註16〕《莊子・讓王》中就有「孔子窮於陳蔡之間，七日不食，藜羹不糝」〔註17〕的記載，可見當時之藜羹都會加糝，而當時孔子困於陳蔡，無法得到穀物加入羹中進食。

二、糝為細小的碎屑

第二種說法與第一種類似，但是指細小的碎屑，《說文解字》：

〔註15〕許慎撰，段玉裁注《說文解字注》，新北：頂淵文化，2008 年 10 月，初版三刷。七篇上，米部，六十一頁，頁 332。

〔註16〕許慎撰，段玉裁注《說文解字注》，新北：頂淵文化，2008 年 10 月，初版三刷。七篇上，米部，六十一頁，頁 332。

〔註17〕莊子著：〈讓王〉，《莊子集釋》，河洛圖書出版社，1974 年 3 月一版，頁 981。

「糝⋯⋯一曰粒也，从米甚聲。」〔註18〕如陸詩中出現的：「娟娟月上明江練，黯黯天低糝玉塵。」〔註19〕、「點點桃花糝綠苔，入門倚杖意悠哉。」〔註20〕就是這種用法，這樣的用法就跟羹沒有關係，但究其根源，這樣的用法是取自將穀物磨成碎屑才衍生出來的，所以也和穀物磨碎形成的碎屑有關係。

三、糝即為羹

山東臨沂有一種地方性小吃，臨沂人習慣在早上喝一碗糝，因此在山東的糝比較偏向濃稠的肉湯加上中藥材。《禮記・內則》稱：「糝，取牛、羊之肉，三如一，小切之。與稻米二，肉一，合以為餌，煎之。」〔註21〕這是將「糝」直接當成某種肉羹，但山東的這種糝可能是比較晚期的說法，據說名稱由來與乾隆皇帝有關，在 2013 年「糝」成為山東省省級非物質文化遺產。

本論文採用的是第一種說法，因為若直接將糝當成羹類的話，並不需要後面再加一個「羹」字，再加上「糝」在《禮記》中就有紀載，所以陸詩中的「糝」應當以第一種較為可信。玉糝羹典故則是出自蘇軾的〈過子忽出新意，以山芋作玉糝羹，色香味皆奇絕。天上酥陀則不可知，人間決無此味也〉〔註22〕，時東坡被流放海南，以山芋製成

〔註18〕許慎撰，段玉裁注《說文解字注》，新北：頂淵文化，2008 年 10 月，初版三刷。七篇上，米部，六十一頁，頁 332。

〔註19〕陸游著，錢仲聯校注：〈江上梅花〉，《劍南詩稿校注》，卷十一，頁 936，全詩為：「老來樂事少關身，猶喜尊前見玉人。豈是淒涼偏薄命，自緣纖瘦不禁春。娟娟月上明江練，黯黯天低糝玉塵。絕礀斷橋幽獨處，護持應有主林神。」

〔註20〕陸游著，錢仲聯校注：〈自九里平水至雲門陶山歷龍瑞禹祠而歸凡四日八首　其七〉，《劍南詩稿校注》，卷七十，頁 3913，節錄：「點點桃花糝綠苔，入門倚杖意悠哉。數聲茶飯齋初散，一片溪雲雨欲來。⋯⋯」

〔註21〕王孟鷗註譯：〈第十二　內則〉，《禮記今註今譯（上）》，台灣商務印書館，2009 年 11 月二版，頁 507。

〔註22〕《欽定四庫全書・集部三・別集類》，《東坡全集・第十冊》，卷二十九，頁十五至十六，原書來源：浙江大學圖書館，影印本：https://ctext.org/library.pl?if=gb&file=3925&by_title=%E6%9D%B1%E5%9D

玉糝羹，並非肉羹，「糝羹」前面還用「玉」字，推測可能以「玉」來形容穀類的色澤如玉，所以玉糝羹其實等同於芋糝羹。

「糝」在《說文解字》中為「糂，以米和羹也，一曰粒也，从米甚聲。」〔註23〕《廣韻》：「羹糂，墨子曰：『孔子厄陳，藜羹不糝。』也或作糂，桑感切八。」〔註24〕可知「糝」即為「糂」，《說文解字注》中收有糝（古文）、糂和糣（籀文）三種字體，這三字在當時是通用的。

貳、糝羹添加其他食材

就其羹詩會發現有許多並非於羹中單獨加糝，而是還會加其他食材，最常見的是藜羹加糝，一共有11首，如：

土焙憐烟暖，藜羹愛糝香。君看首陽叟，窮死亦何傷。〔註25〕

藜羹加糝美，黍酒帶醅渾。稚子能勤學，燈前與細論。〔註26〕

歲熟家彌困，天寒酒闕傾。僅能炊稻飯，敢望糝藜羹。〔註27〕

莫報乾坤施，空驚歲月遷。藜羹安用糝，吾事本蕭然。〔註28〕

%A1%E5%85%A8%E9%9B%86&page=137（查詢時間：2021 年 5 月 9 日）〈過子忽出新意，以山芋作玉糝羹，色香味皆奇絕。天上酥陀則不可知，人間決無此味也〉，全詩為：「香似龍涎仍釅白，味如牛乳更全清。莫將南海金虀膾，輕比東坡玉糝羹。」

〔註23〕許慎撰，段玉裁注《說文解字注》，新北：頂淵文化，2008 年 10 月，初版三刷。七篇上，米部，六十一頁，頁 332。

〔註24〕陳彭年等重修，林尹校訂：《新校正切　宋本廣韻》，臺北：黎明文化，2015 年 10 月 24 刷，頁 331，〈上聲　四十八感〉。

〔註25〕陸游著，錢仲聯校注：〈戲作貧詩二首　其二〉，《劍南詩稿校注》，卷三十八，頁 2472，全詩為：「左券頻稱貸，西成少蓋藏。苦饑炊稗種，緣病賣桑黃。土焙憐烟暖，藜羹愛糝香。君看首陽叟，窮死亦何傷。」

〔註26〕陸游著，錢仲聯校注：〈夏夜〉，《劍南詩稿校注》，卷五十一，頁 3048，全詩為：「乞骸安晚節，養疾臥空村。月暗梟鳴樹，船歸犬吠門。藜羹加糝美，黍酒帶醅渾。稚子能勤學，燈前與細論。」

〔註27〕陸游著，錢仲聯校注：〈飯後自嘲〉，《劍南詩稿校注》，卷六十九，頁 3862，全詩為：「歲熟家彌困，天寒酒闕傾。僅能炊稻飯，敢望糝藜羹。一榻解腰臥，四廊摩腹行。詩人要疏瘦，此日愧膨脝。」

〔註28〕陸游著，錢仲聯校注：〈考古〉，《劍南詩稿校注》，卷七十一，頁 3945，全詩為：「考古無長晝，憂時少熟眠。偷生迫鐘漏，戰死愧兜鞬。莫報乾坤施，空驚歲月遷。藜羹安用糝，吾事本蕭然。」

養氣頹然似木雞，謗讒寧復問端倪。生塵甑暖喜炊黍，轆釜羹香忘糝藜。〔註29〕

略舉上述例子來證明當時陸游常將藜羹與糝連結在一起，這是作者引用孔子困於陳蔡的典故，可見當時加糝乃是常態，糝是穀物碎屑，有穀物特有的香氣，加在羹裡可以讓藜羹的味道更加美味，因此陸游的羹詩中才特別講到「藜羹愛糝香」、「藜羹加糝美」，以〈小圃醉中作〉為陸游當時對於藜羹加糝的態度：

搖落園林探借春，耄期詩酒肯輸人。狂時湖海猶嫌迮，達處羲農亦未淳。木葉蔽身如盛服，藜羹加糝即常珍。巢由尚隱唐虞代，漫道桃源是避秦。〔註30〕

這是陸游在開禧三年（1207）的作品，第三聯寫到這時候的他看身上穿的粗布麻衣都有如華服，而藜羹若是加了糝即是上等的佳餚，這裡作者不是為了要表現出他的貧困，而是要傳遞在堯、舜的時代，尚有巢父、許由的避居，而在這樣的時代他自己就像是陶淵明筆下《桃花源記》中的居民一樣，躲避混亂來到世外桃源隱居，這個桃源鄉中雖然穿著飲食的確不如外界，但他的心卻是安定自適的，與他年輕時的處事態度完全不一樣，這時候陸游對於在山陰的生活也找到了樂趣，他還是會懷念年輕時的歲月，但不會拘泥在過去，而是面對他當下的生活。

參、羹不糝

而糝羹在陸游的羹詩中還常出現另一種寫法，那就是「不糝」，這同樣是源自孔子的典故，糝畢竟是屬於穀物，而藜則是一種野菜，穀物比野菜還要難取得，所以孔子當時只能啜藜羹而無糝，「羹不糝」在陸詩中共有 4 首，這相比起藜羹加糝，更有貧困、家徒四壁的味道，

〔註29〕陸游著，錢仲聯校注：〈次韻范參政書懷十首 其一〉，《劍南詩稿校注》，卷二十四，頁 1749，全詩為：「養氣頹然似木雞，謗讒寧復問端倪。生塵甑暖喜炊黍，轆釜羹香忘糝藜。萬里曾遊雲棧北，一庵今臥鏡湖西。殘年老病侵腰膂，那得隨人病夏畦。」

〔註30〕陸游著，錢仲聯校注：〈小圃醉中作〉，《劍南詩稿校注》，卷七十三，頁 4020。

雖然如此，在心態上他並不會怨天尤人，而是隨遇而安，〈復竊祠祿示兒子〉：

> 得飽不曾足，閉門還讀書。翁猶羹不糝，兒固食無魚。袞繡
> 曷加我，簞瓢常晏如。人生隨所遇，勿替此心初。〔註31〕

第一句話就寫明他這時候只要是能飽腹就已經很滿足了，雖然他只能啜藜羹而無糝，也沒有魚肉，「袞繡」是指王公大臣的衣服，上面繡有華美的花邊，陸游已經不再追求那些官位了，他願意像顏回一樣「居陋巷，一簞食，一瓢飲」〔註32〕，安貧樂道，而不忘其本心。陸詩中的「不糝」雖然都是用來表達他貧困的境遇，但詩人也從這樣貧困的遭遇中，讓他的心靈得到昇華，他不會像芸芸眾生一般追求高官厚祿，一開始他當官的初心就不是為了功利名聲，而是為了報效國家，雖然在官場上失志，回到家鄉後自己的初心仍不為所動，陸游以此來教育自己的兒子，不論外在環境或人生中經歷怎樣的變化，人都不應該忘了自己的初衷，就像他自己一樣。

肆、糝的作用

　　經過統計，只提到「糝羹」而不摻雜其他食材的只有 5 首，其數量之少無法與添加野菜的羹相比，也就是陸游當時可能很少純粹吃「糝羹」，或者說很少直接吃五穀羹，若陸游家中貧困到無法負擔五穀雜糧，倒也未必，因為陸游飲食詩中出現的五穀類就有不下十種，扣除可能是描寫風景的麥田稻田，至少陸游在山陰時還能吃到麥、粟、米、黍、豆飯等，因此絕不是負擔不起穀物的價錢，那這時候就該研究為何陸游的羹詩中，很少出現單純的五穀羹，而大部分都是添加其他食材的羹湯？

　　在〈評王力的「羹」、「湯」說〉中提到羹有三大特徵，其中之一

〔註31〕陸游著，錢仲聯校注：〈復竊祠祿示兒子〉，《劍南詩稿校注》，卷三十五，頁 2292。

〔註32〕朱熹撰：《四書章句集注》，高雄：復文圖書出版社，1990 年 9 月初版，《論語集注‧雍也第六》，頁 87。

為米、麵、菜的調和，作者恰好以糝來舉例，羹的調和物以米為主，米輾成米屑，稱為糝。……《禮記・內則》：「犬羹、兔羹，和糝不蓼。」〔註33〕

> 製羹有時也用米泔，《急就篇》卷二：「餅餌麥飯甘豆羹。」顏師古注：「甘豆羹，以洮米泔和小豆煮之也。」《齊民要術・羹臛法》：「醋菹鵝鴨羹：方寸准，熬之。與豉汁、米汁。細切醋菹與之，下鹽。半奠。不醋，與菹汁。」……共列 29 種羹臛，其中用米或米汁者有 17 種，用麵麥粉者 1 種，兼用麵、米者 1 種，凡 19 種，可見多數羹要用米屑等調合，特別是菜羹。〔註34〕

米屑加在羹中是為了要讓羹呈現濃稠狀，有調和的作用，因此下一章節要研究的菜羹，雖然並沒有將「糝」字呈現在其名稱上，但其羹中應該也有添加糝作為調和及增加濃稠度。

伍、芋羹

「芋」這一作物在陸詩中共出現 76 次，而芋羹（包括芋魁羹、玉糝羹、芋糝羹）則有 19 首，「芋」在《說文解字注》：「大葉實根駭人。故謂之芌也。……芋之為物，葉大根實，二者皆堪駭人，故謂之芋，其字从艸于聲也。……《毛傳》：『芋、大也。』謂居中以自光大。」〔註35〕，而「魁」字在《說文解字注》：「羹斗也，斗當作枓，古斗枓通用。枓、勺也。抒羹之勺也。……《毛詩傳》曰：『大斗長三尺是也。』引申之、凡物大皆曰魁。」〔註36〕由此可知「芋」及「魁」皆

〔註33〕王孟鷗註譯：〈第十二 內則〉，《禮記今註今譯（上）》，台灣商務印書館，2009 年 11 月二版，頁 494、495，註為：「糝，米屑。和糝，謂投米屑於湯中，使之成糊。」

〔註34〕黃金貴、胡麗珍著：〈評王力的「羹」、「湯」說〉，《浙江大學學報（人文社會科學版）》，2005 年 1 月第 35 卷第 1 期，頁 66。

〔註35〕許慎撰，段玉裁注《說文解字注》，新北：頂淵文化，2008 年 10 月，初版三刷。一篇下，艸部，七頁，頁 24。

〔註36〕許慎撰，段玉裁注《說文解字注》，新北：頂淵文化，2008 年 10 月，初版三刷。十四篇上，斗部，三十三頁，頁 718。

有大之義，唯芋為作物，塊莖可食用〔註37〕，後來芋魁除了可以指芋頭的根之外，也可以用來泛指根莖類（薯類）作物的塊莖。

對於芋的歸類，在《陸游詩歌中的飲食書寫》終將它歸於蔬菜類，《陸游飲食詩「以俗為雅」的審美趣味研究》也將其歸於果蔬類，但本論文將芋歸在五穀雜糧類，是根據衛生福利部國民健康署所公布的六大類食物，第一類為全穀雜糧類〔註38〕，原名應當是全穀根莖類，但在 2018 年做了修正，這一類將芋頭等根莖類作物包含了進去，因此不同於前人研究而將芋頭放在全穀類。

芋多是陸游在山陰時的飲食詩中，《陸游詩歌中的飲食書寫》有一個精細的出現頻率統計表格〔註39〕：

> 芋、藜、粟雖較均勻出現在陸游各個時期的詩歌中，但在山陰時創作的頻率遠高於其他時期。陸游好吃芋頭，因而各個時期均有描寫芋頭的詩歌，但他在山陰創作的芋頭相關詩歌比例高達 3.06%，是在其他地方創作的芋頭相關詩歌的近三倍。〔註40〕

芋魁可以是野外自然生長的，也可以自己栽種，若是純粹在野外採摘

〔註37〕《教育部重編國語辭典修訂本》，http://dict.revised.moe.edu.tw/cgi-bin/cbdic/gsweb.cgi?ccd=LcVjF8&o=e0&sec=sec1&op=v&view=0-1（查詢時間：2021 年 4 月 25 日）芋：「植物名。天南星科芋屬，『白芋』、『檳榔芋』之俗稱。參見『白芋』條。」http://dict.revised.moe.edu.tw/cgi-bin/cbdic/gsweb.cgi?ccd=LcVjF8&o=e0&sec=sec1&op=sti=%22%E7%99%BD%E8%8A%8B%22（查詢時間：2021 年 4 月 25 日）白芋：「天南星科芋屬，多年生草本。葉盾狀著生，卵形，長二十至五十公分，基部二裂，有長柄，莖白有孔。夏日開花，肉穗花序乳白至金黃色。塊莖埋於地下，含有很多澱粉。煮熟可食用。也稱為『芋』、『檳榔芋』。」

〔註38〕國民健康署：〈國健署公布 107 年最新版「每日飲食指南」提倡均衡飲食更健康〉，2018 年 3 月 13 日，https://www.mohw.gov.tw/cp-16-40152-1.html（查詢時間：2021 年 3 月 22 日），在 107 年最新版「每日飲食指南」中，改用「雜糧」的名稱取代「根莖」。

〔註39〕溫雪茹：《陸游詩歌中的飲食書寫》，廈門大學中國古代文學碩士學位論文，2017 年，頁 95～97。

〔註40〕溫雪茹：《陸游詩歌中的飲食書寫》，廈門大學中國古代文學碩士學位論文，2017 年，頁 98。

的話還無法斷定陸游是否喜歡吃芋頭，還是當時選擇不多，只有芋頭
較佳，但如果是自家栽種的話，由於陸游家中有開闢菜畦種菜，其中
就有一區專種芋頭，那就可以推斷陸游本身應當對於芋頭這樣食材相
當喜愛：

> 條枚積地樹雞柵，溝港接筒澆芋區。父子還家更何事，斷編
> 燈下講唐虞。〔註41〕

> 疏溝架略彴，拾瓦疊浮屠。既畫菘韭畦，遂營瓜芋區。〔註42〕

> 南列紅薇屏，北界綠芋區。偃蹇雙松老，森聳萬竹攢。〔註43〕

> 百事不能能荷鋤，不鋤菜畦鋤芋區。身存那用十年相，陂壞
> 且為凶歲儲。〔註44〕

陸游在家中菜圃種芋、種瓜以及韭菜、芥菜等，而且看得出陸游家裡
的菜圃應當是井井有條的，分區栽種不同作物，「北界綠芋區」一句
看出將芋種在較北邊的地方，陸游對於菜畦是有用心經營的，因為作
物的收成關乎他的生計，食物是否足以果腹的問題。

　　芋羹在陸游的飲食詩中分別有玉糝羹、芋糝羹及芋羹，其中芋
糝羹同玉糝羹，引東坡的典故，而且可以發現在陸詩中的「芋羹」

〔註41〕陸游著，錢仲聯校注：〈村居四首　其四〉，《劍南詩稿校注》，卷五十
　　　　四，頁3183，全詩為：「石帆山下樂誰如，八尺輕舠萬頃湖。能釀人
　　　　家分小榼，愛棋道士寄新圖。條枚積地樹雞柵，溝港接筒澆芋區。父
　　　　子還家更何事，斷編燈下講唐虞。」

〔註42〕陸游著，錢仲聯校注：〈晚秋農家八首　其六〉，《劍南詩稿校注》，卷
　　　　二十三，頁1696，全詩為：「疏溝架略彴，拾瓦疊浮屠。既畫菘韭畦，
　　　　遂營瓜芋區。豉香吳鹽白，飽計已有餘。捫腹笑自賀，無羊敗吾蔬。」

〔註43〕陸游著，錢仲聯校注：〈齋中雜興十首以丈夫貴壯健慘戚非朱顏為韵
　　　　其九〉，《劍南詩稿校注》，卷四十三，頁2688，全詩為：「荷鋤草堂
　　　　東，藝花二百株。春風一朝來，白白兼朱朱。南列紅薇屏，北界綠芋
　　　　區。偃蹇雙松老，森聳萬竹攢。餘地不忍蕪，插援引匏壺。何當拂東
　　　　絹，畫作山園圖。」

〔註44〕陸游著，錢仲聯校注：〈睡起遣懷〉，《劍南詩稿校注》，卷八十一，頁
　　　　4365，節錄：「百事不能能荷鋤，不鋤菜畦鋤芋區。身存那用十年相，
　　　　陂壞且為凶歲儲。百事不學學作詩，不作白紵作竹枝。黃陵廟前風浪
　　　　惡，青衣渡口行人悲。老病閉門常憒憒，芋不復鋤詩亦廢。……」

後面都會再加上「豆飯」二字,「芋羹」詩中有三首後面都加了「豆飯」,如:

> 客路更逢秋色晚,故山空有夢魂歸。芋羹豆飯元堪飽,錯用人言恨子威。〔註45〕

> 堤遠沙平草色勻,新晴喜得自由身。芋羹豆飯家家樂,桑眼榆條物物春。〔註46〕

> 鴨腳葉黃烏臼丹,草煙小店風雨寒。荒年人家雞黍迕,芋羹豆飯供時節。〔註47〕

豆可以當菜餚也可以當主食,陸詩中的豆與芋時常搭配在一起,除了豆飯之外也有豆羹,但數量卻只有3首,與豆飯表達的情感類似,不論是芋羹配上豆飯還是豆飯配上芋魁,後人用「芋羹豆飯」比喻為粗劣的食物,帶有一點負面意義,但以上述三首詩為例,只有第一首及第三首符合粗劣的食物這一解釋,第二首「芋羹豆飯家家樂」已經寫明了詩人的「樂」,因為他得了自由,掙脫了禁錮他身心的枷鎖,回到山陰的陸游心情是相當放鬆自適的,就算是吃最普通的食物,看到尋常農村的景象,他心中卻覺得一片祥和,這是由內在影響外在的情感表達,寫第二首詩時陸游已經85歲了,前一年他被剝奪半俸,徹底與官場絕緣,他對於官位也不像年輕時那般渴望了,但其實他渴望的

〔註45〕陸游著,錢仲聯校注:〈書懷〉,《劍南詩稿校注》,卷六,頁526,全詩為:「萬里馳驅坐一氈,自憐無計脫塵鞿。身留幕府還家少,眼亂文書把酒稀。客路更逢秋色晚,故山空有夢魂歸。芋羹豆飯元堪飽,錯用人言恨子威。」

〔註46〕陸游著,錢仲聯校注:〈肩輿歷湖桑堰東西過陳灣至陳讓堰小市抵暮乃歸二首　其一〉,《劍南詩稿校注》,卷八十一,頁4361,全詩為:「堤遠沙平草色勻,新晴喜得自由身。芋羹豆飯家家樂,桑眼榆條物物春。野店茶香迎倦客,市街犬熟傍行人。牆頭婦女更相語,認到先生折角巾。」

〔註47〕陸游著,錢仲聯校注:〈十月旦日至近村〉,《劍南詩稿校注》,卷十三,頁1076,全詩為:「鴨腳葉黃烏臼丹,草煙小店風雨寒。荒年人家雞黍迕,芋羹豆飯供時節。村童上牛踏牛鼻,吹笛聲長入雲際。今年雖饑卻少安,縣吏不來官放稅。」

不是官位，是那份為百姓著想的心，詩人他看到現在家鄉的百姓安居樂業，已經不再刻意追求那遠大的目標了。

第二節　菜羹

　　陸詩中的菜羹多樣，出現最多次的為藜羹、蓴（蒓）羹，而其他有特色的菜羹為芹羹、芼羹、葵羹、芥羹。菜羹佔了陸游羹詩的57.3%，共有94首，顯然陸游較常寫到菜羹，原因可能為陸游當時的環境無法負擔不起肉羹，所以只能用菜來做羹，或者他對於菜羹的喜好較大，這些都可能導致陸游羹詩中菜羹佔據大多數。

　　談及陸游對於蔬菜的喜好，除了在味覺、嗅覺、視覺上的享受之外〔註48〕，筆者認為更因為宋代文人興起一股養生、茹素的風氣，應為當時社會上產業發展迅速、生產力大，讓人在享受飲食之餘足以追求更高層次的境界，此外也有賴於政府對於醫學的推廣，受到國家對於醫學重視的影響，宋代文人不說個個都精通醫術，但最基本的醫理應該是有所理解的，當時流行著「不為良相，則為良醫」〔註49〕的觀念，讓養生風氣在士大夫階層蔚為潮流，陸游也不例外。

　　　　陸游喜愛食蔬果，重要原因是它們對人體的健康起到種重
　　　　要作用。詩人深諳蔬果有益於身心健康，有延年益壽的功
　　　　效。以〈山中作〉為例：「燒香掃地病良已，飲水飯蔬身頓
　　　　輕。」根據詩中記載，詩人此時已經大病良久，通過飲食調
　　　　節來驅除疾病。詩人自言飲食上需清淡，多食用蔬菜。從詩

〔註48〕肖春蘭著：《陸游飲食詩歌研究》，廣西師範大學中國語言文學碩士學位論文，2018年6月，頁30。

〔註49〕節錄自吳曾《能改齋漫錄・卷十三・文正公願為良醫》，上海古籍出版社，1960年11月，頁381，「范文正公微時，嘗詣靈祠求禱，曰：『他時得位相乎？』不許。復禱之曰：『不然，願為良醫。』亦不許。既而嘆曰：『夫不能利澤生民，非大丈夫平生之志。』他日，有人謂公曰：『大丈夫之志於相，理則當然。良醫之技，君何願焉？無乃失於卑耶？』公曰：『嗟乎，豈為是哉。古人有云：『常善救人，故無棄人；常善救物，故無棄物。』……能及小大生民者，固惟相為然。既不可得矣，夫能行救人利物之心者，莫如良醫。』」

中可見，日常多食用蔬菜有益於健康。〔註50〕

這篇論文的作者認為陸游以飲食來調養身心，事實上多食用蔬菜對身體的確是有益處的，陸游在晚年尤其注重養生之道，不僅是因為他老年貧病交加，他要以飲食來治癒的不只是他的身體，更是他飽受挫折的內心。

羹詩中的菜羹並不只是在羹中加蔬菜而已，前面在研究五穀羹時有提到「糝」，有時候羹詩中會出現菜羹加糝的情形，那這時候的糝相較於蔬菜，就不是羹的主要食材，而是一種配料，為了讓這道羹增加濃稠度，如：「加糝啜巢羹」〔註51〕、「藜羹愛糝香」〔註52〕、「鹽酪不下薺糝羹」〔註53〕等，這一節筆者專注研究陸游的菜羹，不論及加糝，菜羹有藜羹、蓴羹、薺羹，這一些佔菜羹類的多數，芹羹、芥羹、葵羹等由於數量稀少，不會特別著重說明。

壹、藜羹

藜羹為陸詩中出現次數最多的羹，共出現 50 次，佔了全部羹詩的 30.5%，數量龐大，藜羹的說法有兩種：指粗劣的羹，可用來泛指粗食，引用孔子困於陳蔡的典故，或者是實際以藜菜製羹。

在《說文解字注・艸部》：「艸也。《左傳》：『斬之蓬蒿藜藋。』藜初生可食，故曰蒸藜不孰。《小雅》：『北山有萊。』陸機云：『萊、兗州人蒸以為茹，謂之萊蒸。』按萊蒸即蒸藜。……从艸，黎聲。郎奚切，十五部。」〔註54〕可知藜為一種可食用植物，可生食，料理方

〔註50〕肖春蘭著：《陸游飲食詩歌研究》，廣西師範大學中國語言文學碩士學位論文，2018 年 6 月，頁 30、31。

〔註51〕陸游著，錢仲聯校注：〈思蜀〉，《劍南詩稿校注》，卷十七，頁 1345，全詩為：「老子饞堪笑，珍盤憶少城。流匙抄薏飯，加糝啜巢羹。柑美傾筠籠，茶香出土鐺。西郊有舊隱，何日返柴荊。」

〔註52〕陸游著，錢仲聯校注：〈戲作貧詩二首　其二〉，《劍南詩稿校注》，卷三十八，頁 2472。

〔註53〕陸游著，錢仲聯校注：〈霜夜二首　其二〉，《劍南詩稿校注》，卷七十三，頁 4050。

〔註54〕許慎撰，段玉裁注《說文解字注》，新北：頂淵文化，2008 年 10 月，

式大部分以蒸煮為主，屬於野菜，筆者推測陸游以其嫩葉製羹，在
《說文解字注》中將「藜」與「藋」並列，「藋，釐艸也。一曰拜商藋。
釋艸商作蓨。說文言一曰者有二例。一是兼採別說。一是同物二名。
此一曰未詳何屬。疑菫艸為蒴藋。拜商藋為今之灰藋也。灰藋似藜。
左傳斬之蓬蒿藜藋。从艸翟聲。」〔註55〕《爾雅・釋草》：「拜，蔏藋。」
邢昺疏：「此亦似藜而葉大者，名拜，一名蔏藋。」〔註56〕所以藜與
藋是很相似的兩種植物，也有資料說兩者為同一種植物〔註57〕，目前
尚無更明確的證據來證實這兩種是否為同一植物。

　　以藜製羹在當時被認為是相當粗劣的食物，但這樣的粗劣並無
損於陸游對藜羹的重視程度：

> 早見高皇宇宙新，耄年猶作太平民。虛名僅可欺橫目，戇論
> 曾經犯逆鱗。原野暮雲低欲雨，陂湖秋水浩無津。蕭條生計
> 君無笑，一鉢藜羹敵八珍。〔註58〕

> 一條紙被平生足，半碗藜羹百味全。放下元來總無事，雞鳴
> 犬吠送殘年。〔註59〕

第一首詩的頸聯和尾聯是詩人在描寫他在山陰的生活，頸聯為當地
或當下景色，尾聯則點出他生活窘迫，一碗藜羹就可以滿足他的口腹

　　　　初版三刷。一篇下，艸部，五十二頁，頁 47。

〔註55〕許慎撰，段玉裁注《說文解字注》，新北：頂淵文化，2008 年 10 月，
　　　　初版三刷。一篇下，艸部，十一頁，頁 26。

〔註56〕郭璞注，邢昺疏，李學勤主編：〈釋草〉，《爾雅注疏（下）》台北：台
　　　　灣古籍出版社，2002 年 1 月出版二刷，頁 258。

〔註57〕教育部重編國語辭典修訂本，http://dict.revised.moe.edu.tw/cgi-bin/
　　　　cbdic/gsweb.cgi?ccd=VYln1o&o=e0&sec=sec1&op=sti=%22%E8%94%
　　　　8F%E8%97%8B%22（查詢時間：2021 年 3 月 24 日），蔏藋：「植物
　　　　名。藜科藜屬。即『灰藋』之古稱。一年生草本，高二十至一百公分。
　　　　基部葉三裂，中部葉橢圓形，波狀齒牙緣。花兩性，穗狀圓錐花序。
　　　　胞果球形。廣佈泛熱帶至溫帶。全草入藥，亦供為野蔬。也稱為『白
　　　　藜』、『藜』。」

〔註58〕陸游著，錢仲聯校注：〈野興四首　其三〉，《劍南詩稿校注》，卷五十
　　　　八，頁 3382。

〔註59〕陸游著，錢仲聯校注：〈自詠絕句〉，《劍南詩稿校注》，頁 3494。

之慾，堪比八珍。第二首的情感與第一首類似，有一條紙被、半碗藜羹，詩人對於這樣的生活覺得無事悠閒，並願意與農村裡的雞鳴犬吠共度餘年。藜羹在陸游的精神層面上是一種至高的美味，它的精神意義已經大於實質意義，此時藜羹的味道已經不再重要了，它代表的是陸游對於目前生活的心滿意足。

　　除了對於自身生活的滿足，陸游這時候仍存為人民生計著想之心：

> 夜雨勿厭空階聲，天公欲作明朝晴。明朝甲子最畏雨，榜舟
> 入市聞古語。今年雨暘俱及時，麥已入倉雲四垂。……但令
> 有米送官倉，豆飯藜羹甘似蜜。〔註60〕

這首詩名為〈望霽〉，詩人寫下這首詩時已經下雨多日，在科技尚未發達的古代連續多日下雨或者不雨都是一場災害，會造成嚴重農損，多雨造成農田被淹沒，少雨則田地乾旱龜裂，因此住農村的人最期望能有個風調雨順的好年，詩人希望只要有米送到官倉，在日子不好過時可以發送糧食給百姓，那自己就算只吃豆飯、藜羹，吃起來也如同蜜糖一般。這裡呈現出陸游為百姓著想的心，就算這時候陸游已經辭官，他沒有因為辭官就對於民間疾苦而無視之，他身在民間，心也在民間，內心所想的也是民間。

　　除了《莊子‧讓王》提到孔子藜羹不糝的典故外，在《墨子》、《韓非子》之中也有相關紀錄，在這裡以〈讓王〉作為舉例：

> 孔子窮於陳、蔡之間，七日不火食，藜羹不糝，顏色甚憊，
> 而弦歌於室。顏回擇菜，子路、子貢相與言曰：「夫子再逐
> 於魯，削迹於衛，伐樹於宋，窮於商、周，圍於陳、蔡，殺
> 夫子者無罪，藉夫子者無禁。弦歌鼓琴，未嘗絕音，君子之
> 無恥也若此乎？」顏回無以應，入告孔子。孔子推琴喟然而
> 歎曰：「由與賜，細人也。召而來！吾語之。」
> 子路、子貢入。子路曰：「如此者可謂窮矣。」孔子曰：「是
> 何言也！君子通於道之謂通，窮於道之謂窮。今丘抱仁義之

〔註60〕陸游著，錢仲聯校注：〈望霽〉，《劍南詩稿校注》，頁2506。

道，以遭亂世之患，其何窮之為？故內省而不窮於道，臨難
而不失其德，天寒既至，霜露既降，吾是以知松柏之茂也。
陳、蔡之隘，於丘其幸乎！」〔註61〕

子路、子貢看到孔子處於困境中仍絃歌不輟，無法理解孔子的作為，
但顏回能了解，因為他自己也「一簞食，一瓢飲」居逆境之中，仍安
貧樂道，不改其志，後來有「孔顏樂處」〔註62〕一詞，孔子及顏回二
人皆安於貧困，在這樣的環境中能以樂觀的態度面對，孔子更提到了
道通與道窮，外在事物的通與窮對孔、顏二人來說並非最嚴重的大
事，他們在意的是「道」，也就是內在心理的通窮，陸游作品中的藜羹
與藜羹不糝也是用到這樣的態度。

　　藜羹不糝是純粹菜羹而不添加米粒，這就是外在的「窮」，生活
的困頓，陸游未必負擔不起穀物，他的詩作中時常可見麥飯、稻飯，
那這些藜羹不糝象徵性的作用就較大，詩人效法孔子困於陳蔡之時的
心境，他的心中懷有大道，在「道」的方面是通達的，不論現實生活
的窘困，如同松柏後凋於歲寒，這樣面對人生的態度讓詩人跳脫現實
的禁錮，進入大道的層面，以這樣的角度看來，現實生活對陸游而言
是一種考驗，考驗他的心志、他的態度，如《孟子‧告子》：「故天將
降大任於是人也，必先苦其心志，勞其筋骨，餓其體膚，空乏其身，
行拂亂其所為，所以動心忍性，曾益其所不能。」〔註63〕他追求內在
的通達，因此可以以相對放鬆的態度面對生活中的難題。

貳、蓴羹

　　陸詩中有蓴羹和蒓羹，也有蓴絲和蒓絲，原本二字各有不同意

〔註61〕莊子著：〈讓王〉，《莊子集釋》，河洛圖書出版社，1974 年 3 月一版，
　　　　頁 981。

〔註62〕《欽定四庫全書‧子部一‧儒家類》，程顥、程頤著：《二程遺書》，
　　　　卷二上，頁五，原書來源：浙江大學圖書館，影印本：https://ctext.
　　　　org/library.pl?if=gb&file=7314&page=72（查詢時間：2021 年 5 月 20
　　　　日）「昔受學於周茂叔，每令尋顏子、仲尼樂處，所樂何事。」

〔註63〕朱熹撰：《四書章句集注》，高雄：復文圖書出版社，1990 年 9 月初
　　　　版，《孟子集注‧告子章句下》，頁 348。

涵，《說文解字注》只收「蒪」字：「蒪，蒲叢也。《本艸圖經》引《西京襍記》曰：『太液池邊皆是彫胡、紫籜、綠節、蒲叢之類。』《廣雅・釋艸》曰：『蒲穗謂之蒪。大丸切。』……鉉本常倫切，此蒓絲字。」〔註64〕段玉裁一開始有分出二字的不同，不只意思，兩字的反切也不一樣，但後來常以「蒪」來代替「蒓」，《廣韻》中同時收有「蒪，蒲秀」〔註65〕和「蒓，水葵」〔註66〕二者，遂將水葵義併入「蒪」〔註67〕。段玉裁的注足以證明「蒪」與「蒓」這兩字互通，陸游詩中用「蒓」字有 10 次，而「蒪」字則有 75 次，「點豉絲蒓滑縈箸」〔註68〕、「醉思蒪菜黏篙滑」〔註69〕與「紫魚蒓菜隨宜具」〔註70〕、「出波蒪菜滑，上市紫魚鮮」〔註71〕以及「湘湖水長蒓絲滑」〔註72〕、「湘湖蒪菜出」〔註73〕，以陸游的詩作為證據，蒓菜與蒪菜皆有黏滑的特性、都與紫魚一同出現在作品中、都是產自湘湖之上，陸游運用「蒓」與「蒪」二字時，其意義是互通的。

　　蒪一種水生植物，從陸游作品中常寫到湘湖蒪菜可知，有時詩人

〔註64〕許慎著，段玉裁注《說文解字注》，新北：頂淵文化，2008 年 10 月，初版三刷。一篇下，艸部，四十五頁，頁 43。

〔註65〕陳彭年等重修，林尹校訂：《新校正切　宋本廣韻》，臺北：黎明文化，2015 年 10 月 24 刷，頁 107，〈上平聲　十八諄〉。

〔註66〕陳彭年等重修，林尹校訂：《新校正切　宋本廣韻》，臺北：黎明文化，2015 年 10 月 24 刷，頁 107，〈上平聲　十八諄〉。

〔註67〕教育部異體字字典，https://dict.variants.moe.edu.tw/variants/rbt/word_attribute.rbt?quote_code=QjA0MDI4LTAwMQ（查詢時間：2021 年 3 月 25 日）

〔註68〕陸游著，錢仲聯校注：〈春遊至樊江戲示坐客〉，卷十七，頁 1357。

〔註69〕陸游著，錢仲聯校注：〈和范待制月夜有感〉，《劍南詩稿校注》，卷七，頁 610。

〔註70〕陸游著，錢仲聯校注：〈花下小酌二首　其一〉，《劍南詩稿校注》，卷八十一，頁 4372。

〔註71〕陸游著，錢仲聯校注：〈初夏〉，《劍南詩稿校注》，卷三十六，頁 2322。

〔註72〕陸游著，錢仲聯校注：〈村市醉歸〉，《劍南詩稿校注》，卷六十五，頁 3692。

〔註73〕陸游著，錢仲聯校注：〈稽山行〉，《劍南詩稿校注》，卷六十五，頁 3660。

還會去湖上採蒪〔註74〕，《齊民要術》云：「凡絲蒪，陂池種者，色黃肥好，直淨洗則用。」〔註75〕《本草綱目》：「蒪生南方湖澤中，為吳越人善食。春夏嫩莖末葉者名稚蒪；葉稍舒長者名絲蒪；至秋老則名葵蒪。」〔註76〕蒪菜通常生長在較溫暖的氣候，端看水源的深淺而決定如何生長，在飲食上通常是摘它的嫩葉食用，它本身無味，勝在口感綿滑，蒪菜適合用來煮羹，因為葉背上有一種透明的膠質，適合製成濃稠的蒪羹，陸游提到蒪菜時通常為「蒪絲」一詞，推斷可能為蒪菜葉稍舒長時採摘食用。

蒪羹最有名是出現在《晉書・張翰傳》〔註77〕裡，衍生出一個代表思鄉、棄官歸隱的成語「蒪羹鱸膾」：

> 翰因見秋風起，乃思吳中菰菜、蒪羹、鱸魚膾，曰：「人生貴得適志，何能羈宦數千里以要名爵乎！」遂命駕而歸。俄而冏敗，人皆謂之見機。然府以其輒去，除吏名。翰任心自適，不求當世。或謂之曰：「卿乃可縱適一時，獨不為身後名邪？」答曰：「使我有身後名，不如即時一杯酒。」時人貴其曠達。

其他詩人像杜甫有「羹煮秋蒪滑。」〔註78〕陸游本人則是寫過：「十年流落憶南烹，初見鱸魚眼自明。堪笑吾宗輕許可，坐令羊酪僭蒪羹。」〔註79〕一詩，思鄉之情會於羹的意涵分析中詳述，但除思鄉之外應當還有別種情感寄託於蒪羹內。

〔註74〕陸游著，錢仲聯校注：〈寒夜移疾二首　其一〉，《劍南詩稿校注》，卷十九，頁1489，節錄：「……希世強顏心自愧，閉門謝病客生嗔。天公何日與一飽，短艇湘湖自采蒪。」

〔註75〕賈思勰著：《百子全書　齊民要術（上）》，黎明文化，1996年，卷八，頁4429。

〔註76〕李時珍著：〈草部〉，《新訂本草綱目》，臺南：世一文化，2014年4月，卷十九，頁794、795。

〔註77〕藝文印書館編：《二十五史　晉書斠注二》藝文印書館，1972年，卷九十二，十九至二十一頁，頁1558、1559。

〔註78〕楊倫箋注：《杜詩鏡銓》，臺北：華正書局，1993年9月，杜甫著：〈秋日寄題鄭監湖上亭三首　之三〉，頁671。

〔註79〕陸游著，錢仲聯校注：〈南烹〉，《劍南詩稿校注》，頁812。

　　食蓴並不是自陸游始，宋代士大夫就已有食蓴文化，在〈宋代食蓴文化初探〉中將這樣的文化歸因於三：

　　1. 儒者求道之味

　　蓴菜味道清淡，且不易入味，故有「鹽豉欲調難並美」的說法。不過，這一現代烹飪學難題古代士大夫眼中卻成為蓴菜的優點之一。他們喜食蓴菜，正是因為蓴羹代表了近於達道的真味、至味，正所謂「淡薄斯近道，厚味臘毒深」。

　　2. 隱者山林之味

　　宋人追求的「真味」不但是儒者求道之味，也是帶有老莊風格的隱者之味。當政治抱負落空，宋代士大夫總是希望寄情山水、回歸自然。

　　3. 遊子思鄉之味

　　若是真味近於無味，則無所食亦可謂知味。頻繁出現於宋詩中的蓴菜意象並非都因食蓴而作。對生於蓴鄉的詩人而言，蓴羹早已化作故鄉的象徵，擁有「一念蓴鱸便到吳」的魔力。〔註80〕

陸游食蓴羹可能主要是第二個原因，歸隱山林之意，當然其中可能也包含第一個求道的原因，陸游他到晚年追求養生，講求食物的本味以及心靈的放鬆自在，而第三個原因在陸游詩作中展現的可能不多，因陸游的蓴羹大部分是在山陰寫成的，既已在家鄉就不須再特別懷念，因此大約還是以隱者之意為飲食詩中的蓴羹意義所在，而關於儒者求道之味則會在後面的內容主題處作詳加研究。

參、薺羹

　　薺羹在陸游的羹詩中總共出現 6 次，而大部分是薺糝羹而非薺羹：

　　乞得不貲身，林間號老民。兒因作詩瘦，家為買書貧。村僕欺謾少，鄰翁語笑真。今朝鹽酪盡，薺糝更宜人。〔註81〕

〔註80〕楊逸：〈宋代食蓴文化初探〉，《地域文化研究》，2017 年第 3 期，頁83～85。

〔註81〕陸游著，錢仲聯校注：〈老民二首　其一〉，《劍南詩稿校注》，卷四十五，頁 2798。

風雨連旬日，屢空猶晏如。敢言苫及榻，僅免釜生魚。薺糝
朝供鉢，松肪夜照書。百年如此過，作計未全疏。〔註82〕

薺糝羹實為薺羹添加米屑而成，《說文解字注》:「蒺蔾也，從艸齊聲。
《詩》曰牆有薺。」〔註83〕《廣韻》:「甘菜，徂禮切。」〔註84〕薺為
野菜，常生於牆邊或陰涼之處，耐寒，「惟有牆陰薺」〔註85〕、「手烹
牆陰薺」〔註86〕，陸詩中的薺菜多為春薺，「湯餅挑春薺」〔註87〕、
「從今供養惟春薺」〔註88〕，其中也有少數的寒薺〔註89〕，因此可知
薺菜應當一年之中皆可生長，不論新薺或老薺皆可食用，而薺花為白
色〔註90〕，陸游有在自家園中栽種薺菜，而與之相關的作品有〈食薺
十韵〉，專詠薺菜。

薺糝芳甘妙絕倫，啜來恍若在峨岷。蓴羹下豉知難敵，牛乳
抨酥亦未珍。

異味頗思修淨供，秘方常惜授廚人。午窗自撫膨脖腹，好住
烟村莫厭貧。〔註91〕

〔註82〕陸游著，錢仲聯校注:〈久雨〉，《劍南詩稿校注》，卷五十，頁3010。

〔註83〕許慎撰，段玉裁注《說文解字注》，新北:頂淵文化，2008年10月，
　　　　初版三刷。一篇下，艸部，七頁，頁24。

〔註84〕陳彭年等重修，林尹校訂:《新校正切　宋本廣韻》，臺北:黎明文化，
　　　　2015年10月24刷，頁268，〈上聲　十一薺〉。

〔註85〕陸游著，錢仲聯校注:〈初冬感懷二首　其二〉，《劍南詩稿校注》，卷
　　　　三十三，頁2190。

〔註86〕陸游著，錢仲聯校注:〈歲暮風雨二首　其二〉，《劍南詩稿校注》，卷
　　　　二十六，頁1839。

〔註87〕陸游著，錢仲聯校注:〈貧居時一肉食爾戲作〉，《劍南詩稿校注》，卷
　　　　八十，頁4325。

〔註88〕陸游著，錢仲聯校注:〈除夜〉，《劍南詩稿校注》，卷六十，頁3481。

〔註89〕陸游著，錢仲聯校注:〈秋晚四首　其三〉，《劍南詩稿校注》，卷三十，
　　　　頁2049，全詩為:「秋菰出水白於玉，寒薺繞牆甘若飴。正是長齋豈
　　　　不可，凜然大節固難移。」

〔註90〕陸游著，錢仲聯校注:〈出遊歸臥得雜詩八首　其七〉，《劍南詩稿校
　　　　注》，卷七十，頁3999，全詩為:「薺花如雪滿中庭，乍出芭蕉一寸
　　　　青。老子掩關常謝客，短蓑鋤菜伴園丁。」

〔註91〕陸游著，錢仲聯校注:〈食薺糝甚美蓋蜀人所謂東坡羹也〉，《劍南詩
　　　　稿校注》，卷七十四，頁4062。

這一道薺糁羹在蜀地被叫做東坡羹，與蘇軾有關，不過這時候陸游住於山陰，因此本首詩應當是詩人回憶昔年在蜀地時嘗到的東坡羹，陸游的詩作中有 6 首提及蘇軾，而與蘇軾有關的羹在五穀羹那一類已有研究了玉糁羹，實際上應為芋羹，而這裡的薺糁羹可能為另一類，同樣為蘇軾所創。

　　蘇軾有寫過一篇〈東坡羹頌〉〔註92〕，其並引中寫道：

> 東坡羹，蓋東坡居士所煮菜羹也。不用魚肉五味，有自然之甘。其法以菘若蔓菁、若蘆菔、若薺，揉洗數過，去辛苦汁。先以生油少許塗釜，緣及一瓷碗，下菜沸湯中。入生米為糁，及少生薑，以油碗覆之，不可觸，觸則生油氣，至熟不除。其上置甑，炊飯如常法，既不可遽覆，須生菜氣出盡乃覆之。羹每沸湧，遇油則下，又為碗所壓，故終不得上。不爾，羹上薄飯，則氣不得達而飯不熟矣。飯熟羹亦爛可食，若無菜，用瓜、茄，皆切破，不揉洗，入罨，熟赤豆與粳米半為糁，餘如煮菜法。

以此推測，薺糁羹的由來應當與〈東坡羹頌〉並引有關，東坡羹可用菘、蔓菁、蘆菔、薺等製成，以赤豆或粳米為糁，若是沒有蔬菜，則瓜、茄亦可，這樣的菜羹用的是自然本味，不需添加多餘調味料或魚肉，而是將食材最原本的味道呈現出來，〈東坡羹頌〉並引詳述了東坡羹的製法，雖然感覺整則皆為食譜，且這道羹為尋常可見的菜羹，但須考慮蘇軾當時多次被貶，此為貶至黃州時所作，他尚有心思與心境來歌頌這樣樸素的羹湯，陸游正是感同身受，與蘇軾相似的境遇讓他在品嘗這道東坡羹時，更能體會出蘇軾在這道羹中的平淡滋味。

　　陸游品嘗薺糁羹時，感覺自己彷彿回到當年的蜀地，峨岷可能為峨嵋山或者為峨嵋山和岷山的並稱，皆位於四川省內部，可能他在以

〔註92〕《欽定四庫全書‧集部三‧別集類》，《東坡全集‧第三十四冊》，卷九十八，頁二至三，原書來源：浙江大學圖書館，影印本：https://ctext.org/library.pl?if=gb&file=3975&by_title=%E6%9D%B1%E5%9D%A1%E5%85%A8%E9%9B%86&page=5（查詢時間：2021 年 5 月 12 日）

往去蜀地時有品嚐過當地的薺糝羹，在回到山陰時盡量按照原本的方
法做出相同的羹湯，透過同樣的味道來懷念過去，但這首〈食薺糝甚
美蓋蜀人所謂東坡羹也〉懷念的意味並不算濃厚，他透過與以前味道
相同的薺糝羹，表達現在他雖然住在農村之中，無法像當年在蜀地一
般為國效力，但他並沒有忘記以前的一切，現實中他的生活是貧困
的，這樣一碗薺糝羹就可以讓他飽腹，這裡的飽不只是身體的感覺，
也是心靈上的充實，藉由品嘗薺糝羹，詩人滿足了自己內心的空虛，
在一定程度上安慰自己，家貧並不會讓他改變自己的想法，反而是更
加堅定。

　　除了以上三種菜羹之外，尚有芹羹、芥羹、葵羹、巢羹、龍鶴菜
羹等種類，這些種類在羹詩中佔比相當少，大部分不會超過三首，而
且這些相較於已研究的三種菜羹，其餘意涵稍顯淺顯，可能只為表現
種類的不同或詩人當時於菜畦中自種蔬菜，能夠往下挖掘的深度不
夠，因此本論文並未將其他菜羹另外探討。

　　藜羹、蓴羹以及薺羹占了菜羹的 74.5%，超過半數，詩人的羹詩
並不是片面的描述菜羹這一道料理，在這三種菜羹中，陸游既表現出
他堅定不移的心志，又表現出他對於現在生活的放鬆自適，這兩者是
不違背的，他追求的目標為的不是自己，而是百姓，他在山陰老家時，
樂民所樂，苦民所苦，也是一種滿足。

> 飲食的從儉避奢，是宋代士人宦行南北的生存狀態所致，是
> 貶謫漂泊中的自然選擇。也是拋開傳統觀念束縛，自由靈魂
> 的另類審美開拓。……思維的平和、清靜還使宋詩脫離外
> 拓、昂揚而變得內斂、錘煉。少欲寡求的飲食狀態及食療卻
> 老的心理需求讓宋人對人生有更為深刻的思索。在靜心養
> 身的過程中，他們不斷參悟生命與宇宙的哲理，這使宋詩的
> 理性思維和邏輯性思維成分增多，呈現出一種成熟、睿智的
> 精神風貌。〔註93〕

〔註93〕劉麗：〈宋代食風新變與詩歌演進〉，《河南師範大學學報（哲學社會
　　　　科學版）》，2016 年 11 月第 43 卷第 6 期，頁 148。

文人飲食的改變並非自陸游始，但他卻是以羹湯來呈現出他在純樸生活中對於人生的體悟，菜羹是其中最主要的載體，在飲用菜羹時，陸游品嘗的不只是美味，更是人生的滋味、他對於理想的堅持，以及與大自然的合而為一。

第三節　肉羹

　　陸游詩中的肉羹數量稀少，只有 13 首，而且明確知道羹中用何種肉類的只有 4 首，如〈飯罷戲示鄰曲〉用的錦雉肉，出現在陸詩中的肉羹只有大羹、錦雉羹、魚羹、羹臛，以及作者用來做為比喻的肉羹。

壹、大羹

　　大羹的典故出自《禮記・樂記》：「大饗之禮，尚玄酒而俎腥魚，大羹不和，有遺味者矣。是故先王之制禮樂也，非以極口腹耳目之欲也，將以教民平好惡而反人道之正也。」〔註94〕在解釋大羹之前，要先了解「湆」與「潧」二字，《禮記・少儀》：「凡羞有湆者，不以齊。」〔註95〕《廣韻》：「潧，羹汁。」〔註96〕《說文解字注・水部》：「潧，幽溼也。湆從泣下月，大羹也。潧從泣下日，幽深也。……潧，羹汁也。《玉篇》、《廣韻》同。」〔註97〕「湆」與「潧」應為異體字，有羹之義，《禮記》中採用的應該為肉汁之義，因此大羹並未加調味料或加菜，就是純粹肉汁。

　　老人常獨處，一笑比河清。終日無來客，三年不入城。高眠

〔註94〕王孟鷗註譯：〈第十九　樂記〉，《禮記今註今譯（下）》，台灣商務印書館，2009 年 11 月二版，頁 660。
〔註95〕王孟鷗註譯：〈第十七　少儀〉，《禮記今註今譯（下）》，台灣商務印書館，2009 年 11 月二版，頁 634。
〔註96〕陳彭年等重修，林尹校訂：《新校正切　宋本廣韻》，臺北：黎明文化，2015 年 10 月 24 刷，頁 379、380，〈去聲　十四泰〉。
〔註97〕許慎撰，段玉裁注《說文解字注》，新北：頂淵文化，2008 年 10 月，初版三刷。十一篇上二，水部，二十九頁，頁 560。

聽酒滴，危坐對雲生。矯首羲皇世，吾其享大羹。〔註98〕
這一首〈秋日次前輩新年韵五首 其三〉寫下的時候陸游已經有三年
的時間居於鄉間，沒有進入到城市之中，又無人來訪，因此消息不甚
靈通，對此他並未感到焦慮，尚可以高眠、危坐，羲皇是指在伏羲氏
之前的太古時代的人民，陶淵明曾寫過：「常言五六月中，北窗下臥，
遇涼風暫至，自謂是羲皇上人。」〔註99〕因此自謂羲皇上人，羲皇後
來變成隱者的泛稱。詩人想回到那遠古時期平和安定、民風純樸的時
代，大羹的用典也是這樣，不加任何調味而只有肉汁的大羹，代表原
始的味道，先聖先賢不需要窮極口腹之慾，如同音樂一般，是藉由純
粹的禮樂要讓人民回歸到正道之上，陸游也想效法這些古聖先賢，雖
然他現在無法教育、引導人民，但他從自身做起，飲食不求精細、居
住不求華奢，但求自己問心無愧，能泰然自若面對世間。

　　除了大羹之外還有出現過「太羹」，〈晨興〉：「且當讀古書，至味
敵太羹。」〔註100〕不過只出現這麼一次，《左傳・桓公二年》：「太羹
不致。」〔註101〕《廣韻》：「太，甚也，大也，通也。」〔註102〕因此
太與大兩字互通，則太羹與大羹應當為同義，而大羹（或太羹）常與

〔註98〕陸游著，錢仲聯校注：〈秋日次前輩新年韵五首　其三〉，《劍南詩稿
　　　　校注》，卷七十八，頁 4228。

〔註99〕陶潛著，李公煥箋註：〈與子儼等疏〉，《箋註陶淵明集》，臺北：中央
　　　　圖書館，1991 年 2 月，卷八，頁 272，原文為：「常言五六月中，北
　　　　窗下臥，遇涼風暫至，自謂是羲皇上人。意淺識罕，謂斯言可保，日
　　　　月遂往，機巧好疏，緬求在昔，眇然如何。」

〔註100〕陸游著，錢仲聯校注：〈晨興〉，《劍南詩稿校注》，卷二十三，頁 1715，
　　　　全詩為：「未旦雞三號，將旦鵝群鳴。湖陂地曠快，頗樂聞此聲。回
　　　　首宦遊日，鈴索攪五更。未言簿書勞，讒謗隨日生。一饑百憂散，
　　　　灑然懷抱清。雨後初得薺，晨庖有珍烹。豈不念加糝，侈汰恐易萌。
　　　　且當讀古書，至味敵太羹。」

〔註101〕左丘明著：〈桓公二年〉，《左傳會箋（上）》，臺北：鳳凰出版社，1974
　　　　年 10 月，初版，第二，頁 9，原文為：「曰，君人者，將昭德塞違，
　　　　以臨照百官，猶懼或失之，故昭令德以示子孫，是以清廟茅屋，大
　　　　路越席，大羹不致，粢食不鑿，昭其儉也。」

〔註102〕陳彭年等重修，林尹校訂：《新校正切　宋本廣韻》，臺北：黎明文
　　　　化，2015 年 10 月 24 刷，頁 184，〈下平聲　十二庚〉。

玄酒搭配，《新唐書·文藝傳上》：「韓休之文如大羹玄酒，有典則，薄滋味。」〔註103〕也有人寫作「太羹玄酒」〔註104〕，由於大羹與玄酒滋味皆淡，因此後來除了用來形容滋味淺淡之外也用來形容文章淡雅。

　　這樣的大羹能不能算是肉羹其實是有待商榷的，因為大羹是純粹的肉汁，在前面有提到羹的特徵有三，分別為調味、米麵菜的調和以及濃湯或薄糊狀，大羹可能只符合第三項特徵，肉汁濃稠或成薄糊狀，但由於大羹不調和鹽及菜，可能不合乎第一及第二項特徵，但對於羹詩採用較為廣泛的定義，即詩中有出現羹的詩作都算在羹詩的範疇之中，因此大羹被本篇論文歸於肉羹一類。

貳、雞肉羹

　　陸游的羹詩中可以明確看出肉羹的羹詩不多，其中之一即為雞肉羹，在羹湯中加入雞肉，由於雞肉屬於農村中常見的肉類，相比其他肉類較容易取得，而陸游與雞肉羹相關羹詩有兩首，其中之一為錦雉羹：

> 今日山翁自治廚，嘉肴不似出貧居。白鵝炙美加椒後，錦雉
> 羹香下豉初。箭茁脆甘欺雪菌，蕨芽珍嫩壓春蔬。平生責望
> 天公淺，捫腹便便已有餘。〔註105〕

這一首詩它所描寫的料理與陸游以往餐桌上常見山中食蔬的料理不大相同，不同以往簡單，使用的食材相當多元，而且烹調方式比較繁複，他自己就挑明這次是「佳餚」，有燒鵝肉加胡椒、錦雉羹加豆豉、

〔註103〕楊家駱主編：〈唐書卷二百一·列傳第一百二十六·文藝上〉，《新校本新唐書附索引　七》，鼎文書局，1987年。

〔註104〕《欽定四庫全書·集部三·別集類》，劉摯著：〈讀書〉，《忠肅集·第冊》，卷十五，頁一，原書來源：浙江大學圖書館，影印本：https://ctext.org/library.pl?if=gb&file=2843&page=71（查詢時間：2021年5月12日），節錄：「……歲月不我與，料理前日慢。念此平生心，所樂在黃卷。太羹與玄酒，梨櫨及俎籩。滋味要足口，更復恨未見。……」

〔註105〕陸游著，錢仲聯校注：〈飯罷戲示鄰曲〉，《劍南詩稿校注》，頁2646。

竹筍以及蕨芽，相比之前的野菜麥飯，都是比較精緻的料理，當時陸游可能請了鄰居一同享用，所以詩名才會是〈飯罷戲示鄰曲〉。

這一首詩出現了錦雉羹，錦雉是一種野雞，又稱為錦雞，多分布於中國西南以及四川一帶〔註106〕，雖然這首詩寫到的料理也都是一些野味，不算珍稀，但都是挑食材最新鮮的時候進行烹煮，顯示詩人對這一場與鄰里間的同樂有多重視，他還親自下廚做菜，這次做錦雉羹是為了宴請鄰居，平時應當是不吃的，或者不一定每次都抓得到野雞，而錦雉羹這一道料理在陸游的作品中也只出現一次。

除了這一首之外，尚有三首提及錦雉，「錦雉白魚供野餉，青林紅樹入新詩。」〔註107〕、「黃鵠舉網收，錦雉帶箭墮。」〔註108〕和「東郊曉射墮錦雉，北崦春耕叱黃犢。」〔註109〕這些皆為陸游66歲後之作，可知當時捕錦雉是用弓箭來捕獵，應該不算罕見，卻已經是一道可口佳餚。

在這一首詩陸游是以錦雉羹來表達雖用野味宴客，也能烹調出能讓人有飽足感的美味料理。

錦雉羹外，陸游另有另一首作品有談到雞肉羹：

> 黃雞煮臛無停箸，青韭淹葅欲墮涎。丞相傳聞又三押，衡芽未改日高眠。〔註110〕

〔註106〕國家教育研究院，https://terms.naer.edu.tw/detail/1685067/?index=8（查詢時間：2021年4月2日）〈白腹錦雞 Lady Amherst's Pheasant〉：「分布：分布於亞洲東南部，包括中國大陸西南部和緬甸東北部，出現於海拔600～4,000公尺。」

〔註107〕陸游著，錢仲聯校注：〈東村晚歸〉，《劍南詩稿校注》，卷四十七，頁2853。

〔註108〕陸游著，錢仲聯校注：〈當食嘆〉，《劍南詩稿校注》，卷二十三，頁1714。

〔註109〕陸游著，錢仲聯校注：〈讀書至夜半燈盡欲睡慨然有感〉，《劍南詩稿校注》，卷二十九，頁2018。

〔註110〕陸游著，錢仲聯校注：〈上巳書事〉，《劍南詩稿校注》，卷三十二，頁2136，全詩為：「單衣初著下湖天，飛蓋相隨出郭船。得雨人人喜秧信，祈蠶戶戶斂神錢。黃雞煮臛無停箸，青韭淹葅欲墮涎。丞相傳聞又三押，衡芽未改日高眠。」

他用的不是「羹」而是「臛」,「臛」有肉羹之義,因此將其放於雞肉羹,這時剛好是上巳節,為農曆三月三日,祈求今年豐收的節日,在這樣的節日中詩人難得的餐桌上出現雞肉,而且這黃雞臛的味道想必是非常美味,讓人停不下筷子。

雞肉羹相關的作品在羹詩中只有兩首,顯示詩人鮮少吃雞肉羹,這樣肉食通常是逢年過節的大日子或者有賓客上門時才有機會吃到,大部分吃的還是以菜羹居多,然而從雞肉羹的出現也可以看出陸游對賓客的重視,以及他對豐年的期望,過節時豐盛的料理可以代表犒勞也可以是對未來的期許,希望將來可以和現在一樣好,詩人大概也是這樣想的。

參、魚羹

提到南宋的魚羹就必定會聯想到「宋嫂魚羹」,宋室南遷後,不是只有平民或文人在懷念故國,就連皇帝也相當懷念,關於宋嫂魚羹最早的紀載於《武林舊事》:「至翠光登御舟,入裡湖,出斷橋,又至珍珠園,太上命盡買湖中龜魚放生,并宣喚在湖賣買等人。內侍用小彩旗招引,各有支賜。時有賣魚羹人宋五嫂對御自稱:『東京人氏,隨駕到此。』太上特宣上船起居,念其年老,賜金錢十文、銀錢一百文、絹十匹,仍令後苑供應泛索。」〔註111〕至此宋嫂魚羹成為江南一道名菜。

北宋時期南北方的食物有分成南食和北食兩個比較大的系統:南方人的主食以稻米為主,北方人的主食以粟麥為主;南食的葷菜以豬肉、魚為主,而北食的葷菜以羊肉為主,臨安人的食物屬於南食。〔註112〕南宋時期南北方飲食已經逐漸合流,透過宋嫂魚羹故事可以得知當時北宋時期即有魚羹,南宋時的漁獲種類更加多樣,當時的城

〔註111〕 孟元老等著:《東京夢華錄外四種》,臺北:大立出版社,1980 年十月,周密:《武林舊事》,〈乾淳奉親〉,頁 472。

〔註112〕 改寫自朱瑞熙等:《遼宋西夏金社會生活史》,北京:中國社會科學出版社,1998 年,頁 1〜9。

裡人是到魚市去買魚〔註113〕，住在農村裡的人則可以去溪邊釣魚，以陸游而言，他魚羹中的魚應該是自己從溪邊釣上來的，可見下列舉例。

　　陸游的羹詩中有兩首是與魚羹有關的，分別為〈初冬〉和〈書喜二首　其一〉：

　　　　羹釜帶鱗烹白小，蓬門和蔓繫黃團。夕陽更動閒遊興，十月
　　　　吳中未苦寒。〔註114〕

　　　　寵辱元知不足驚，退居兀兀餞餘生。冰魚可釣羹材足，霜稻
　　　　方登糴價平。〔註115〕

陸詩中的「鱗」常用來借指魚，如「細鱗穿柳買河魴」〔註116〕、「手
挈長條貫細鱗」〔註117〕、「釣得鮮鱗細柳穿」〔註118〕三例，以「鱗」
代指魚，並且可知這些魚都是詩人自己釣上來的，而且當時習慣用柳

〔註113〕黃嬿婉：〈南宋都城臨安的食品交易市場〉，《歷史長廊》，2009 年 7
　　　　月，頁 109，「臨安東南靠海，而且南方地區擁有眾多的內陸江河湖
　　　　泊，水產資源十分豐富多彩。……臨安地區水產品繁榮的供求關係
　　　　導致了魚市、魚行、鯗鋪等市場的湧現以及與此密切相關的水產品
　　　　販運業的興盛。」

〔註114〕陸游著，錢仲聯校注：〈初冬〉，《劍南詩稿校注》，卷二十五，頁 1814，
　　　　全詩為：「已罷彈冠欲挂冠，一庵天遣養衰殘。雨荒園菊枝枝瘦，霜
　　　　染江楓葉葉丹。羹釜帶鱗烹白小，蓬門和蔓繫黃團。夕陽更動閒遊
　　　　興，十月吳中未苦寒。」

〔註115〕陸游著，錢仲聯校注：〈書喜二首　其一〉，《劍南詩稿校注》，卷六
　　　　十，頁 3454，全詩為：「寵辱元知不足驚，退居兀兀餞餘生。冰魚
　　　　可釣羹材足，霜稻方登糴價平。鄰媼已安諸子養，園丁初葺數椽成。
　　　　鄰閭喜事吾曹共，一醉寧辭洗破觥。」

〔註116〕陸游著，錢仲聯校注：〈幽居戲詠〉，《劍南詩稿校注》，卷十六，頁
　　　　1296，節錄：「清泉遶屋竹連牆，回首微官意已忘。小瓮帶泥收洛筍，
　　　　細鱗穿柳買河魴。……」

〔註117〕陸游著，錢仲聯校注：〈溪上〉，《劍南詩稿校注》，卷六十五，頁 3698，
　　　　節錄：「……萬事只增思魯嘆，百年常愧避秦人。超然聊喜高情在，
　　　　手挈長條貫細鱗。」

〔註118〕陸游著，錢仲聯校注：〈村飲四首　其三〉，《劍南詩稿校注》，卷四
　　　　十，頁 2546，全詩為：「買來新兔不論錢，釣得鮮鱗細柳穿。野店
　　　　渾頭更醇釅，一杯放手已醺然。」

條當繩子穿過魚身來提著魚，所以詩中的「長條」應為柳條。「白小」
這一種魚引自杜甫詩「白小羣分命，天然二寸魚。」〔註119〕這種魚大
約兩寸長，並不算大，楊萬里也有作：「白小忽亂跳，碎作萬金徽。」
〔註120〕，而關於白小這一種魚，在杜甫詩中註解為麵條魚〔註121〕，
又叫銀魚、冰魚，銀魚有迴游產卵的特性，正符合杜甫詩中所言，由
於銀魚的尺寸小，推斷陸游的羹釜中應當是不只一條銀魚，銀魚具有
相當大的營養價值，《本草綱目》稱其為殘魚：「時珍曰：殘出蘇、淞、
浙江。大者長四、五寸，身圓如若已之魚，但目有兩黑點爾。彼人尤
重小者，曝乾以貨四方。清明前有子，食之甚美。清明後子出而瘦，
但可作臘耳。……主治：作羹食，寬中健胃。」〔註122〕

　　除了白魚具有豐富的營養價值之外，魚羹這裡應當著重在陸游
親自「垂釣」這件事，誠然陸詩中的魚類料理絕對不只有魚羹，但本
論文在這裡以魚羹來做開端，垂釣對詩人來說可能也是一種身心的
放鬆。

　　　　唐代有許多隱逸文士，把垂釣視為排憂自娛的方法之一，他
　　　　們經常在垂釣活動中，追求閒適的心靈、脫俗的精神，他們
　　　　沉浸於垂釣，忘卻塵世俗事，避離官場的爾虞我詐。……對
　　　　於隱釣者來說，垂釣是一種高雅清逸的生活情操，追求與自

〔註119〕楊倫箋注：《杜詩鏡銓》，臺北：華正書局，1993年9月，杜甫著：
　　　　〈白小〉，頁832，全詩為：「白小羣分命，天然二寸魚。細微霑水
　　　　族，風俗當園蔬。入肆銀花亂，傾箱雪片虛。生成猶拾卵，盡取義
　　　　何如。」
〔註120〕《全宋詩　四二》，北京大學出版社，1998年12月一版，楊萬里著：
　　　　〈六月十六日夜南溪望月〉，卷三十七，頁26575節錄：「……我欲
　　　　刺雙手，就溪取團暉。白小忽亂跳，碎作萬金徽。須臾波痕定，化
　　　　為水銀池。……」
〔註121〕楊倫箋注：《杜詩鏡銓》，臺北：華正書局，1993年9月，杜甫著：
　　　　〈白小〉，頁832，題解為：「白小，即今銀魚，俗稱麵條魚，色白體
　　　　小。」
〔註122〕李時珍著：〈鱗部〉，《新訂本草綱目》，臺南：世一文化，2014年4
　　　　月，卷四十四，頁1373，「時珍曰：按《博物志》云：『吳王闔閭江
　　　　行，食魚，棄其殘餘於水，化為此魚，故名。』」

然合一，返歸自然，與萬物相親的悠然意趣。如孟浩然〈萬山潭作〉云：「垂釣坐磐石，水清心亦閑。魚行如清水，猿掛島藤間。」作者坐在潭邊的磐石上，一竿、一線、一釣鉤，心情如清水般閒靜，潭中魚兒自由游散，山中猿猴在樹上自由跳躍，此時此刻，作者雖為釣魚，但是心境與魚、猿猴一樣放歸自然，彷佛受到清水淨洗一樣，超脫塵世，忘記紛擾的俗事。〔註 123〕

雖然這篇論文是以唐代文人舉例，但這樣的雅興在各朝代文人間是相通的，若能釣到魚自然很好，若是釣不到，詩人本身也享受垂釣這樣的過程，垂釣時必須要靜心等待，要將身心完全融入，與自然合為一體，釣不釣得到魚已經不是詩人的追求，從詩中可知陸游最後是有釣到銀魚的，字裡行間的喜悅可推測並不全然是有魚肉可以加餐，更是詩人在垂釣中得以身心靈徜徉於自然之中，掙脫俗務的枷鎖。

除了大羹、雞肉羹以及魚羹三種類之外，仍有幾首能明確判斷為肉羹，但無法確認其種類的羹詩，〈雜興五首　其一〉〔註 124〕有提到「肉羹」：

謀生在衣食，不仕當作農。識字讀農書，豈不賢雕蟲。婦當娶農家，養蠶事炊舂。晨耕候春扈，夜織驚秋蛩。畦蔬勝肉羹，社酒如粥醲。毋為慕朝憤，諂笑求見容。

這首詩的肉羹不是指實際吃到的肉羹，只是一種比喻，陸游認為自己種的蔬菜勝過肉羹，由此推知在一般人眼裡肉羹是勝過蔬菜的，肉類理應比蔬菜珍貴，詩人的想法卻與常人不同，這詩應當與下一首詩一起合讀，〈雜興五首　其二〉：「家世本臞儒，自奉至儉薄。肉食固難期，間亦闕鹽酪。賓朋飯芋豆，時節羹藜藿。偶然設雞豚，變色相與作。」〔註 125〕不是陸游不喜歡肉羹，而是這時候肉食對他而言太過遙

〔註 123〕夏方勝：〈唐代魚類的用途探析〉，《新余學院學報》，2014 年 12 月第 19 卷第 6 期，頁 7。

〔註 124〕陸游著，錢仲聯校注：〈雜興五首　其一〉，《劍南詩稿校注》，卷六十六，頁 3717。

〔註 125〕陸游著，錢仲聯校注：〈雜興五首　其二〉，《劍南詩稿校注》，卷六

遠，連民生必需的鹽都缺乏，若要宴賓客只能準備最簡單的食物，過
年過節只能啜飲最粗劣的羹湯，很難得才會有肉菜。肉羹在〈雜興五
首　其一〉是一種象徵，用來比喻蔬菜勝過肉羹的自我安慰，陸游不
談自己無法吃到肉類的窘境，只提畦蔬的美味，避免自己太過追求口
腹之慾，落入自怨自艾甚至對現況不滿足的負面心理。

　　另一種則是「羹臞」，《說文解字注》：「臞，肉羹也。」〔註 126〕
此字有肉羹之義，陸詩中除了羹臞之外，能判斷以臞為名的也可以算
是肉羹，但就不另闢一節來談論，畢竟其名中並未有「羹」字。

　　羹臞芳鮮新弋雁，衣襦輕暖自繰絲。農家歲暮真堪樂，說向
　　公卿未必知。〔註127〕

　　陶盎治米聲叟叟，木甑炊餅香浮浮。芼薑屑桂調甘柔，稚鱉
　　煮臞長魚臛。〔註128〕

　　撥醅白酒喚鄰曲，啄黍黃雞初束縛。長魚出網健欲飛，新兔
　　臥盤肥可臞。〔註129〕

　　　　十六，頁 3717，全詩為：「家世本臞儒，自奉至儉薄。肉食固難期，
　　　　間亦闕鹽酪。賓朋飯芊豆，時節羹藜藿。偶然設雞豚，變色相與作。
　　　　家居常守此，自計豈不樂。蔬園畏蹢躅，切勿思大嚼。」
〔註126〕許慎撰，段玉裁注《說文解字注》，新北：頂淵文化，2008 年 10 月，
　　　　初版三刷。四篇下，肉部，三十七頁，頁 176。
〔註127〕陸游著，錢仲聯校注：〈歲暮〉，《劍南詩稿校注》，卷十六，頁 1292，
　　　　全詩為：「小築幽栖與拙宜，讀書寫字伴兒嬉。已無嘆老嗟卑意，却
　　　　喜分冬守歲時。羹臞芳鮮新弋雁，衣襦輕暖自繰絲。農家歲暮真堪
　　　　樂，說向公卿未必知。」
〔註128〕陸游著，錢仲聯校注：〈宿彭山縣通津驛大風鄰園多喬木終夜有聲〉，
　　　　《劍南詩稿校注》，卷六，頁 492，節錄：「木欲靜，風不止，子欲
　　　　養，親不留。夜誦此語涕莫收。吾親之沒今幾秋，尚疑捨我而遠遊。
　　　　心冀乘雲反故丘，再拜奉觴陳膳羞。陶盎治米聲叟叟，木甑炊餅香
　　　　浮浮。芼薑屑桂調甘柔，稚鱉煮臞長魚臛。」
〔註129〕陸游著，錢仲聯校注：〈豐年行〉，《劍南詩稿校注》，卷十七，頁 1320，
　　　　全詩為：「秋風蕭蕭秋日薄，築場穫稻方竭作。志士雖懷晚歲悲，農
　　　　家自足豐年樂。撥醅白酒喚鄰曲，啄黍黃雞初束縛。長魚出網健欲
　　　　飛，新兔臥盤肥可臞。躬耕辛苦四十年，一飽豈非天所酢。書生識
　　　　字亦聊爾，莫作揚雄老投閣。」

市壚酒雖薄，群飲必醉倒。鷄豚治羹菽，魚鱉雜鮮薦。〔註130〕
此四首也可被放於肉羹一類，除肉羹外，還有鱉臛、兔臛、雞豚羹這
三種羹類，雞豚羹可能為加入了雞肉及豬肉的肉羹，應當屬於雜羹，
但其肉羹特質明顯，而且兩種材料皆為肉類，還是歸於肉羹之中，鱉
與兔也是在田野間或水邊可見的動物，但相關的羹詩也只有這兩首，
可能是詩人偶得這一肉類再將其製成羹湯，並非常態。

　　陸游平時是較少吃肉羹的，究其原因，一則是陸游當時家貧吃不
起肉類，只能到山上碰運氣，看能不能打到野味加菜；二則是詩人本
身不喜肉羹，因為肉羹需要較繁複的調味，需要掩蓋肉類本身的腥味
騷味，在飲食上詩人較著重食物的原味，講求養生，對於過度調味的
食物可能不甚喜愛，因此陸游羹詩中的肉羹寥寥無幾。

第四節　其他

　　最後一類的羹比較多樣，像是養生的枸杞羹、加了不同材料的芼
羹等，也有些在詩中只出現「羹」字而未明確說明是何種羹類，這些
都歸類在這最後一類之中，又可以詳細區分為藥膳羹、雜羹以及羹三
項。甜羹也屬於這類，由於前面在談宋代的調味品時已有研究過甜
羹，在此不做贅述。

壹、藥膳羹

　　陸游晚年講求養生，作品中常出現中藥，而在飲食上也著重藥
膳，第二節的菜羹中有許多野菜都有藥用的功能，但如果是指以中藥
材製成的羹湯，則只有一例，那就是枸杞羹。

　　陸游的羹詩中有提到加了枸杞的羹，枸杞在《本草綱目》記載：

〔註130〕陸游著，錢仲聯校注：〈道上見村民聚飲〉，《劍南詩稿校注》，卷七
　　　　十九，頁4283，全詩為：「霜風利如割，霜葉淨如掃。正當十月時，
　　　　我行山陰道。場功俱已畢，歡樂無壯老。野歌相和答，村鼓更擊考。
　　　　市壚酒雖薄，群飲必醉倒。鷄豚治羹菽，魚鱉雜鮮薦。但願時太平，
　　　　鄰里常相保。家家了租稅，春酒壽翁媼。」

「此藥性平，常服能除邪熱，明目輕身。」〔註131〕而陸游在老年時有眼睛昏花的毛病，陸游之所以每天一碗枸杞羹，就是為了要治他老眼昏花的毛病，可知陸游注重養生，並且將中藥材加入飲食之中，形成藥膳。

> 雪霽茆堂鐘磬清，晨齋枸杞一杯羹。隱書不厭千回讀，大藥
> 何時九轉成。
> 孤坐月魂寒徹骨，安眠龜息浩無聲。剩分松屑為山信，明日
> 青城有使行。〔註132〕

這詩說明他每天早上都要吃一碗枸杞羹，枸杞在陸詩中也作「狗杞」，相關的作品還有另外 5 首，「松根茯苓味絕珍，甌中枸杞香動人。」〔註133〕、「丹砂巖際朝暾日，狗杞雲間夜吠人。」〔註134〕、「道翁採藥晝夜勤，松根茯苓獲兼斤。人芝植立彊骨劬，狗杞群吠聲猙猙。」〔註135〕、「人葠四體具，狗杞群吠惡。」〔註136〕、「林間有叢杞，繞屋夜猙猙。」〔註137〕在〈玉笈齋書事二首　其二〉中有註解，「枸杞，

〔註131〕李時珍著：〈木部〉，《新訂本草綱目》，臺南：世一文化，2014 年 4
　　　　月，卷三十六，頁 1106～1109。

〔註132〕陸游著，錢仲聯校注：〈玉笈齋書事〉，《劍南詩稿校注》，頁 181。

〔註133〕陸游著，錢仲聯校注：〈道室即事四首　其二〉，《劍南詩稿校注》，
　　　　卷六十九，頁 3870，全詩為：「松根茯苓味絕珍，甌中枸杞香動人。
　　　　勸君下筯不領略，終作邛山一窖塵。」

〔註134〕陸游著，錢仲聯校注：〈采藥〉，《劍南詩稿校注》，卷二十，頁 1550，
　　　　全詩為：「簀子編成細篛新，獨穿空翠上嶙峋。丹砂巖際朝暾日，狗
　　　　杞雲間夜吠人。絡石菖蒲蒙綠髮，纏松薜荔長蒼鱗。金貂謁帝我未
　　　　暇，且作人間千歲身。」

〔註135〕陸游著，錢仲聯校注：〈丈人觀〉，《劍南詩稿校注》，卷六，頁 481，
　　　　節錄：「……物怪醫醫冠丘墳，仙人佩玉雜悅紛。手整貂冠最不群，
　　　　欲去不忍恨日曛。道翁採藥晝夜勤，松根茯苓獲兼斤。人芝植立彊
　　　　骨劬，狗杞群吠聲猙猙。……」

〔註136〕陸游著，錢仲聯校注：〈秋懷十首以竹藥閉深院琴樽開小軒為韻　其
　　　　二〉，《劍南詩稿校注》，卷四十七，頁 2881，全詩為：「短裘入重雲，
　　　　長鑱求靈藥。人葠四體具，狗杞群吠惡。采實去條枚，摘花棄跗萼。
　　　　長嘯忽躡空，天台赴幽約。」

〔註137〕陸游著，錢仲聯校注：〈雜書幽居事五首　其三〉，《劍南詩稿校注》，
　　　　卷六十，頁 3461，全詩為：「庭曠多延月，齋空半貯雲。松聲行路

張邦基《默莊漫錄》卷九：『枸杞，神藥也。修真之士，服食多昇仙。歲久者根如犬形，夜能鳴吠。」〔註 138〕陸游因此而相信枸杞為神藥，夜裡如同狗群狂吠，雖說傳說故事不可盡信，但枸杞在中藥上的價值是確確實實的，另外枸杞似乎常與松根、茯苓搭配，不管是陸游去采藥還是在熬煮藥膳，這三樣中藥材時常會放在一起。

《詩經·湛露》：「湛湛露斯，在彼枸杞，顯允君子，莫不令德。」〔註 139〕、《詩經·南山有臺》：「南山有杞，北山有李。樂只君子，民之父母。樂只君子，德音不已。」〔註 140〕後來在中國傳統文化中，枸杞成為吉祥的象徵。但在陸詩中這樣吉祥的象徵意義較不明顯，另外發現陸詩中有「杞菊」一詞，較符合陸游的人生觀：

> 曾著杞菊賦，自名桑苧翁。常開羅爵網，不下釣魚筒。租稅
> 先期畢，陂塘與眾同。士章八十字，世世寫屏風。〔註 141〕

> 我本杞菊家，桑苧亦吾宗。種藝日成列，喜過萬戶封。今年
> 夏雨足，不復憂螟蟲。歸耕殆有相，所願天輒從。〔註 142〕

〈杞菊賦〉為唐代文人陸龜蒙所作，《劍南詩稿校注》註解為：「陸龜蒙〈杞菊賦序〉〔註 143〕：『宅前後皆樹以杞菊。』」杞菊為枸杞與菊

共，泉脈近鄰分。采藥九蒸曝，朝真三沐熏。林間有叢杞，繞屋夜狺狺。」

〔註 138〕陸游著，錢仲聯校注：〈玉笈齋書事〉，《劍南詩稿校注》，卷二，頁 180、181。

〔註 139〕《十三經注疏 2　詩經》，臺北：藝文印書館，1993 年 9 月，頁 351。

〔註 140〕《十三經注疏 2　詩經》，臺北：藝文印書館，1993 年 9 月，頁 347。

〔註 141〕陸游著，錢仲聯校注：〈自詠〉，《劍南詩稿校注》，卷六十六，頁 3716。

〔註 142〕陸游著，錢仲聯校注：〈村舍雜書十二首　其一〉，《劍南詩稿校注》，卷三十九，頁 2510。

〔註 143〕董皓等編：《欽定全唐文》，北京：中華書局，1983 年，卷八百，頁 10591，〈杞菊賦序〉，節錄：「天隨子宅荒少牆，屋多隙地，著圖書所，前後皆樹以杞菊。春苗恣肥，日得以采擷之，以供左右杯案。及夏五月，枝葉老硬，氣味苦澀，旦暮猶責兒童輩拾掇不已。人或歉曰：『千乘之邑，非無好事之家，日欲擊鮮為具以飽君者多矣。君獨閉關不出，率空腸貯古聖賢道德言語，何自苦如此？』生笑曰：『我幾年來忍饑誦經，豈不知屠沽兒有酒食邪？』退而作〈杞菊賦〉以自廣云……」

花，可食用，桑苧則註解為：「《新唐書》卷一九六〈隱逸・陸羽傳〉：『上元初，更隱苕溪，自稱桑苧翁，闔門著書。』」〔註144〕詩人以陸龜蒙的〈杞菊賦〉及陸羽來自比，同姓陸，作者認為自己與陸羽為同宗，「種藝日成列，喜過萬戶封。」正對應〈杞菊賦序〉中天隨子的那句「我幾年來忍饑誦經，豈不知屠沽兒有酒食邪？」屠沽兒通常是對身分輕賤的人的稱呼，天隨子卻用屠沽兒形容好事之家，也就是家財萬貫的人家。杞菊在陸詩中成為隱逸的象徵，詩人不想封萬戶侯，但求雨水充足、沒有蟲害，能平穩耕種，他祈求的是上天，是自然界的風調雨順，不是外人所能給的利益，好像他本來就該是回到這樣的農村田園之中，像是陶淵明的〈歸園田居〉一詩：「少無適俗韻，性本愛丘山。誤落塵網中，一去三十年。羈鳥戀舊林，池魚思故淵。開荒南野際，守拙歸園田。」〔註145〕的韻味，值得慶幸的是詩人這時候已經回到他的歸屬，得以安度他的晚年。

貳、雜羹

先前提過的甜羹即是雜羹的一種，因其加入了蘆服、山藥等不同食材，添加的食材大於兩種，而野菜加上糝羹則不被歸在雜羹一類，藜糝羹、薺糝羹等也是屬於菜羹，芋糝羹則是歸於五穀羹，因為本論文判斷這些加糝的目的是為了要增添羹湯的濃稠度，較不像是食材。由於甜羹在第二章第二節已經有研究過，這裡舉芼羹為例。

芼羹在陸游的羹詩中一共有 6 首，芼在《說文解字注》：「艸覆

〔註144〕陸游著，錢仲聯校注：〈過武連縣北柳池安國院煮泉試日鑄顧渚茶院有二泉皆甘寒傳云唐僖宗幸蜀在道不豫至此飲泉而愈賜名報國靈泉云三首　其三〉，《劍南詩稿校注》，卷三，頁272。
〔註145〕陶潛著，李公煥箋註：〈歸園田居六首　其一〉，《箋註陶淵明集》，臺北：中央圖書館，1991年2月，卷二，頁60、61，節錄：「少無適俗韻，性本愛丘山。誤落塵網中，一去三十年。羈鳥戀舊林，池魚思故淵。開荒南野際，守拙歸園田。方宅十餘畝，草屋八九間。……戶庭無塵雜，虛室有餘閒。久在樊籠裏，復得返自然。」

蔓，覆地曼莚。从艸，毛聲。莫抱切。」〔註146〕並以《詩經》和《儀禮》互證，「《詩》曰：『左右芼之。』《毛鄭詩考正》曰：『芼，菜之烹於肉湆者也。禮羹芼菹醢凡四物，肉謂之羹，菜謂之芼，肉謂之醢，菜謂之菹。菹醢生為之，是為醢人豆實，芼則湆烹之，與羹相從，實諸鉶。』……《內則》：『雉兔皆有芼』是也。……玉裁按，芼字本義是艸覆蔓，故從艸毛會意，因之《爾雅》曰搴也，毛公曰擇也，皆於從毛得解，搴之而擇之。而以為菜釀，義實相成，《詩》《禮》本無不合。」〔註147〕芼字本義為草覆蓋蔓延，《詩經》取採摘之義，毛詩解釋「羹芼菹醢」為肉與菜，有肉者為羹，有菜者為芼，後來芼在《禮記》中就同時有肉羹之義，「雉兔皆有芼」〔註148〕就是一例。

因此芼羹的解釋有二種，一種為菜羹，一種為菜肉皆有的雜羹。不過芼並非指特定的野菜，而是泛指，將其歸在雜羹則是採用第二種說法，認為芼羹是混合了肉與菜的雜羹。

在料理上常與菰、筍、蔥搭配，其中筍與蔥兩種食材易於了解，《晉書・張翰傳》：「因見秋風起，思吳中菰菜、蓴羹、鱸魚膾。」〔註149〕菰在《本草綱目》曰：「春末生白茅如筍，即菰菜也，又謂之茭白，生熟皆可啖，甜美。」〔註150〕菰菜又名茭白、茭白筍〔註151〕，

〔註146〕許慎撰，段玉裁注《說文解字注》，新北：頂淵文化，2008 年 10 月，初版三刷。一篇下，艸部，三十七頁，頁 39。

〔註147〕許慎撰，段玉裁注《說文解字注》，新北：頂淵文化，2008 年 10 月，初版三刷。一篇下，艸部，三十七、三十八頁，頁 39、40。

〔註148〕王孟鷗註譯：〈第十二　內則〉，《禮記今註今譯（上）》，台灣商務印書館，2009 年 11 月二版，頁 496。

〔註149〕藝文印書館編：《二十五史　晉書斠注二》藝文印書館，1972 年，卷九十二，十九至二十一頁，頁 1558、1559。

〔註150〕李時珍著：〈草部〉，《新訂本草綱目》，臺南：世一文化，2014 年 4 月，卷十九，頁 789、790。

〔註151〕教育部重編國語辭典修訂本，http://dict.revised.moe.edu.tw/cgi-bin/cbdic/gsweb.cgi?ccd=PPoHtJ&o=e0&sec1=1&op=sid=%22Z00000070921%22.&v=-2（查詢時間：2021 年 4 月 4 日）菰菜：「植物名。禾本科菰屬，多年生植物。生於淺澤，春日從地下莖生新苗，高一公尺許。稈直立，粗壯，扁平。葉叢生。夏秋開花，綴生小花，呈淡

果實為菰米。

　　茭羹筍似稽山美，斫膾魚如笠澤肥。〔註152〕

　　芋魁加糝香出屋，菰首茭羹甘若飴。〔註153〕

　　一事尚非貧賤分，茭羹僭用大官蔥。〔註154〕

這幾首詩的茭皆為名詞用，加入菰、筍或蔥來製成一碗羹，也可就此推斷茭羹屬於雜羹，若非其中有兩種以上的食材，大可以稱筍羹、菰羹、蔥羹，而不這樣稱呼必定是因為茭羹中除了詩中提及的食材之外，尚有其他材料，從而證明其為雜羹。

　　上述以枸杞羹、茭羹為例，除此二例外，更有其他羹湯可能是混雜了兩種以上的食材，但單純研究羹湯的食材並無意義，何況這些食材種類在菜羹可能都研究過，就不再重複探討，如「鱸肥菰脆調羹美」〔註155〕以鱸魚與菰菜做羹，這一首詩可在後面羹的思鄉意象中會詳談。除了藥膳羹以及雜羹之外，尚有無法判斷種類的羹湯，也被歸類在其他這一類，共 33 首，所以其他這一類的占比相較之下會比五穀羹重，但其實是因為無法判別的羹數量較藥膳羹及雜羹來的多，才造成這樣的情況。

　　　　　　紫色大圓錐花序。人工栽培的稈基肥大，稱茭白或茭筍，可供食用。
　　　　　　秋結果實，果實稱為『菰米』、『菰梁』、『安胡』。嫩芽、果可食用。」

〔註152〕陸游著，錢仲聯校注：〈成都書事二首　其一〉，《劍南詩稿校注》，
　　　　　卷六，頁 528，全詩為：「劍南山水盡清暉，濯錦江邊天下稀。烟柳
　　　　　不遮樓角斷，風花時傍馬頭飛。茭羹筍似稽山美，斫膾魚如笠澤肥。
　　　　　客報城西有園賣，老夫白首欲忘歸。」

〔註153〕陸游著，錢仲聯校注：〈幽居〉，《劍南詩稿校注》，卷十三，頁 1082，
　　　　　全詩為：「老子堪咍老轉癡，幽居喜及早寒時。芋魁加糝香出屋，菰
　　　　　首茭羹甘若飴。顛倒朱黃思誤字，縱橫黑白戲拈棋。此懷敢向今人
　　　　　說，骨朽諸賢却見知。」

〔註154〕陸游著，錢仲聯校注：〈蔬園雜詠五首　其三蔥〉，《劍南詩稿校注》，
　　　　　卷十三，頁 1090，全詩為：「瓦盆麥飯伴鄰翁，黃菌青蔬放筯空。
　　　　　一事尚非貧賤分，茭羹僭用大官蔥。」

〔註155〕陸游著，錢仲聯校注：〈初冬絕句二首　其一〉，《劍南詩稿校注》，
　　　　　卷六十四，頁 3638，全詩為：「鱸肥菰脆調羹美，蕎熟油新作餅香。
　　　　　自古達人輕富貴，例緣鄉味憶還鄉。」

經過統計陸游的羹詩共 164 首,其中五穀羹有 31 首,菜羹有 94 首,肉羹有 13 首,而雜羹有 26 首,由下表可以知道羹詩中佔大部分的乃是菜羹。

表 4-1　羹詩中不同羹類比例

名稱	五穀羹			菜　羹			
總數	31			94			
比例	18.9%			57.3%			
分類	糝羹	芋羹	豆羹	藜羹	蓴羹	薺羹	其他
數量	9	19	3	50	14	6	24
比例	5.5%	11.6%	1.8%	30.5%	8.5%	3.7%	14.6%
名稱	肉　羹			其　他			
總數	13			26			
比例	7.9%			15.9%			
分類	大羹	雞肉羹	魚羹	肉羹	枸杞羹	甜羹	芼羹	羹
數量	3	2	2	6	1	2	6	17
比例	1.8%	1.2%	1.2%	3.7%	0.6%	1.2%	3.7%	10.4%

這些菜羹多為野菜或陸游自己種的蔬菜,不只是菜羹,就連五穀羹、肉羹或雜羹的食材來源,幾乎都不是買賣交易得來的,而是詩人親手種植、捕捉、上山採摘得來的,當時陸游家貧,到市集購買食材顯然是無法負擔,《晚年陸游的日常生活與詩歌創作——幾個側面的研究》第一章對於陸游的家庭經濟有非常詳細的剖析,通常研究者會講陸游家貧,但很少人將其完整地整理呈現,此論文第一章即研究陸游晚年的家庭經濟狀況,列出收入與支出:

> 陸游在退居之後的大部分時間裡領有祠祿官俸或者致仕官之半俸,而宋代祠祿官之官俸亦不謂不豐厚,可看似豐厚的祠祿官俸對於一個人口眾多的士大夫家庭來說,無異杯水車薪、食之雞肋。只是迫於生活的壓力,陸游雖恥於一再申領祠祿,可還是不得不一再申請。通過上文的論述可知,陸

游在淳熙十六年退居山陰之後，有很長一段時間均領有祠
祿官俸及致仕官之半俸，但還算可觀的官俸顯然無法完全
解決陸游一家的溫飽問題。〔註156〕

因為俸祿無法養家，陸游這時候的生產完全仰賴土地，所以他的詩作
中才會有許多祈求豐年的主題，他的田地、菜畦都仰賴雨水灌溉，為
了要減少開支，陸游飲食中的食材大多都是野生的或是自家能種植出
來的作物，其中自然以蔬菜居多，肉羹則要碰運氣，而於羹相較於其
他肉羹，出現的機率較高，可能與陸游當時居住地附近有水源以及詩
人有垂釣的習慣，讓魚類出現在餐桌上的機率增加。

　　這些羹湯都是屬於簡單的食物，但詩人卻於其中吃出不一樣的
味道，他不曾抱怨過食物的簡陋，因為他品嘗的不只是食物，羹湯除
了用來充饑之外，陸游用以療癒自己的身心，正如維克多‧法蘭克提
出的意義治療法，陸游回到山陰後不是一蹶不振，反而是在生活中尋
找生存的意義，這是他在平凡的生活中挖掘出態度價值，以積極的態
度面對自己的生活，用飲食來療癒自己的身心，讓自己不再陷於北伐
無望的泥淖之中，羹湯起到了相當大的作用。

〔註156〕王宏芹著：《晚年陸游的日常生活與詩歌創作──幾個側面的研
　　　　究》，華中師範大學古代文學碩士學位論文，頁13。

第五章　陸游羹詩的內容主題

　　陸詩中出現的羹，不僅是談表面的羹料理，一碗羹湯中可能寄託了不同意象，本章節欲探討陸游賦予詩中羹湯的主題以及羹湯帶給詩人何種心靈療癒。

> 陸游人生經歷較為坎坷，顯赫宏達之時少，多是沉居下僚、輾轉奔波的經歷。他雖心懷天下有滿腔志氣，但終在生活跌宕中變得隨遇而安對仕途不懷奢望了。……對陸游而言，當大展宏圖無望，受制於生計冷暖時，便不患果腹禦寒之外的取捨得失了。在這時，他對自己所擁有的東西──食物投以了詩情的目光。而對於貧寒清減的陸游而言，他最經常接觸的食物便是自產的蔬菜、採摘的野菜等等蔬食了。因而，陸游喜愛吃蔬食，反映了他安於生活，自得其樂的情趣。〔註1〕

這一段在原論文中是用來說明為何詩人偏好蔬食，但這也可以用來解釋詩人在回到老家之後為何會將目光專注在飲食之上，相較於他年輕時的作品，在淳熙十六年（陸游 65 歲）後飲食詩的數量明顯增加許多，以《陸游詩歌中的飲食書寫》中有統計的蔬菜為例：

〔註1〕溫雪茹：《陸游詩歌中的飲食書寫》，廈門大學中國古代文學碩士學位論文，2017 年，頁 65。

表 5-1　陸游常用蔬菜出現頻率統計表　　　單位：首〔註2〕

年　齡	33 歲以前	34～42 歲	43～46 歲	47～56 歲	57～62 歲	63～65 歲	66 歲以後
地　域	山陰	寧德、福州、臨安、鎮江	山陰	蜀地、建安	山陰	嚴州、臨安	山陰
詩歌總數	34	86	159	1337	790	317	6452

　　以蔬菜出現的頻率看陸游的飲食詩數量分布應當是較具有代表性的，由以上表格可發現在陸游 66 歲的作品中，共有 6452 多首提到蔬菜，比 66 歲以前的作品相加起來還多（66 歲以前有 2700 餘首），可推知陸游回歸老家後的確將部分詩作中心放於飲食之上，但上述對於陸游轉移作品方向的原因本論文認為有些偏頗，「對陸游而言，當大展宏圖無望，受制於生計冷暖時，便不患果腹禦寒之外的取捨得失了。在這時，他對自己所擁有的東西——食物投以了詩情的目光。」一段話，的確考慮到了詩人在現實層面上的困境，論文作者好像認為陸游是在選無可選的情況下才將詩作轉向飲食，是不得已的選擇，但本論文卻認為這時候陸游雖然深知宏圖無望，他心中卻仍抱有期望，這股期望融入在他 66 歲後的作品之中，像是〈書志〉〔註3〕等作品，這樣的理想受困於現實無法實現，詩人卻從來未忘記。

第一節　美味之感

　　提到飲食大部分的人不會忽略它的味道，味道是實際接觸飲食最具有直接衝擊性的，視覺、嗅覺帶來的感知到沒有直接品嘗來的

〔註2〕溫雪茹：《陸游詩歌中的飲食書寫》，廈門大學中國古代文學碩士學位論文，2017 年，頁 95，表 14。

〔註3〕陸游著，錢仲聯校注：〈書志〉，《劍南詩稿校注》，卷三十五，頁 2310，節錄：「……妻孥厭寒餓，鄰里笑迂拙。悲歌行拾穗，幽憤臥齧雪。千歲埋松根，陰風蕩空穴。肝心獨不化，凝結變金鐵。鑄為上方劍，釁以佞臣血。匣藏武庫中，出參髦頭列。三尺粲星辰，萬里靜妖孽。君看此神奇，醜虜何足滅。」

強烈。

> 人類歷程中的絕大部分時光都是在無滋無味中度過。當以
> 酸、甜、苦、辣、鹹這五味代表的滋味成為人類飲食的重要
> 追求目標時，烹飪才又具有了烹調的內涵，一個新的飲食時
> 代也就開始了。〔註4〕

出現五味之後，飲食開始注重調味，因此有五味調和之說，但這樣注
重調味的烹調方式直到宋代出現了轉折，由於宋代的飲食文化發展極
盛，出現了新的轉變，文人開始往食物本味的方向發展，除了有養生
的考量之外，也與當時的風氣有關，如梅堯臣、蘇軾、楊萬里，詩人
陸游也是如此。

　　陸游羹詩中的味道有兩種可能，第一為食物本味的美好，第二則
是用以比喻這道料理抵得上山珍海味的味道，乍看之下這兩者有些類
似，這樣區分的原因，第一類是較為現實層面，描述羹湯的實際味道；
第二種則較為虛幻，於是將其界定為陸游在久飢之後嘗到的羹湯，因
此認為味道相當美味。

壹、食物本味

　　〈宋代詩風新變與詩歌演進〉一文討論了為何宋代士大夫會在
飲食上產生轉變：

> 不假外物的天然之味在宋代卻極受推崇，很多士大夫都以
> 本味為上。……他們認為不加調料的自然之味是最美好的
> 滋味，這裡的「至味」、「正味」、「真味」說的都是食物的原
> 味。因沒有甘酸鹹辛等烹飪調和之厚味，食物本味具有「淡」
> 的屬性。……味是食物固有的物質屬性，其最初的意義就是
> 人所能感受到的滋味，還是我國古典美學中一個重要的審
> 美範疇，反映了品味者自身的嗜好與需求。……這種淡，不
> 是寡淡、枯淡，而是蘊含著真味的平淡。宋人常將「淡」和

〔註4〕王仁湘著：《飲食與中國文化》，北京：人民出版社，1991 年 1 月 3
　　　刷，頁 17。

「真味」聯繫起來……，而真味是不加外物調和的天然之味，從食味觀詩味，則宋人所追求之淡，是一種渾然天成的自然呈現。它表面上看起來平易自然，似信手拈來，肆口而發，卻於簡易的表像下蘊含著至味，含蓄雋永。〔註5〕

這一段話能恰到好處的對應陸游羹詩中的真實味道，由於陸游筆下的羹湯以菜羹居多，野菜的味道大部分微苦，若是再不加調味料的話那味道可能偏苦或者無味，陸游啜飲的就是這樣的羹湯，他要品嘗的就是羹湯的本味，在這樣的本味中他直接嘗到了食物的味道，與自然更加接近。

乞骸安晚節，養疾臥空村。月暗梟鳴樹，船歸犬吠門。藜羹加糝美，黍酒帶醅渾。稚子能勤學，燈前與細論。〔註6〕

春陰不肯晴，春雨斷人行。慘澹柴荊色，蕭條雞犬聲。香分豆子粥，美啜芋魁羹。猶勝梁州路，蒙氈夜下程。〔註7〕

食簞雖薄尚羹藜，且喜今朝酒價低。一權每隨潮上下，數家相望埭東西。團團箬笠偏宜雨，策策芒鞋不怕泥。應笑漆園多事在，本來無物更誰齊。〔註8〕

上述三例的藜糝羹、芋魁羹、芋糝羹，詩人用「美」、「香」來形容，雖然表面上以嗅覺出發，實際是以嗅覺觸發味覺，他嘗到了味道的美好，除了羹之外，還有出現黍酒、豆子粥，黍酒是農家自釀的酒，這些其實都是農村日常的食物，非常普通，對一般人而言沒有特別的地方，但對詩人而言卻值得大書特書，這樣的飲食、這樣的生活中不致受凍挨餓，得以飽腹、暖身，甚至因為酒的價格降低讓他負擔得起，是詩人這時最大的追求，也是最大的快樂。

陸游這時品嘗的不是飲食，是他農家生活的滋味，他在經歷官場

〔註5〕 劉麗：〈宋代食風新變與詩歌演進〉，《河南師範大學學報（哲學社會科學版）》，2016 年 11 月第 43 卷第 6 期，頁 150。
〔註6〕 陸游著，錢仲聯校注：〈夏夜〉，《劍南詩稿校注》，卷五十一，頁 3048。
〔註7〕 陸游著，錢仲聯校注：〈春雨〉，《劍南詩稿校注》，卷七十五，頁 4098。
〔註8〕 陸游著，錢仲聯校注：〈漁父二首　其一〉，《劍南詩稿校注》，卷六十三，頁 3575。

沉浮之後回到老家，想必是身心俱疲，這三首詩大約是寫在他 80 歲，已離開仕途多年，這時候他對於官場功名已經看淡了，但他是看淡功名，並不是遺忘，如〈春晚二首　其二〉：「擘浪忽看魚對躍，入雲時見鶴孤騫。向來莘渭今安在，嘆息誰能起九原。」〔註9〕詩人在平淡生活中發出一聲嘆息，想到當年曾出現的良相伊尹、呂尚，現在卻無人可以力挽狂瀾，他身在民間，心繫的仍是天下。

　　食物本身的淡味以及真味可以讓詩人暫時忘卻心中的煩憂，讓他的心情舒緩，減少詩人在追求理想時遇到的挫敗感，這裡羹湯的本味提醒詩人，該追求的不是外物，而是心靈的平靜。

貳、比喻佳餚

　　陸游常以羹湯來做比喻，認為羹湯抵得過八珍，是最上等的美味，但羹湯是很簡單的料理，它們在陸游的詩中卻是「此味只應天上有，人間焉得有幾回」的佳餚，這樣強烈的反差。

> 踽踽蝸廬疢，蕭條鶴髮新。途窮貧入夢，身老病欺人。帶索忘三組，羹藜抵八珍。蓬窗一杯酒，自覺膽輪囷。〔註10〕

> 山海三家市，風烟五畝園。藜羹均玉食，茅屋陋朱門。耕釣此身老，乾坤吾道尊。故交淪落盡，至理與誰論。〔註11〕

> 置身事外息吾黥，獨臥空堂一榻橫。簷影漸移知日轉，樹梢微動覺風生。每從山寺開經帙，間就園公辨藥名。若論胸中淡無事，八珍何得望藜羹。〔註12〕

〔註 9〕陸游著，錢仲聯校注：〈春晚二首　其一〉，《劍南詩稿校注》，卷六十六，頁 3714，全詩為：「村巷泥深晝掩門，倚闌搔首一消魂。花經風雨人方惜，士在江湖道更尊。擘浪忽看魚對躍，入雲時見鶴孤騫。向來莘渭今安在，嘆息誰能起九原。」

〔註10〕陸游著，錢仲聯校注：〈薄醉遣懷〉，《劍南詩稿校注》，卷二十九，頁 2021。

〔註11〕陸游著，錢仲聯校注：〈寓言三首　其三〉，《劍南詩稿校注》，卷四十八，頁 2920。

〔註12〕陸游著，錢仲聯校注：〈東堂睡起〉，《劍南詩稿校注》，卷四十，頁 2535。

藜藿是指很粗劣的食物或是羹，陸游都用藜藿來做比喻，就是為了表達出強烈的對比，這有兩種可能，第一種是因為陸游久飢不飽，飢餓是最好的調味，人在饑餓的狀態下，任何食物在他眼中都是佳餚，這是外在的困境影響了對於食物追求，陸游無法追求精緻的食物，他只能盡力在選擇不多的食物中讓自己溫飽。

　　第二種可能則是當時「以俗為雅」的寫作風格：

　　「以俗為雅」運用在宋代詩歌創作上的表現有三。第一，對俗人、俗事和俗物題材的成功開拓和傳播。第二，「以俗為雅」之所以成為宋詩流行的寫作風尚，離不開宋代文人接地氣的群體性格。第三，宋詩所描繪的民俗也與日常生活和平民生活息息相關。〔註13〕

　　陸游正是在這樣一種時代審美風尚下沿襲著以俗為雅之風。除了對前人詩風和審美觀念的借鑒傳承，陸游在「崇雅」的觀念下也在追求「脫俗」，這一點在陸游飲食作品上得到了充分的體現。……尤其在飲食詩中，詩人從身邊的瑣碎事物中發現平凡事物的優雅，以「以粗俗為雅」的創作理念拓展詩歌選擇的範圍，使日常生活中瑣碎複雜的事物成為詩歌創作的表達內容，選擇的主題是平民和優雅。這樣的詩歌更接近普通人的生活，更接近詩歌和大眾化。〔註14〕

受到宋代的風氣影響，陸游將普通的羹湯以八珍、玉食做為比喻，提升原本普通的食物的層次，將原本「俗」的食物化為「雅」的饌食，與第一種可能性比起，這樣的說法與文學創作較有關聯，目前無法確定哪一種可能性為真，但在此提供兩種思路以供將來探究。

　　本論文認為陸游的羹詩中象徵味道的作品有兩種分類，這兩種分類的表面與實際是相反的，第一種表面在談羹湯的味道，實際深入到詩人的心理層面，試圖撫慰、治療詩人受挫的心，讓詩人足以重新

〔註13〕節錄自張雪菲著：《陸游飲食詩「以俗為雅」的審美趣味研究》，長安大學美學碩士學位論文，2019 年 6 月，頁 14～16。

〔註14〕節錄自張雪菲著：《陸游飲食詩「以俗為雅」的審美趣味研究》，長安大學美學碩士學位論文，2019 年 6 月，頁 16。

站起面對真實人生；第二種表面在以佳餚為比喻，實際談到的卻表達
詩人拮据的家境或者是詩人在創作上的風格，這些都是與現實有關
的。陸游注重食物的本味，簡單沒有過多調味的烹調方式，正如同詩
人回歸自然的精神，也對於詩人在晚年的養身、平心靜氣有所幫助。

第二節　寄託政治

「和羹」一詞最早的由來即是出自《尚書‧說命下》：

> 王曰：「來！汝說。台小子舊學於甘盤，既乃遯於荒野，入
> 宅於河。自河徂亳，暨厥終罔顯。爾惟訓於朕志，若作酒醴，
> 爾惟麴糵；若作和羹，爾惟鹽梅。爾交修予，罔予棄，予惟
> 克邁乃訓。」〔註15〕

在《左傳》中晏子也提到：

> 對曰：「異，和如羹焉，水火醯醢鹽梅，以烹魚肉，燀之以
> 薪，宰夫和之，齊之以味，濟其不及，以洩其過，君子食之，
> 以平其心，君臣亦然，君所謂可，而有否焉，臣獻其否，以
> 成其可，君所謂否，而有可焉，臣獻其可，以去其否，是以
> 政平而不干民無爭心。」〔註16〕

這兩則記載都是在講羹具有「和」的特性，由於調和各種味道以製
羹，在各種食材的選擇搭配與比例上要特別注重，後來常用和羹來做
政治上的比喻，意旨君臣之間的相處要如同和羹一般，恰到好處，不
可以太淡或太過，才能維持良好的關係。

前人也有對於這一方面的研究，在〈以羹探政：論古代食物與政
治關係〉提到「和羹」的三個層次：

> 君臣「說羹」最早可追溯至商朝，高宗武丁對傅說說：「若

〔註15〕《四部叢刊初編‧第三冊》，孔安國著、陸德明音義：《尚書‧說命
下》，卷一三，原書來源：景烏程劉氏嘉業堂藏宋刊本，影印本：
https://ctext.org/library.pl?if=gb&file=77326&page=150（查詢時間：
2021 年 3 月 20 日）

〔註16〕左丘明著：〈昭公二十年〉，《左傳會箋（下）》，臺北：鳳凰出版社，
1974 年 10 月，初版，第二十四，頁 32。

作和羹，爾惟鹽梅」。高宗欲作和羹，將傅說喻為鹽、梅，鹽、梅是製羹不可或缺的調料。據此分析，此處的羹指美味的「和羹」，它五味俱備，品類豐富，滋味美妙，為公侯顯室之專屬，符合高宗和傅說政治地位與生活實際。

借「和羹」說政，因為它具有「和」的特點。「和羹」最終效果為「無爭」的和諧，它的和諧功用在於對「既戒既平」的理解。一為「味和」，調和羹要謹小慎微，講究鹹酸適宜，以達滋味美好。二為「君臣和」，天子祭天子裸獻神靈，八方諸侯助祭，設薦進俎，齊列有序，默然無爭訟。三為「人神和」，執事者熟練操作祭祀事宜，神靈來饗羹，賜福壽於君，恩澤於民。概言之，和羹之所以被用於君臣說政的對象，主要因為它具有味和、人和、神和的內蘊。〔註17〕

陸游的羹詩有達到第一個「味和」和第二個「君臣和」的層次，為何相當於前一節的食物本味；第二個層次詩人也有在作品中提到，共有兩首提及「和羹」：

武丁命傅說，治國如和羹。天亦命放翁，用此以養生。抑過補不足，輔相其適平。千歲汝自有，不必師廣成。〔註18〕

這一首詩將和羹的典故明確點出，只是在詩中詩人將和羹的解釋用於養生之道，他認為養生之道與治國與和羹這三者是相同的道理，講究平衡，過多過少都會造成問題，他認為只要依照和羹之法來養生，自然能長壽。這就與陸游的養生觀有關係，宋代前已有養生的觀念，而到了宋代將其發揚光大，出現許多方面的養生方法，《宋詩中的養生觀》〔註19〕一文分出醫藥、睡眠、精神、飲食、道教五類，但本節並不是要談陸游的養生觀，誠然這首詩將和羹與養生結合，但陸游在這裡的養生並非只有養生，還包括其政治理念。

〔註17〕許至：〈以羹探政：論古代食物與政治關係〉，《孔子研究》，2017 年第 5 期，頁 45。
〔註18〕陸游著，錢仲聯校注：〈養生〉，《劍南詩稿校注》，卷四十八，頁 2925。
〔註19〕林艷輝：《宋詩中的養生觀》，河北大學歷史學碩士學位論文，2012 年6 月。

　　陸游以前在官場上飽受排擠、非議，就連皇帝也不苟同陸游北伐的觀點，這首詩中的和羹還是包含著陸游的政治理念，他想要「和」，但是卻孤掌難鳴，和羹之所以為和乃取調和五味之義，現在陸游卻只有一味，無法成羹，更無法與君王的想法相互呼應，所以陸游只能將他無望的政治理念投射到養生觀念上，至少詩人可以在養生上有所成就。

　　　　高標我自有，何憾老空谷。人言和羹實，晚或參鼎餗。哀哉
　　　世論卑，汙我塵外躅。誰能湔被之，寫真配修竹。〔註20〕

這是另一首有提到「和羹」的詩作，這一首作品呈現出陸游的政治意圖較為明顯，而且非常特殊，「鼎餗」一詞原本指鼎中的食物，後來常被借指政事〔註21〕，與和羹的典故類似，都有調和的意思，詩人先自陳自己的與常人不同的標準，第二聯談和羹，和羹與鼎餗皆以調和為用，本論文原先以為此乃正面之義，為詩人期許自己能與君王關係融洽，得到重用，但第三聯卻出現轉折，以屈原〈漁父〉的典故：「舉世皆濁我獨清，眾人皆醉我獨醒。」〔註22〕重述自己遠大的志向，如此一來再重看第二聯的和羹，和羹與鼎餗就成了與濁為伍，被賦予了負面的意涵。

　　和羹用來比喻政事、比喻君臣相處之道並不稀奇，特別的是在這首詩中陸游筆下的「和羹」成了「舉世皆濁」，因此詩人如同屈原，發出「安能以皓皓之白，而蒙世俗之塵埃乎！」的喟嘆，他無法接受這樣的「和」，於是只能回到田園之中，以明其志。

〔註20〕陸游著，錢仲聯校注：〈歲暮雜感四首　其三〉，《劍南詩稿校注》，卷四十九，頁 2946，全詩為：「歲盡霜雪稠，相望僵萬木。天豈私梅花，獨畀此芬馥。高標我自有，何憾老空谷。人言和羹實，晚或參鼎餗。哀哉世論卑，汙我塵外躅。誰能湔被之，寫真配修竹。」

〔註21〕《欽定四庫全書·集部二·別集類》，權德輿著：《權文公集·第一冊》，卷六，頁一至二，〈仲秋朝拜昭陵〉，原書來源：浙江大學圖書館，影印本：https://ctext.org/library.pl?if=gb&file=71882&page=142（查詢時間：2021 年 4 月 5 日），節錄：「良將授兵符，直臣調鼎餗。」

〔註22〕屈原著，朱熹撰，黃靈庚點校：〈漁父〉，《楚辭集注》，上海古籍出版社，2019 年 5 月五刷，頁 147。

以這一篇〈以羹探政：論古代食物與政治關係〉來看，陸游的羹詩主要出現在第一與第二層次中，而並未達到「人神和」的層次，因為他所寫出的羹主要還是在表現他的日常生活，「人神和」大部分是指祭祀方面，詩人顯然並未描寫到這一部分，但所謂的「神」若為「自然」的話，那「人神和」就可以看為人與自然的結合，若以這種觀點來看的話，陸游也是有達到「人神和」的層次，這樣的羹詩意涵被歸類在本章第四節，「平淡生活」之中。

第三節　歸鄉之思

陸游羹詩中蓴羹出現的頻率相當高，有蓴羹和蒓羹，在第四章的第二節菜羹已經有剖析過蓴羹與蒓羹為同一種羹，以下皆用「蓴羹」一詞，蓴羹的典故出自《晉書‧張翰傳》：

> 翰因見秋風起，乃思吳中菰菜、蓴羹、鱸魚膾，曰：「人生貴得適志，何能羈宦數千里以要名爵乎！」遂命駕而歸。〔註23〕

張翰當時思念起南方的菰菜、蓴羹、鱸魚，因此他決心辭官歸鄉，後人皆謂其洞燭先機，而蓴羹自此成為辭官歸隱的代表，歸隱後可以衍生出平淡生活的意象，但這兩者在情感上還是有些差別的，因此有關於平淡生活的意象會放在第四節再討論。

> 閉閣孤城臘放慵，桐江清絕勝吳松。雲收忽見北山雪，月落正聞西寺鐘。世味老來無奈薄，土思病後不勝濃。蓴羹豈止方羊酪，輕許平生笑士龍。〔註24〕

第一首〈閉閣〉寫於純熙十五年嚴州任所時，為詩人罷官的前一年，這時候他在作品中已經透露出懷念家鄉、辭官歸去之意，「土思」為懷念故土、故鄉之思，蓴羹與羊酪的典故出自《世說新語‧言語》：「陸機詣王武子，武子前置數斛羊酪，指以示陸曰：『卿江東何以敵

〔註23〕藝文印書館編：《二十五史　晉書斠注二》藝文印書館，1972年，卷九十二，十九至二十一頁，頁1558、1559。

〔註24〕陸游著，錢仲聯校注：〈閉閣〉，《劍南詩稿校注》，卷十九，頁1521。

此？』陸云：『有千里蓴羹，但未下鹽豉耳！』」〔註25〕兩者是指不同地方的美食特產，也可以用來代表家鄉特產，陸機用南北兩地截然不同的飲食來代表自己的思鄉之情。陸游在此引《世說新語》的典故來表達自己同陸機一般有思鄉之意，這時他在嚴州任所，但已經對仕途有些心灰意冷，尤其在大病過後更是思念家鄉故土，這為之後他罷官埋下伏筆。

　　蓴羹與羊酪分別為南北兩地的特色飲食，到陸游這時候由於北人南遷，飲食已經合流，不僅是原本北方人遷就南方人的口味，南方人原本的飲食習慣也產生改變，從陸詩中可以見到這一點，以「酪」來談，除了上述陸機蓴羹羊酪的典故外，陸詩中羊酪還常搭配朱櫻，「朱櫻羊酪喜新嘗」〔註26〕、「朱櫻羊酪也嘗新」〔註27〕、「一甌羊酪薦朱櫻」〔註28〕，朱櫻為一種櫻桃，當時飲食習慣應當是以櫻桃來搭配羊酪，南方的水果配上北方的特產。除羊酪外，陸游羹詩中更常出現的是「鹽酪」，有人認為是鹽和乳酪，這應該是一種調味品，鹽的味道偏鹹，而酪則可能是酸也可能是鹹，專用來給羹湯調味，「今朝鹽酪盡，薺糝更宜人。」〔註29〕「亦莫城中買鹽酪，菜羹有味淡方知。」〔註30〕

〔註25〕劉義慶編，徐震堮著：〈言語第二〉，《世說新語校箋（上冊）》，北京：中華書局，1991年7月四刷，頁48。

〔註26〕陸游著，錢仲聯校注：〈初夏幽居偶題四首　其四〉，《劍南詩稿校注》，卷三十二，頁2143，節錄：「朱櫻羊酪喜新嘗，碧井桐陰轉午涼。書几得晴宜試墨，衣篝因潤稱熏香。……」

〔註27〕陸游著，錢仲聯校注：〈偶得北虜金泉酒小酌賦絕句二首其一〉，《劍南詩稿校注》，卷十六，頁1272，全詩為：「草草杯盤莫笑貧，朱櫻羊酪也嘗新。燈前耳熱顛狂甚，虜酒誰言不醉人。」

〔註28〕陸游著，錢仲聯校注：〈病起初夏〉，《劍南詩稿校注》，卷七十六，頁4148，節錄：「……窗外時時度花片，林梢處處送鶯聲。地偏無客談閒事，麥熟逢人樂太平。不為衰遲辜節物，一甌羊酪薦朱櫻。」

〔註29〕陸游著，錢仲聯校注：〈老民二首　其一〉，《劍南詩稿校注》，卷四十五，頁2798，全詩為：「乞得不貲身，林間號老民。兒因作詩瘦，家為買書貧。村僕欺謾少，鄰翁語笑真。今朝鹽酪盡，薺糝更宜人。」

〔註30〕陸游著，錢仲聯校注：〈老甚自詠二首　其一〉，《劍南詩稿校注》，卷五十六，頁3289，全詩為：「殘年真欲數期頤，一事無營飽即嬉。身

「勿言野饈無鹽酪，筍蕨何妨淡煮羹。」〔註31〕看出陸游對於菜羹中
無添加鹽酪覺得也無妨，反過來想當時在菜羹中添加鹽酪應當是常
態，因為普通的菜羹味道應該很淡，需要有調味品加以調味。朱櫻與
羊酪和羹湯與鹽酪這兩種正是當時南北口味融合的最佳寫照，在南宋
時，就算在民間也已經普遍地接受了南北不同口味的飲食，並出現在
日常生活之中。

> 四十餘年食太倉，賜骸恩許返耕桑。長絲出舗蓴羹美，白雪
> 翻匙稻飯香。酒戶知貧焚舊券，醫翁憐病獻新方。春殘睡足
> 東窗下，聞道長安依舊忙。〔註32〕

陸游在寫這首詩的時候已經辭官回鄉，做官四十餘年，他終於可以回
到家鄉品嘗到當地的蓴菜，一解思鄉之苦，他眼中的家鄉不是貧窮
的，家鄉飲食在他眼中是最好的美味，而鄰里間的人情味也頗為濃
厚，詩人甚至有時間可以懶睡，因為他已無官職在身，不須為事務煩
憂，這時候他身在家鄉，心中想到如今這時候在長安，這是借指當官
的那些人應該是相當繁忙，沒辦法像他一樣享受生活。

　　對辭官這件事，詩人是不後悔的，家鄉的蓴羹、稻飯給他無上的
享受，而濃厚的人情味讓陸游心情安適，以〈宋代食蒓文化初探〉一
文來看，詩人在追求的主要為第二種文化原因，為隱者山林之味，再
衍生到第一種儒者的求道之味。

> 同樣是「千里蓴羹」的典故，張耒對陸機的理解明顯與楊萬
> 里不同。在他看來，陸機根本不曾關心「羊酪與蓴羹孰美」
> 的問題，而是借此表達自己不願與晉室同汙的清遠之志。

> 入兒童鬪草社，心如太古結繩時。騰騰不許諸人會，兀兀從嘲老子
> 癡。亦莫城中買鹽酪，菜羹有味淡方知。」
〔註31〕陸游著，錢仲聯校注：〈野步至近村〉，《劍南詩稿校注》，卷五十七，
　　　　頁3318，全詩為：「耳目康寧手足輕，村墟草市徧經行。孝經章裏觀
　　　　初學，麥飯香中喜太平。婦女相呼同夜績，比鄰竭作事春耕。勿言野
　　　　饈無鹽酪，筍蕨何妨淡煮羹。」
〔註32〕陸游著，錢仲聯校注：〈村居書事二首　其一〉，《劍南詩稿校注》，卷
　　　　五十，頁3011。

這種類似《詩》《騷》般的香草美人隱喻了詩人的隱者情懷，
表達了自己對於名利場的厭惡，將人生的感悟寄託於一杯
蓴羹。〔註33〕

重點在於「隱」這個字，由於無法施展抱負，許多文人將目光轉向山
水，陸游罷官之後回到山陰，究其原因為不願和那些主和派的官員同
流合汙，他不肯放棄自己的志向，於是用辭官這樣的舉措來表達他的
不滿，陸游筆下的蓴羹除了能代表家鄉味道之外，也能是他將當初歸
隱時的冀望放在蓴羹之中，這又可以回歸第一種儒者的求道之味。

回到家鄉後，詩人在生活瑣事、在飲食上開始挖掘出平凡的滋
味，這些食物都是新鮮、不多加調味的，陸游從這樣平凡的日常中尋
求「真」的本味，補足他心靈上的缺憾。

第四節　平淡生活

對於羹詩中「平淡生活」的隱喻是自上一節「辭官歸隱」衍伸而
來，「辭官歸隱」的側重點還是在「辭官」，而本節則是較為著重陸游
在山陰待了許久後日常的平淡生活：

筑舍水雲鄉，蕭然似淨坊。粥鐺菰米滑，羹釜藥苗香。素壁
圖嵩華，明窗讀老莊。與人元淡淡，不是故相忘。〔註34〕

雨聲疏復密，窗影暗還明。赤米香炊飯，青蔬淡煮羹。閑中
長棋格，病後減詩情。惟有桑麻事，鄰翁與細評。〔註35〕

老境遺人事，窮居砭世肓。茅簷聽雪滴，瓦鼎爇松肪。不願
封侯印，惟求煮菜方。杯羹須及熱，剩欲喚君嘗。〔註36〕

這三首詩或與陸游讀書、或與鄰里往來有關，陸游讀書有感的相關作

〔註33〕楊逸：〈宋代食蓴文化初探〉，《地域文化研究》，2017 年第 3 期，頁
85。
〔註34〕陸游著，錢仲聯校注：〈筑舍〉，《劍南詩稿校注》，卷五十四，頁 3189。
〔註35〕陸游著，錢仲聯校注：〈秋雨〉，《劍南詩稿校注》，卷五十八，頁 3367。
〔註36〕陸游著，錢仲聯校注：〈招鄰父啜菜羹〉，《劍南詩稿校注》，卷八十，
頁 4330。

品眾多，而他的詩作中也不乏與鄰翁共飲，顯示他在山陰時仍不忘充實自身，更沒有忘記和鄰居培養感情，詩人拿出的都是很普通的食物，與鄰里共飲、聊農事才是陸游真正心中所想。

因為這是陸游自己選擇的生活方式，他筆下的食材，菰米、藥苗、赤米、香飯、菜羹等，無一不是味美，除了心理的滿足牽動詩人的口腹之慾外，可能也與這些食材的新鮮度有關，陸游在飲食上注重時節，會選擇當令蔬果，也是這些蔬果最新鮮的時候，以此做出來的料理自然是美味的。

陸游甘於這樣平淡生活的原因，可能與他的思想轉變有關，《晚年陸游的日常生活與詩歌創作》中認為陸游受到仕宦的打擊、農村的生活、重農的家風以及時代價值觀的改變所影響〔註37〕，他不再執著於官場，而是將目光轉向農家田園。

> 到南宋時期，門第、官位都不再是定義一個士人身份的因素，最主要的因素變成「學」，只要擁有文化，就可以自認為是一個士人，職業的差別在縮小。陸游生活在這樣一種時代的氛圍中，自比老農，認為子孫中只要存有書種，躬耕壟畝亦無不可，這是陸游自身經歷的總結也是陸游對時代做出的判斷與回應。「農」與「士」在這種情況下被結合在一起了。〔註38〕

這篇論文作者認為在南宋時期文人的身分出現轉變，不再是一味追求功名、科舉，他們將文人的定義放寬，認為只要會「學習」、具有「文化氣息」，就可以算是文人，這樣的觀念可能與當時文壇上「以俗為雅」的風氣有關，讀書人將生活上普通的事物寫進作品之中，賦予它不同的意涵、進入更高的層次，但它的本質並沒有改變，是文人看外在事物的眼光變了，不再像以前一樣要求苛刻，俗可為雅，陸游

〔註37〕王宏芹著：《晚年陸游的日常生活與詩歌創作——幾個側面的研究》，華中師範大學古代文學碩士學位論文，2015年4月，頁65～80。
〔註38〕王宏芹著：《晚年陸游的日常生活與詩歌創作——幾個側面的研究》，華中師範大學古代文學碩士學位論文，2015年4月，頁79、80。

晚年的作品則是將他身為士與農的兩重身分結合，躬耕田園而讀書不
輟，就像《晚年陸游的日常生活與詩歌創作》所說的，這樣平淡平靜
的生活是陸游文人精神的展現。

　　部分羹詩中隱含著陸游對於平淡生活的暢想，「陸游一生仕途蹇
困……使其不免多有感傷之語，但他亦能以態度的轉換，完成心情的
調適。」〔註 39〕這一段話解釋了陸游藉由態度地轉換來改變他的心
情，再進一步擴充他的心境，這讓他在山陰的日子不會一直抑鬱不
平，而是能以更寬廣的胸懷面對：

> 不入城門三歲餘，亦無車馬過吾廬。食常羹芋已忘肉，年迫
> 蓋棺猶愛書。處處叩門尋醉叟，時時臨水看游魚。半生名宦
> 終何得，作箇村翁計未疏。〔註 40〕

詩人在這一首詩最後一聯中發出感嘆，他自問前半生汲汲營營追求功
名，但卻一無所獲，反而不如在山陰農村裡做個普通老翁，這裡頗有
感嘆追悔之意，詩人可能是後悔自己蹉跎許多光陰在追求一些虛無縹
緲的事物，但這時候理解到這件事還不算晚，寄情於山水田園之間給
人一種快意，陸游更著重在腳踏實地的農村生活，這樣的觀念讓詩人
從沉重的枷鎖中解脫，得以更輕鬆愜意的體會人生。

　　上述四種為羹湯在陸詩中主要意涵，從最淺顯的味道，一步一步
往內深入，羹湯中潛藏陸游的政治理念、辭官歸鄉之意、平淡生活之
情，羹湯不僅是一碗桌上的菜餚，陸游作品中出現的不同羹湯各有不
同意義，詩人藉著飲食來表達他心中所想，用羹湯來療癒自身，不只
是老年病體的衰敗，也是飽受摧殘的心靈的一種解放。

〔註39〕張瑋儀著：《宋代詩歌之養身與療心》，台南：南一書局，2015 年 1 月
　　　　初版，頁 161。
〔註40〕陸游著，錢仲聯校注：〈村翁〉，《劍南詩稿校注》，卷七十三，頁 4026。

第六章　陸游羹詩的藝術成就

　　錢鍾書先生曾對於陸游的愛國詩及山水詩給予截然不同的評價，認為愛國詩中「功名之念，勝於君國之思。鋪張排場，危事而易言之。」而給山水詩較高的評價，後人對錢先生這一番話自有不同論斷，然而在談論陸游這兩種類型的詩作時，應當先注意兩者作品中心傳遞出的不同意義。

　　陸游的愛國詩要傳遞他的政治理念、對於北伐的期望以及對人民艱困生活的不平，而前人對於陸游愛國思想的評價：

> 在隨軍駐守蜀中時，陸游多次往大散關巡邏，在他的邊塞詩詞中，大散關成了他獨有的一種意象。在〈觀大散關圖有感〉一詩中，陸游用慷慨激昂的筆墨寫下「偏師縛可汗，傾都觀受俘」，「丈夫畢此願，死與螻蟻殊。志大浩無期，醉膽空滿軀。」讀來有颯爽寒意，足見陸游對鐵馬金戈的夢想以及報國無路，只能以詩代劍的悲哀，無比雄壯豪邁。〔註1〕

這裡舉〈觀大散關圖有感〉一詩為例，他說可以由此感覺出詩人的雄壯豪邁，但將此詩與陸游其餘山水詩比較，會發現這些愛國詩文字直白、不假雕飾，氣勢雄渾；而山水詩所表現出的感情就較為平淡、細水長流，在《陸游蜀中山水詩研究》中作者整理出山水詩豐富的修辭

〔註 1〕師樂天：〈分析陸游的時代背景與愛國思想〉，《中華辭賦》，2019 年
6 月第 6 期，頁 258。

技巧〔註2〕與精妙的用字遣詞〔註3〕，展現出山水詩不同於愛國詩的一面，著重生活上的細節並且細膩地去描寫。

很多研究將陸游的愛國詩及山水詩互相比較，但卻較少有人考量到陸游在寫下詩作時的心態，不同的題材有各自適合的描寫手法，愛國是要表達的是詩人慷慨激昂、急切北伐復國的情感，氣勢磅礡，隨興而發，因此文字質樸、雕琢較少，但字裡行間卻是詩人發自內心最真切的渴望。而賦閒在山陰後所寫的山水詩，就有餘力字斟句酌，加入許多修辭、比喻、用典，表達的情感相較於愛國詩更多樣化，有悠閒、愁悶、恬靜自適，可能是因為這樣的原因，錢先生才認為陸游在山水詩的成就大於愛國詩。

這一章節針對其常用的格律、韻部作探討，陸游的羹詩共 164 首，但經過統計發現常用的文體較為集中，而用韻也是，詩人藉由不同的格律及押韻呈現出不同的情感。陸游較常見的詩作格式為五言律詩、七言絕句、七言律詩、排律、古詩及樂府，以羹詩而言，七言律詩、古詩及樂府占多數，五言律詩和七言絕句較少，經過統計詳細表格如下：

表 6-1　羹詩詩體統計

格　　式	五　律	七　絕	七　　律	排　律	古詩及樂府
數量	28	20	71	3	42
比例	17.1%	12.2%	43.3%	1.8%	25.6%

七言律詩和古詩及樂府加起來將近 70%，陸游在談論羹湯時喜歡用較長的篇幅來描寫，因此五言律詩或七言絕句相較之下無法讓詩人抒發他的情感，排律出現的次數最少，只有三首，可能是因為過

〔註2〕 周雅心：《陸游蜀中山水詩研究》，中海大學中國文學系碩士在職專班學位論文，2016 年 6 月，頁 83～97。
〔註3〕 周雅心：《陸游蜀中山水詩研究》，中海大學中國文學系碩士在職專班學位論文，2016 年 6 月，頁 97～104。

長的篇幅會讓描寫分散，陸游詩作中以排律體裁呈現的就比較稀少。
之所以大量使用七言律詩及古詩、樂府來描寫羹湯，第一個可能原因
就是篇幅長短，談到篇幅就必須要歸納羹詩的寫作時間，陸游的羹詩
多是他在退居山陰後才寫的，他在這時有更長的時間可以就他的文
體、風格、情感往下鑽研擴張，所以對詩人來說，較短的篇幅已經不
足以傳遞出他完整的情感，所以他選擇篇幅較長的七言律詩，律詩的
特性是在對仗和押韻上要求嚴謹，若是全以律詩表達可能會稍嫌呆
板，因此除了七言律詩之外，詩人也選用用韻及句數限制相對較寬的
古詩及樂府詩。

第一節　用字遣詞

　　陸詩內容相當淺顯易懂，詩人對於詰屈聱牙的用字並無偏好，而
陸游的羹詩中用字遣詞也是相當平易近人，這一點前人研究也有提出
相關看法：

> 事實上，宋詩本就具有「以俗為雅」的傾向，但這種特徵在
> 陸游詩歌中體現的非常明顯，他在《老學庵筆記》中認為：
> 「今世所道俗語，多唐以來入詩？」……同樣追求語言的
> 通俗，陸游的好友楊萬里在〈答盧誼伯書〉中提出「詩固有
> 以俗為雅，然亦曾須經前輩取熔，乃可因承爾？」的觀
> 點，……而陸游則毫不拘泥於此，他在寫飲食時候，直接
> 寫「六十日白最先熟」這類的日常話語，還常用諸如「兀
> 兀」、「元元」、「騰騰」之類的口語，如〈老甚自詠二首〉
> 之一中有「騰騰不許諸人會，兀兀從嘲老子癡」的詩句等
> 等。〔註4〕

宋代文人在創作上有以俗為雅的風氣，而陸游在作詩用字上也正是
運用了這樣的手法，而且比友人楊萬里更加的俚俗，上述試舉陸游的
詩作中常出現較口語化的用詞、疊字，由於陸游詩作中常記錄一些

〔註4〕節錄自溫雪茹：《陸游詩歌中的飲食書寫》，廈門大學中國古代文學碩
　　　士學位論文，2017 年，頁 134、135。

生活上的瑣事，在用字上若是選用較為罕見、拗口的字詞則易失卻原本真切的情感，有可能就是考慮到這一點，陸詩中並不太強調華麗詞藻。

　　雖然在本章開頭有提過比起愛國詩，陸游的田園詩雕琢較多，感覺似乎與上述相違背，但比起同時代的詩人，陸游的作品在語言風格上則匠氣較少，幾乎是用日常化、生活化的語言在寫詩，這裡所談田園詩的「雕琢」，是相對於陸游的愛國詩而言，因為愛國詩中包含陸游的磅礴壯志，彷彿一筆而就，渾然天成，這可能也與詩作中所包含的情感不同有關，愛國詩是迅速、敏捷的，事實上與愛國或邊塞相關題材的作品，除非是在哀輓、感嘆，否則步調通常不會太過緩慢，而田園詩則相反，田園的生活節奏不可能如同城市或如同軍旅一樣迅速，所以在作品的呈現中，會感覺舒緩，節奏放慢，在用字上就可以慢慢地調整。

　　用字通俗並不代表在詩作上陸游不在乎字詞的運用，他用字通俗卻不隨意，除了體會詩人的用字之妙，還能從他的詩作中，看到農家生活的一幅平和景象：

　　　　陸游還有「綠動連村麥，香吹到處梅」將綠色的視覺摹寫與嗅覺摹寫交錯，延伸了視覺畫面，顏色除了應用在環境的刻劃之上，色彩的運用同時也是詩人心情的反映，溫雅的心情容易為優美的色調所吸引，憂鬱的情緒自願為黯淡的色調所包圍，一切都是根據心理的活動來決定。……如〈岳池農家〉詩中：「泥融無塊水初渾，雨細有痕秧正綠。綠秧分時風日美，時平未有差科起。」詩中運用頂針修辭寫代表清新舒暢的「綠」色，反映當時農家一片豐收，自己心境平和愉悅，而「卷地黑風吹慘淡」一方面描寫恐怖多變的場景，一方面也表現當時詩人因為王炎解散幕府，理想又落空，故以「黑」來烘托黯淡的處境。〔註5〕

〔註 5〕節錄自周雅心：《陸游蜀中山水詩研究》，中海大學中國文學系碩士在職專班學位論文，2016 年 6 月，頁 102。

這篇論文雖是專門研究陸游在蜀地時寫的山水詩，但以上這一段也可以做為詩人在山陰時寫下的田園詩的剖析，提到了陸游常以顏色投射出他當下的心情，在羹詩中也可見其例：「爐紅豆萁火，糝白芋魁羹。」〔註6〕「菹有秋菰白，羹惟野莧紅。」〔註7〕等例陸游都運用較強烈的顏色對比，紅與白、赤與青，呈現出當下的生機勃勃，對比越是強烈的顏色，越能給人一種活潑、具有生命力的感覺，陸游以這樣的顏色來凸顯出他對於羹湯的喜愛。

　　除顏色之外，陸詩中常見多種摹寫交錯使用，關於摹寫的使用，會放在下面的修辭手法討論，這裡著重在詩人的心境。即使是相同的場景，仍會隨著詩人的心情而產生不一樣的變化，這是詩人將自己主觀的情感投射到景物上，萬物皆有情，若是詩人心中一派輕鬆，眼前看到的就是太平和樂；若詩人愁悶鬱結，心中出現的即是對於貧困生活的感嘆。

> 土床紙帳臥幽寂，枕上細聽城上更。榾柮燒殘地爐冷，喔咿聲斷天窗明。風霜欲透草茨屋，鹽酪不下薺糝羹。猶恨扶犁老無力，向來枉是請躬耕。〔註8〕

> 薺糝芳甘妙絕倫，啜來恍若在峨岷。蓴羹下豉知難敵，牛乳抨酥亦未珍。異味頗思修淨供，秘方常惜授廚人。午窗自撫膨脖腹，好住烟村莫厭貧。〔註9〕

這兩首詩都提到薺糝羹，而且寫作時間相近，同為開禧三年冬天所作，但兩首詩卻呈現出不一樣的情感，前一首〈霜夜二首　其二〉作

〔註6〕陸游著，錢仲聯校注：〈贈楓橋化城院老僧〉，《劍南詩稿校注》，卷十，頁838，節錄：「老宿禪房裏，深居罷送迎。爐紅豆萁火，糝白芋魁羹。……」

〔註7〕陸游著，錢仲聯校注：〈園蔬薦村酒戲作〉，《劍南詩稿校注》，卷三十，頁2042，節錄：「……菹有秋菰白，羹惟野莧紅。何人萬錢箸，一笑對西風。」

〔註8〕陸游著，錢仲聯校注：〈霜夜二首　其二〉，《劍南詩稿校注》，卷七十三，頁4050。

〔註9〕陸游著，錢仲聯校注：〈食薺糝甚美蓋蜀人所謂東坡羹也〉，《劍南詩稿校注》，卷七十四，頁4062。

於冬日，詩中透露出幽寂、寒冷之感，冷風可能透過縫隙吹進屋內，這時候詩人埋怨自己年歲已大，無力耕種，詩中的情感是較為沉悶的，有些自怨自艾，所以「鹽酪不下薺糝羹」被解讀為這時候詩人的薺糝羹無法有鹽酪搭配，當時鹽酪搭配羹湯可能為常態，所以只有羹湯而無鹽酪顯示出當時陸游的家庭狀況應當不是太好，負擔不起鹽酪。不過有一點比較特別，若是詩人心情較為愁苦、煩悶時寫下的羹詩，雖然哀嘆之情溢於言表，但詩人並不會表現在羹湯的味道上，最多是像這首詩一樣認為羹湯缺乏搭配的菜餚，太單薄，或者是家貧、無以為繼，而不是評論羹湯的味道。

第二首詩則是完全不同的感受，在第四章第二節有討論到薺糝羹即為東坡羹，首句「薺糝芳甘妙絕倫」寫出薺糝羹的美味，在表達心中的喜悅之時，詩人就會用味道來呈現，後面提到了蓴羹加上豆豉也是人間美味，勝過「牛乳抨酥亦未珍」，牛乳烹酥與前一首詩的鹽酪同屬於酪類，以牛奶或羊奶製成，這首詩裡薺糝羹以及蓴羹卻勝過牛乳酥，這就是因為詩人的心情不同，對於同樣的兩樣東西卻有截然不同的感受。

第二節　修辭手法

陸詩中常見摹寫、譬喻、對偶、類疊、頂針、轉化、映襯、引用……等，由於羹詩中律詩即佔了 99 首，對仗運用的次數頗多，而且相當工整，由於對仗屬於律詩的格式，在此不細談陸游使用對仗之因；在引用方面，陸游時常於詩中隱藏各種典故，不獨羹詩一種，羹詩中最常出現的為「蓴鱸之思」與「千里蓴羹」，前述都已略談，在此不贅談，本論文欲針對陸游羹詩中常見的修辭手法，如摹寫、映襯、譬喻、用典等做探討，特別是其出現在羹詩中所帶來的變化。

壹、摹寫

摹寫在飲食上最常出現視覺、嗅覺、觸覺和味覺的摹寫，可以從

食物的外型、香氣、觸感或味道深入，陸游的飲食詩是如此，而陸游的羹詩有對於觸覺及嗅覺摹寫很少，大部分是味覺及視覺。

　　視覺摹寫常出現在詩人運用對比手法來襯托出羹湯的顏色，這在上一段〈用字遣詞〉中有略提過，顏色的對比會上詩中產生生機與趣味，不同顏色給人不一樣的感受，羹湯的顏色都是偏向淺色、亮色，這代表詩人在啜飲羹湯時的心情是愉悅的：

> 雲岫翻孤鶴，烟汀渺斷鴻。一從生白髮，幾見落丹楓。獨立中庭月，敲眠滿院蛩。藜羹晨糝白，薪火夜爐紅。物外緣雖薄，塵中念已空。放魚從長者，累塔伴群童。〔註10〕

> 雨聲疏復密，窗影暗還明。赤米香炊飯，青蔬淡煮羹。閑中長棋格，病後減詩情。惟有桑麻事，鄰翁與細評。〔註11〕

這兩例再加上前面有提過的「爐紅豆茸火，糝白芋魁羹。」、「菹有秋菰白，羹惟野莧紅。」一共四例，可以看出糝羹多為白色，而菜羹則多為青色、紅色，這是由於食材顏色的不同所導致的，陸游實際寫出了這些羹湯的顏色，除了透露他的心情之外，顏色也是食材新鮮的象徵，陸游在飲食上幾乎都是以當季、當地的食材為主，不會刻意追求山珍海味或是非當季的食物，所以他飲食詩中出現的五穀雜糧、蔬菜水果、雞鴨魚肉等都是貼近日常生活的，詩人對於自然生活的親近由此而生，自然中的顏色是相當多樣化的，與詩人放鬆自適的心情互相交映，呈現在詩作之中。

　　味覺摹寫在羹詩中其實佔摹寫修辭的多數，因為詩人並不會將負面的情緒反應在羹湯的味道上，他筆下的羹湯都是味美的，不論加糝與否，是否有鹽酪，都不會影響詩人啜飲羹湯的心情，陸游會以顏色、景象等等表現出他的煩悶，卻幾乎不會將這樣的心情帶到食物上面，這是較為罕見的，可能在詩人看來，飲食是一片淨土，一種更高層次的心靈追求，因此不該被外在事物或個人心情所汙染。

〔註10〕陸游著，錢仲聯校注：〈秋夕排悶十韻〉，《劍南詩稿校注》，卷八十四，頁4515。

〔註11〕陸游著，錢仲聯校注：〈秋雨〉，《劍南詩稿校注》，卷五十八，頁3367。

香分豆子粥，美啜芋魁羹。猶勝梁州路，蒙氈夜下程。〔註12〕

挂冠湖上遂吾初，捫腹消搖適有餘。羹煮野蔬元足味，屋茨
生草亦安居。〔註13〕

這三首詩是與味覺摹寫較有關連的，為第一首是用「美」來形容芋
魁羹的味道，有些籠統，這樣的用法在羹詩中不算少見，因此不一
一談；第二首是菜羹的味道是足的，這裡的足可能是指菜羹中保有
這些野菜的原味，因此在啜飲羹湯時可以清楚地品嘗出野菜真實的
本味。

貳、映襯

陸游羹詩中的映襯並非單純以羹湯的外觀等來呈現，諸如「朱
門莫羨煮羊腳，糲食且安羹芋魁」〔註14〕這般將羊腳與芋魁羹互相
對比的手法並不常見，主要是出現在現實與心態上的差異，陸游在
山陰的生活並不算富裕，甚至有些時候出現三餐不繼的情況，他的
羹詩中也時常可以看到對於生活困境的描寫，但只要一談到羹湯，
所有的煩惱一掃而空，先詳實描寫困境，再帶出羹湯給詩人帶來的療
癒與超脫，是羹詩中常出現的情況。羹詩中的對比並不算強烈，它的
映襯是稍顯淺淡的，因為詩人並不是為了要反映出現實的殘酷，他
在羹詩中要表現的是外在環境與內在心理的差異，呈現出較為細膩
的情感變化。

〔註12〕陸游著，錢仲聯校注：〈春雨〉，《劍南詩稿校注》，卷七十五，頁 4098，
全詩為：「春陰不肯晴，春雨斷人行。慘澹柴荊色，蕭條雞犬聲。香
分豆子粥，美啜芋魁羹。猶勝梁州路，蒙氈夜下程。」

〔註13〕陸游著，錢仲聯校注：〈新晴二首 其二〉，《劍南詩稿校注》，卷六十
五，頁 3700，全詩為：「挂冠湖上遂吾初，捫腹消搖適有餘。羹煮野
蔬元足味，屋茨生草亦安居。市壚分熟通賒酒，鄰舍情深許借驢。更
喜新晴滿窗日，籤題重整一牀書。」

〔註14〕陸游著，錢仲聯校注：〈示諸孫〉，《劍南詩稿校注》，卷五十五，頁
3253，全詩為：「蝸舍鶉衣老可哀，衰顏時為汝曹開。朱門莫羨煮羊
腳，糲食且安羹芋魁。家塾讀書須十紙，山園上樹莫千回。但令學業
無中絕，秀出安知有後來。」

　　詩人在羹詩中所使用的映襯是以兩者不同的情境與心境來襯托：

　　炎曦赫赫尚餘威，冷雨蕭蕭故解圍。號野百蟲如自訴，辭柯
　　萬葉竟安歸。芼羹菰米珍無價，上釣魴魚健欲飛。散吏何功
　　霑一飽，高眠仍聽搗秋衣。〔註15〕

　　寂寂江村數掩籬，吾廬又及素秋時。橫林未脫色已盡，孤鳥
　　欲棲鳴更悲。小釜蓴羹初下豉，矮瓶豆粉正燃萁。為農幸有
　　家風在，百世相傳更勿疑。〔註16〕

以此二首為例，羹湯剛好都出現在第三聯，而前兩聯皆給人一種幽
寂、悲戚的感覺，詩人用冷、蕭蕭、秋、盡、孤、悲等字塑造出外在
環境的景象，是寂寞悲涼的，讓人不自覺產生一股寒意，但都在第三
聯出現轉機，芼羹與蓴羹雖然是較為普通的羹湯，在詩人眼裡卻是珍
貴無價的，喝完羹湯後身體和心理都感覺到飽足感，彌補原本外在現
實帶來的空虛，因此陸游得以高眠無憂，甚至轉念認為自己辭官歸鄉
並非壞事，因為他能有更多的空閒琢磨其他事物，而非在官場上勞碌
奔波。這兩首詩藉由羹湯串聯，帶出陸游在啜飲羹湯前後的不同心
境，兩種心境給人的感覺截然不同，原本低沉的心情被羹湯所平復，
才轉向較為正面積極的態度。

參、譬喻

　　對於陸游飲食詩中的比喻，《陸游飲食詩歌研究》中有略提到：
「在陸游的詩歌中，運用比喻修辭手法的詩句俯拾皆是。他運用生動
形象的語言將本體和喻體通過把一件事物化成另一件事物而了解它，
得以將抽象事物變得具體，或把深奧的道理變得淺顯易懂。」〔註17〕
這是以陸游的飲食詩整體而言的看法，羹詩中的譬喻修辭用的大多為
較淺白，比喻羹湯為八珍一樣的佳餚或甘美的味道，當然比較特別的

〔註15〕陸游著，錢仲聯校注：〈秋雨初晴有感〉，《劍南詩稿校注》，卷二十五，
　　　　頁1789。
〔註16〕陸游著，錢仲聯校注：〈農家〉，《劍南詩稿校注》，卷七十七，頁4219。
〔註17〕改寫自溫雪茹：《陸游詩歌中的飲食書寫》，廈門大學中國古代文學
　　　　碩士學位論文，2017年，頁28。

還有將治國之道融入於羹湯之中。

> 老子堪咍老轉癡，幽居喜及早寒時。芋魁加糁香出屋，菰首
> 莼羹甘若飴。〔註18〕

詩人用「甘」字來形容莼羹，可以是指味道的甘美或者是因為心情而影響到羹湯的味道，讓詩人覺得羹湯嘗起來味道甘甜如同飴糖一樣，宋代雖然糖類的來源增加了，但對於普通農村來說，甜味的來源仍然較為缺乏，陸游不追求真正的甜味，莼羹給他心理上的甜味就已經讓他心滿意足了。

> 武丁命傅說，治國如和羹。天亦命放翁，用此以養生。抑過
> 補不足，輔相其適平。千歲汝自有，不必師廣成。〔註19〕

這一首詩寄託了陸游的政治理念，治國之道有如和羹之法，而又與養生之方有關，所以陸游不只把和羹一事與放到政治層面，也放到健康層面來看和羹之法，以和羹為比喻就是看中一個「和」字，不管任何事情都講求調和，君臣和、天地和、人與自然的相處都是此種關係，以羹湯比喻是羹詩中常出現的譬喻手法。

肆、用典

不只是羹詩，在其他風格的詩作中陸游都大量引用典故，而且大部分為暗引，並不明說，一句話之中可能包含兩到三種不同的典故，由此也可以得知詩人的博學強記，對於古籍的涉獵廣泛，又有深厚的文學涵養。

> 《劍南詩稿》中最常出現的典故便是張季鷹的「鱸莼之思」
> 了，……陸游的詩歌中常常引用此典，如〈自小雲頂上雲頂
> 寺〉中的「故溪歸去來，歲晚思鱸莼」，〈遣興二首〉中的「宦
> 遊歸自好，不必為莼鱸」，〈秋思〉中有「信步出門湖萬頃，
> 季鷹不用憶莼鱸」，〈初夏二首〉中有「櫻筍久忘晨入省，莼
> 鱸猶喜老還鄉」……等等，可見對陸游而言，無論在朝還是

〔註18〕陸游著，錢仲聯校注：〈幽居〉，《劍南詩稿校注》，卷十三，頁1082。
〔註19〕陸游著，錢仲聯校注：〈養生〉，《劍南詩稿校注》，卷四十八，頁2925。

　　在野，為官還是為民，歸鄉始終是一個困擾的問題。他居廟
　　堂之高時，就會發蒪鱸之思，渴望歸鄉，可真正返鄉，處江
　　湖之遠，又有未竟雄心慷慨意氣難以平息。〔註20〕

羹詩之中最常見的典故也是蒪鱸之思，引用晉代張翰的典故，代表陸
游欲回歸鄉里、遠離官場紛擾的想法，蒪羹的典故並不只出現在陸游
當官時的作品中，事實上在陸游返回山陰之後，他筆下的蒪羹只多不
少，只是在這時候蒪羹已經不單是辭官歸鄉的意義，同時也是山陰的
地方特色，如「長絲出釡蒪羹美，白雪翻匙稻飯香。」〔註21〕、「蒪
菜煮羹吳舊俗，竹枝度曲楚遺辭。」〔註22〕等，屬於當地特產以及風
俗，因此這時候辭官歸隱的意義就逐漸變淡了。

　　除了蒪羹鱸膾，本篇論文的第五章第三節也曾提過千里蒪羹，出
自《世說新語》，分別以羊酪與蒪羹代表南北兩地的美食；引用蘇軾
寫過的〈東坡羹頌〉來比喻羹湯，學習蘇東坡在飲食中體會的人生哲
理，這些都是在陸游的羹詩中較為常見典故。

第三節　用韻美感

　　陸游的羹詩多為律詩或絕句，共有119首，因此特別講究對仗、
平仄以及押韻，雖然宋詩的音樂性比不上宋詞來的高，但詩還是可以
頌讀，對音樂性仍有講究，而這樣的音樂性則體現在用韻上，經過統
計，羹詩中共用了27種韻，其中以庚韻最多，依次是魚韻、真韻和
東韻，以及其他數量較少的韻，這些數據是以絕句以及律詩為統計對
象，陸游的羹詩雖然也有古詩或樂府詩的體裁，但古詩及樂府詩可以
換韻，因此在這裡不會列入重點研究。

〔註20〕溫雪茹：《陸游詩歌中的飲食書寫》，廈門大學中國古代文學碩士學位
　　　　論文，2017年，頁138、139。
〔註21〕陸游著，錢仲聯校注：〈村居書事二首　其一〉，《劍南詩稿校注》，卷
　　　　五十，頁3011。
〔註22〕陸游著，錢仲聯校注：〈石帆夏日二首　其二〉，《劍南詩稿校注》，卷
　　　　六十二，頁3535。

表 6-2　羹詩押韻統計　共 164 首

聲	上平聲					
韻	一東	二冬	四支	五微	六魚	七虞
數量	10	2	8	3	14	4
比例	6.3%	1.3%	5%	1.9%	8.8%	2.5%
聲	上平聲					
韻	八齊	十灰	十一真	十三元	十四寒	十五刪
數量	5	4	12	8	3	2
比例	3.1%	2.5%	7.5%	5%	1.9%	1.3%
聲	下平聲					
韻	一先	三肴	五歌	六麻	七陽	八庚
數量	9	1	3	2	9	39
比例	5.7%	0.6%	1.9%	1.3%	5.7%	24.7%
聲	下平聲			去　聲	上　聲	
韻	十蒸	十一尤	十四鹽	六御	二十六寢	
數量	1	1	2	1	1	
比例	0.6%	0.6%	1.3%	0.6%	0.6%	
聲	入　聲				其　他	
韻	三覺	十藥	十三職	十五合	換韻	
數量	1	3	1	1	8	
比例	0.6%	1.9%	0.6%	0.6%	5%	

以上詩羹詩的總體統計，以押庚韻的羹詩最多，而陸游的詩作有分期，對於陸游不同時期的羹詩也有做相關的統計研究，惟陸游的第一期（1143～1172）羹詩只有五首，而各押不同的韻，較難以做研究探討。

表6-3　第一期羹詩押韻統計　共5首

聲	上平聲	下平聲		入　聲
韻	八齊	五歌	八庚	十五合
數量	1	1	2	1
比例	20%	20%	40%	20%

　　第二期（1172～1189）的羹詩有27首，對於韻部的運用較第一期明顯，以庚韻和魚韻最多，因此若要探討陸游的羹詩較常用的韻應當從第二期開始研究起。

表6-4　第二期羹詩押韻統計　共27首

聲	上平聲						
韻	一東	二冬	四支	五微	六魚	七虞	十一真
數量	2	1	2	2	3	1	1
比例	7.4%	3.7%	7.4%	7.4%	11.1%	3.7%	3.7%
韻部	下平聲					去聲	入聲	其他
韻	一先	六麻	七陽	八庚	十一尤	六御	十藥	換韻
數量	1	1	1	6	1	1	1	3
比例	3.7%	3.7%	3.7%	22.6%	3.7%	3.7%	3.7%	11.1%

　　第三期（1189～1209）則是詩人歸隱山陰後，這時期的羹詩占了大多數，共有127首，詩人在這時候過的是較為純樸的農村生活，作品中也真實反映他的生活情況，這一期他以閑適的田園詩居多，羹詩的數量也較前兩期多了許多。

表6-5　第三期羹詩押韻統計　共132首

聲	上平聲					
韻	一東	二冬	四支	五微	六魚	七虞
數量	8	1	6	1	11	3
比例	6.3%	0.8%	4.7%	0.8%	8.7%	2.4%

聲	上平聲					
韻	八齊	十灰	十一真	十三元	十四寒	十五刪
數量	4	4	11	8	3	2
比例	3.1%	3.1%	8.7%	6.3%	2.4%	1.6%
聲	下平聲					
韻	一先	三肴	五歌	六麻	七陽	八庚
數量	8	1	2	1	1	31
比例	6.3%	0.8%	1.6%	0.8%	0.8%	24.2%
聲	下平聲			上　聲		
韻	十蒸	十一尤	十四鹽	二十六寢		
數量	1	1	2	1		
比例	0.8%	0.8%	1.6%	0.8%		
聲	入　聲			其　他		
韻	三覺	十藥	十三職	換韻		
數量	1	2	1	8		
比例	0.8%	1.6%	0.8%	3.9%		

透過表格統計會發現在四聲上，詩人較常使用平聲勝過其餘三聲，而第二期與第三期的押韻比例區別不大，可以一同探討，押韻除了讓詩作帶有不同的韻律之外，對於作品中的情感也有所影響，以下會探討不同押韻對於羹詩有何影響，以占比最高的庚韻、魚韻、真韻和東韻為主，這四種韻在羹詩中都各自超過十首，應當足以作為羹詩用韻的代表。

壹、下平聲八庚韻

　　押庚韻的羹詩共有 39 首，在羹詩中此韻使用的次數最多，王易認為：「庚梗振厲。」〔註23〕押庚韻的作品透露出一股由下往上的情感變化，以陸游的羹詩為例，詩作一開始的情緒是低沉或者鬱悶的，

〔註23〕王易著：《詞曲史》，臺北：廣文書局，1997 年，頁 283。

而後情緒才漸漸被拉起：

> 筮雨雲低未放晴，閉門作病憶閑行。攝衣丈室參耆宿，曳杖
> 長廊喚弟兄。飽飯即知吾事了，免官初覺此身輕。歸來更欲
> 誇妻子，學煮雲堂芋糝羹。〔註24〕

> 谿友留魚不忍烹，直將蔬糲送餘生。二升畬粟香炊飯，一把
> 畦菘淡煮羹。莫笑開單成淨供，也能捫腹作徐行。秋來更有
> 堪誇處，日傍東籬拾落英。〔註25〕

> 受廛故里老為氓，三十餘年學養生。倩盼作妖狐未慘，肥甘
> 藏毒酖猶輕。忠言何啻千金藥，赤口能燒萬里城。陋巷藜羹
> 心自樂，傍觀虛說傲公卿。〔註26〕

這三首詩都是押庚韻，有陸游第二期也有第三期的作品，詩中呈現出
較為祥和、平靜、詩人欲積極面對生活的冀望，或者是辭官後的解脫
感，有種「無事一身輕」的超脫，為了要表現出情感上的變化，陸游
在這三首詩裡選擇押庚韻，讓詩中的語調由低沉轉為輕快向上。

　　經過整理發現有許多押庚韻的羹詩都是因為在內容中詩人以羹
湯來結尾，讓押庚韻的作品數量佔多數，但這只是其中一個結果，羹
湯一詞能放在句首、句中或句尾，陸游選用庚韻作為羹詩的主要押韻
還有其他的原因，除了前段他為了讓詩中情感出現轉折這個因素之
外，押庚韻的作品也體現出「詩可以興，可以觀，可以羣，可以怨」
〔註27〕的特色，主要是「興」這一方面，陸游藉由羹詩來抒發自己的
心志，雖然受到現實的挫折，但他並未對他的人生感到絕望，那些挫
折讓陸游的詩作中更添了無聲的嘆息。

〔註24〕陸游著，錢仲聯校注：〈飯飽福〉，《劍南詩稿校注》，卷七，頁575。
〔註25〕陸游著，錢仲聯校注：〈山居食每不肉戲作〉，《劍南詩稿校注》，卷二
　　　　十一，頁1619。
〔註26〕陸游著，錢仲聯校注：〈養生〉，《劍南詩稿校注》，卷四十三，頁2666。
〔註27〕朱熹撰：《四書章句集注》，高雄：復文圖書出版社，1990年9月初
　　　　版，《論語集注・陽貨第十七》，頁178，全文為：「子曰：『小子！何
　　　　莫學夫詩！詩可以興，可以觀，可以羣，可以怨；邇之事父，遠之事
　　　　君；多識於鳥、獸、草、木之名。』」

《老子‧第十六章》：「致虛極，守靜篤。萬物並作，吾以觀復。」〔註28〕萬物變化是一個循環過程，在這樣的循環中達到平衡，回歸本來的面貌，陸游在寫下羹詩的心態也是如此，經歷過許多波折後陸游回到自己的家鄉，在這裡詩人感到最大程度的放鬆，他也有餘力放空自己的內心，讓自己重新開始，就由這樣的行為來避免被一連串的挫敗壓垮。

貳、上平聲六魚韻

押魚韻的作品共有 14 首，王易：「魚語幽咽。」〔註29〕押魚韻的詩作情感會較深重迴蕩，「書」、「初」、「蔬」、「疏」、「餘」等字皆押此韻，陸游羹詩中押魚韻的作品有兩大特色，一為體裁，二為詩中透露出孤獨之意。

首先為詩人在體裁上的選擇，14 首作品中體裁為古詩或樂府的就有 8 首，超過半數，要表現出幽怨深長的情意，篇幅就要稍長一些，才能有更多的餘裕讓詩人揮灑；而這些押魚韻的詩作中，有個共同點就是皆透露出一股孤獨感：

> 徐子作別十年餘，無人可寄一紙書。閑門美睡畏剝啄，自怪一念常關渠。西風蕭蕭吹槁葉，秋光正滿蝸牛廬。讀書易倦出無友，撫几惝恍空愁予。〔註30〕

> 兩年失微祿，始覺困羈旅。傾身營薪米，得食已過午。人觀不堪憂，意氣終自許。藜羹若大庖，草廬如萬礎。平生師顏原，本自蔑晉楚。悠然臥北窗，殘燈翳還吐。〔註31〕

> 歲盡霜雪稠，相望僵萬木。天豈私梅花，獨畀此芬馥。高標

〔註28〕王弼等著：《老子四種》，臺北：大安出版社，2006 年 2 月，一版三刷，頁 13，〈十六章〉，節錄：「致虛極，守靜篤。萬物並作，吾以觀復。夫物芸芸，各復歸其根。」

〔註29〕王易著：《詞曲史》，臺北：廣文書局，1997 年，頁 283。

〔註30〕陸游著，錢仲聯校注：〈寄徐秀才斯遠并呈莊賢良器之〉，《劍南詩稿校注》，卷三十，頁 2057。

〔註31〕陸游著，錢仲聯校注：〈獨夜〉，《劍南詩稿校注》，卷四十三，頁 2669。

　　我自有，何憾老空谷。人言和羹實，晚或參鼎餗。哀哉世論
　　卑，汙我塵外躅。誰能渻被之，寫真配修竹。〔註32〕

這三首詩作透露出詩人的孤獨，他內心有相當崇高的志向，但無人了
解、無人與他心意相通，因此嶷然獨立，如同一株挺拔的翠竹，這樣
的孤獨並非全然壞事《莊子・在宥》：「出入六合，遊乎九州，獨往獨
來，是謂獨有。獨有之人，是謂至貴。」〔註33〕莊子認為一個孤獨的
人，因為不合群，反而可以充實他的內在，而不是和一群人同聲共氣，
這樣孤獨的人才是真正可貴之人。陸游的孤獨與莊子的理念較為相
像，別人認為陸游在這樣貧困生活中應該是煩憂的，但因為詩人心中
自有志氣，他在塵世中曾經希望可以找到志同道合的好友，可惜現實
中很少有人能理解陸游的政治理念，於是詩人退回他的家鄉，開始追
求自己的內在，在山陰時他已經不強求有人能和他一樣，有遠大的理
想，「修身、齊家、治國、平天下」〔註34〕四個層次中，既然已知治
國及平天下的高度不可及，那他便退而求其次，繼續深造自己，修身
及齊家成為詩人在詩中情感的主要追求。

參、上平聲十一真韻

　　押真韻的詩作有 12 首，王易：「真軫凝重。」〔註35〕押真韻及軫
韻的作品情感會較凝重、收斂，通常是抒情，而且抒發的情感並不算
是輕快，「新」、「淳」、「親」、「貧」等字皆押此韻，如果說魚韻表現出
的是幽靜，真韻表現的愁苦之情則較魚韻濃厚：

　　哀哉末俗去古遠，斲喪太朴澆全淳。豆羹簞食輒動色，攘竊

〔註32〕陸游著，錢仲聯校注：〈歲暮雜感四首　其三〉，《劍南詩稿校注》，卷
　　　　四十九，頁 2946。
〔註33〕莊子著：〈在宥〉，《莊子集釋》，河洛圖書出版社，1974 年 3 月一版，
　　　　頁 981。
〔註34〕朱熹撰：《四書章句集注》，高雄：復文圖書出版社，1990 年 9 月初
　　　　版，《大學章句》，頁 3，原文為：「物格而後知至，知至而後意誠，
　　　　意誠而後心正，心正而後身修，身修而後家齊，家齊而後國治，國治
　　　　而後天下平。」
〔註35〕王易著：《詞曲史》，臺北：廣文書局，1997 年，頁 283。

乃至忘君親。錙銖必先計利害，詎肯冒死求成仁。不欺當從
一念始，自古孝子為忠臣。〔註36〕

踽踽蝸廬迍，蕭條鶴髮新。途窮貧入夢，身老病欺人。帶索
忘三組，羹藜抵八珍。蓬窗一杯酒，自覺膽輪囷。〔註37〕

先生經旬甑生塵，藜羹不污白氈巾。魯連敢謂天下士，摩詰
要是山中人。溪從灘瘦愈刻厲，山自木落增嶙峋。雲重惟愁
雪欲作，梅花忽報一枝春。〔註38〕

第一首是陸游第二期的作品，作於淳熙十四年，詩人在這時候他的愛
國壯志已經被澆熄不少，連皇帝也親口勸陸游莫要再言收復之事，詩
中的「哀」就是對國家、對朝廷、對整個社會之哀，他認為堯舜當時
的風俗已經完全被遺忘，以前是連整個天下都可以拱手讓予賢哲之
人，然而現在的人卻為了一點蠅頭小利就錙銖必較，不肯為國犧牲，
其實這一首詩是詩人以此來諷刺那些在他看來出賣國家的主和派，因
此詩中的情調較凝重。

　　第二和第三首是陸游第三期的作品，相較起第一首，這兩首詩偏
重在陸游的個人生活上，他的外在是貧困的，而且多病纏身，但他的
心態顯然相當自適放鬆，因為詩人內在心理比外在還要充實，不為外
物所動，簡單粗陋的藜羹在他眼裡是一道佳餚，他用羹湯來調整自己
的心態，轉變原本真韻的低沉，第三首末句有詩人以前寫過「柳暗花
明又一村」的異曲同工之妙。

肆、上平聲一東韻

　　押東韻的作品剛好 10 首，東韻為上平聲第一韻，開口最大，聲
音最響，王易：「東董寬洪。」〔註39〕押東韻的詩作有一種大開大合

〔註36〕陸游著，錢仲聯校注：〈感寓〉，《劍南詩稿校注》，卷十九，頁 1512。
〔註37〕陸游著，錢仲聯校注：〈薄醉遣懷〉，《劍南詩稿校注》，卷二十九，頁
　　　　2021。
〔註38〕陸游著，錢仲聯校注：〈連陰欲雪排悶〉，《劍南詩稿校注》，卷五十五，
　　　　頁 3239。
〔註39〕王易著：《詞曲史》，臺北：廣文書局，1997 年，頁 283。

的氣勢，比押其他韻的作品要來的直截了當，常出現反問、感嘆類的語句，以陸游的羹詩而言，有一種腳踏實地的灑脫。

> 身入今年老，囊從早歲空。元無擊鮮事，常作啜醨翁。菹有秋菘白，羹惟野莧紅。何人萬錢筯，一笑對西風。〔註40〕

> 一生病鶴寄樊籠，此去鴻冥萬里空。未論蓴羹與羊酪，新秔要勝太倉紅。〔註41〕

> 微官那得繫疏慵，幽興渾如社酒濃。掃盡塵埃無一點，洗空幻翳有千重。百年到處俱羈客，萬里從來付短筇。身在有餘真妙語，杯羹何地欠秋菘。〔註42〕

通常提到詩人灑脫的情懷，都會認為超然脫俗、獨立於塵世之外，但陸游的灑脫卻建立於現實生活上，辭官之後有如籠中鳥飛向天際，有廣大的天空在等著他，因此他是快意的，掙脫了一直以來禁錮著他的枷鎖，不用勉強自己去迎合他人，忘卻自己的本心，甚至無法好好體會生活，是遠遠比不上歸鄉之後感受到的幽興。陸詩中的灑脫始終與現實生活有關，他「一笑對西風」是因為眼前的食材，鹹菜、野莧羹、秔米等，皆為農家常見的菜餚，這些普通的食物就讓詩人心滿意足，除了果腹之外也能體會其中的滋味之妙，那何必像貴族一般一頓飯花費不斐，若有新鮮蔬菜自然很好，若無也可，是一種隨遇而安的心境。

押東韻的作品因為開口程度及響度的關係，有一種宣告的意味，在語氣上是比較強烈的，除了告訴別人，也用來提醒自己，不用再留戀當一個小官的嚮往，退一步，轉個彎，可以得到一整片天空。

本章節分別從用字、修辭及押韻上分析陸游的羹詩，藉由選擇不同的字詞、修辭技巧以及押韻，詩人可以以羹湯表現出不同情感，這

〔註40〕陸游著，錢仲聯校注：〈園蔬薦村酒戲作〉，《劍南詩稿校注》，卷三十，頁2042。

〔註41〕陸游著，錢仲聯校注：〈致仕後即事十五首　其六〉，《劍南詩稿校注》，卷三十九，頁2491。

〔註42〕陸游著，錢仲聯校注：〈幽興〉，《劍南詩稿校注》，卷五十四，頁3171。

是陸游的作品一大特色，誠然陸游的詩作數量為詩人之最，但也曾被人詬病「放翁為文多富，而意境實少變化。古來大家，心思句法，複出重見，無如渠之多者」〔註43〕認為許多作品的意境太相似，陸游整體詩作如何暫且不提，但至少在本篇論文所談的羹詩的範圍中，情感的重疊性並不會太高，反而是各有各的妙處，以不同的手法呈現出羹湯給陸游帶來的不同感受，同樣也藉著羹湯來緩和他的心情。

〔註43〕錢鍾書著：《新編談藝錄》，中華書局，1984 年，頁 125、126。

第七章 結 論

　　宋代可以說是文化發展最繁盛的時代，眾多文人開始將目光移到飲食上面，創作上有「以俗為雅」的風氣，飲食的描寫有賴於飲食文化的發達，這樣的文化不只影響出現在都市，也傳播到農村，陸游所處的時代剛好位於南北宋交界，主戰與主和派紛爭不休，陸游是主張北伐復國的，但朝廷官員卻以主和居多，因此陸游無法施展他的抱負，在官場上一無所得、飽受排擠之後，陸游回到老家，但這時候他的心裡落差定是相當大的，因此陸游在這時候就需要調整自己的心態，讓自己不要陷入在自怨自艾中。

壹、三種境界

　　陸游的羹詩多半是出現在他返歸山陰的這二十年間，按陸游作品分期而言當屬第三期，他以羹湯來調整他的心境，讓失落感與挫折感不會進一步摧毀他，治療身體也重新讓他的心靈得到解脫。

　　陸游的羹詩按照食材種類可以分為五穀羹、菜羹、肉羹及其他，其中以菜羹佔據半數，可以推斷陸游在山陰的生活中比較常吃菜羹，可能是有現實環境因素或者是為了身體養生，肉羹的比例是遠遠不及菜羹，而五穀羹與其他類加總也沒有菜羹的多。在羹詩中最常見的菜羹是藜羹以及蓴羹，藜羹中隱含孔子困於陳蔡的典故，代表詩人安貧樂道的孔顏之樂；蓴羹則是詩人在仕途與歸鄉之間拉扯，所產生的衝

突與矛盾，以及他最後的選擇。

羹詩內容大約可以分為四種主題，食物本味、歸鄉之思、政治理念以及平淡生活，這樣的主題安排剛好是由外到內，從最簡單直接的食物滋味，往內談到了陸游在選擇歸鄉時的幽思，再討論到詩人以羹湯來表達他的政治期待，最後是他精神的昇華，達到與自然合而為一的層次。除了內容主題之外也有研究到羹詩的藝術特色，包掛體裁、修辭以及押韻，統計之後會發現在押韻這一部分的分期並不明顯，詩人最常用到的是庚韻，幾乎每一期佔大多數的都是下平聲八庚韻，這些作品藉由庚韻的特色來讓詩中情感由原本的低沉逐漸往上，起到了「轉」的作用，讓心態改變，意境擴大，進入老子所言：「致虛極，守靜篤」的精神所在。

綜觀整篇論文，可以從三種境界來對陸游以羹湯來療癒自身做總結：

第一為最簡單淺顯的治療身體，具體常見於詩人的養生之作，陸游的羹詩中有一類為藥膳羹，他將藥膳，如枸杞加入羹湯中，這是最明顯的例子，而其他的羹湯可以從材料中發現，有些有藥用的功能，如菜羹類，其餘羹湯可能並沒有枸杞羹那樣的直接，但在羹湯中確實可見詩人對於自己身體的養生之法，羹湯可以養身這樣的說法有不少人對此報以肯定的態度，由於羹湯屬於薄糊、濃稠狀，適合年紀較大的長者或者消化不是很好的人，尤其是病人食用，陸游就屬於這兩類人，他的作品有許多為病中作，考慮到陸游當時的年紀，就不意外為何陸游在飲食上會偏重羹湯了。

第二境界是掙脫理想的枷鎖，這一境界體現出陸游矛盾的心理，雖身在民間卻未敢忘記國事，陸游在歸隱後的作品並不只侷限於山水田園的閑適詩，還是保有許多愛國之作，從文字上來看，描寫過往戰事的作品毫無疑問為愛國詩無疑，但有些表面上為閑適，實際則透露出詩人的報國之心，這才是陸游被稱為「愛國詩人」的主要原因。陸游始終未曾忘記自己「儒者」的身分，在歷經磨難後，他也許有看

淡，但從未放棄，他在飲食中體味到趣味，所以讓自己得到精神上的
解脫，他願意逐漸放下心中的大石，減少心理負擔，近一步走向最後
也是最高的境界，這也是宋型文化的特徵之一，強調文人的自省、議
論、用字淺淡、從生活細節中發現樂趣，陸游正是藉由這些舒緩自己
內心的掙扎與憤懣，從現實生活走向精神層面。雖然在本論文第四章
第二節提到蒪羹有儒者求道之味，但經過對內容的推斷，「儒者求道
之味」的重點應在於「求道」，這就屬於下面要談的第三境界，也是詩
人一直在追尋的大道。

　　最後也是最高的境界為是藉由羹湯來讓自己與自然合而為一，
這是一種天人合一的概念，談這樣的概念之前要先理解陸游自身的
轉變，雖然陸游辭官歸鄉，但在山陰的日子裡他並未放下書本，只是
這時候他讀書的目的不在求官，可能有充實自身、回憶過往、留下家
訓等原因，功利之心已經削減不少，晚年陸游追求的是「修身」與「齊
家」兩層次，著重在自身讓陸游可以更深層的挖掘自我，陸游的羹詩
已經進入到這最高的境界。

　　儒者的求道在於其真味、本味，以陸游的羹詩看來，他將最新
鮮、當季的野菜加入羹湯之中，不多加調味，就是為了要品嘗到食物
的原始味道，他在羹詩裡找到了大道，療癒自己並且能讓他與自然和
平相處的大道。

　　不難理解陸游為何需要轉變想法，慰藉自己的心靈，他在辭官後
內心有強烈的落差感與失落，若是無法好好調整心態那他往後的日子
會在憤憤不平中度過，幸好陸游並不是會鑽牛角尖的人，他利用飲食
詩來寄託自己的心志，追求心理的平靜自適，一步一步讓自己體會到
人生的樂趣。

　　本論文將羹湯分類，並以不同類羹湯加以向下分析，詩人除了
品嘗的羹湯種類繁多之外，他在羹詩中傳遞許多想法，簡單易懂的味
道、尚懷有希望的政治理念、辭官返鄉的惆悵以及對平淡生活的嚮
往，羹湯不僅是一碗純粹的羹湯，陸游在飲下羹湯時，心裡想的可能

是實現自己的抱負或者期許自己可以徜徉於自然之中，這是詩人最深的期待，因此本篇論文選擇羹詩作為研究材料，因為裡面的羹湯可以反映出心情變化，甚至可以適時的抬高詩人原本低落的心境，達到緩和情緒的目的。

貳、未來研究方向

從羹詩來看陸游的自我治療，是一個較新的觀點，前人研究大部分著重在飲食詩整體，並沒有側重於羹湯一類，然而文學上羹湯的寄託淵遠流長，可以深究的部分還有很多，然受限於本篇論文的篇幅，只能就詩人在羹湯的自我療癒上做簡單研究。

本篇論文雖以陸詩作為研究範圍，將來更希望能將研究範圍拓展到其他類文學作品，從文學的各方面來研究，可以得知羹湯在不同作品中的定位，以陸詩來說羹湯對詩人而言是一種療癒之道、精神解脫，他也藉由一些養生運動、飲食方式，讓自己的情緒得到抒發，不同文學在羹湯的描寫會有不同，這是一個值得深入研究的方向。

若要繼續針對陸游人生中的療癒之道可以研究的部分，羹湯療癒的不只是他的心靈，晚年的陸游是貧病交加，可以從作品中了解他是如何在飲食上調理他的身心，讓他能走向更高的境界，將療癒這個主題從飲食擴大到其他方面，進一步檢視他的生活，探析陸游晚年的養生之方。

除養生之法，將來還可以針對不同文人筆下的羹詩作比較研究，如北宋的梅堯臣與蘇軾，他們二人在飲食詩上也有相當大的建樹，有前人研究過他們的飲食作品，但仍可以將他們的飲食之作與陸游互相比較；或將範圍侷限在羹詩之上，除了梅堯臣與蘇軾，尚有北宋的黃庭堅（1045～1105）、秦觀（1049～1100）、王之道（1093～1169）以及南宋的劉克莊（1187～1269）李曾伯（1198～1268）、周必大、楊萬里、范成大等做羹詩上的互相參照，這些詩人都曾寫過羹詩，可以互相比較他們的作品來了解羹湯對他們的不同意義；另外也可以討論

到陸游在詩中的療癒之道給後世作品帶來的影響，對於南宋甚至是
更後面的朝代，他在羹詩中體會到的精神解脫有沒有延續下去，這
些都是將來可以研究的主題，期待將來有餘裕可以針對這些做深入
的探討。

參考文獻

一、古代文獻（按照原作朝代排序）

1. （春秋）《十三經注疏 2　詩經》，臺北：藝文印書館，1993 年 9 月。

2. （春秋）馬持盈註譯：《詩經今註今譯》，臺北：台灣商務印書館，1984 年 9 月修訂一版。

3. （春秋）左丘明著：《左傳會箋（上）》，臺北：鳳凰出版社，1974 年 10 月，初版。

4. （春秋）左丘明著：《左傳會箋（下）》，臺北：鳳凰出版社，1974 年 10 月，初版。

5. （春秋）李宗侗註譯：《春秋左傳今註今譯（上）》，臺北：臺灣商務印書館，2009 年 11 月，二版一刷。

6. （春秋）李宗侗註譯：《春秋左傳今註今譯（下冊）》，臺北：臺灣商務印書館，1984 年 10 月六版。

7. （春秋）王弼等著：《老子四種》，臺北：大安出版社，2006 年 2 月，一版三刷。

8. （春秋）陳鼓應註譯：《老子今注今譯及評介》，新北：臺灣商務印書館，2017 年 7 月。

9. （戰國）王孟鷗註譯：《禮記今註今譯（上）》，台灣商務印書館，
   2009 年 11 月二版。

10. 《十三經注疏 3　周禮》，臺北：藝文印書館，1993 年 9 月。

11. （戰國）林尹註譯：《周禮今註今譯》，臺北：臺灣商務印書館，
    1983 年 4 月四版。

12. （戰國）莊子著，陳鼓應註譯：《莊子今注今譯》，台灣商務印書
    館，2018 年 2 月二版四刷。

13. （戰國）莊子著：《莊子集釋》，河洛圖書出版社，1974 年 3 月一
    版。

14. （戰國）屈原著，朱熹撰，黃靈庚點校：《楚辭集注》，上海古籍
    出版社，2019 年 5 月五刷。

15. （漢）許慎著，段玉裁注《說文解字注》，新北：頂淵文化，2008
    年 10 月，初版三刷。

16. （晉）郭璞注，邢昺疏，李學勤主編：《爾雅注疏（下）》台北：
    台灣古籍出版社，2002 年 1 月，出版二刷。

17. （晉）陶潛著，李公煥箋註：《箋註陶淵明集》，臺北：中央圖書
    館，1991 年 2 月。

18. （晉）陶潛著，郭維森、包景誠譯注：《陶淵明集》，臺北：地球
    出版社，1994 年 8 月一版。

19. （北魏）賈思勰著：《百子全書　齊民要術（上）》，黎明文化，1996
    年。

20. （劉宋）劉義慶編，徐震堮著：《世說新語校箋（上冊）》，北京：
    中華書局，1991 年 7 月四刷。

21. （唐）杜甫著，仇兆鰲注：《杜詩詳註》，里仁書局，1980 年 7 月。

22. （唐）杜甫著，張忠綱等注譯：《杜甫詩選》，臺北：三民書局，
    2015 年 6 月，初版三刷。

23. （宋）陸游著，錢仲聯校注：〈示兒〉，《劍南詩稿校注》，上海古
    籍出版社，2005 年 4 月新 1 版。

24. （宋）陸游著：《夏學叢書　陸放翁全集》，河洛圖書出版社，1975年5月初版。

25. （宋）陸游著，李劍雄、劉德權點校：《老學庵筆記》，北京：中華書局，2019年6月第2版第8次印刷。

26. （宋）陸游著，黃立新、劉蘊之編注：《入蜀記約注》，北京：中國文聯出版社，2004年10月初版。

27. （宋）孟元老著，鄧之誠注，楊家駱編：《東京夢華錄》，世界書局，1988年11月三版。

28. （宋）孟元老等著：《東京夢華錄外四種》，臺北：大立出版社，1980年10月。

29. （宋）朱熹撰：《四書章句集注》，高雄：復文圖書出版社，1990年9月初版。

30. （宋）吳曾《能改齋漫錄》，上海古籍出版社，1960年11月。

31. （宋）林洪著：《山家清供》，叢書集成初編本，第1473冊。

32. （元）吳自牧著，周游譯註：《夢梁錄》，二十一世紀出版社，2018年3月。

33. （明）李時珍著：〈果部〉，《新訂本草綱目》，臺南：世一文化，2014年4月。

二、今人著述（按出版時間排序）

1. 陳寅恪著：《唐代政治史述論稿》，商務印書館，1947年2月初版。

2. 藝文印書館編：《二十五史　晉書斠注二》藝文印書館，1972年。

3. 《東坡樂府箋》，臺北：正大印書館，1974年6月。

4. 《全唐詩（一）》，臺南：平平出版社，1974年12月再版。

5. 楊家駱主編：《新校本宋史并附編三種　十五》，鼎文書局，1978年。

6. 楊家駱主編：《新校本宋史并附編三種 十三》，鼎文書局，1978
   年。

7. 傅樂成著：《漢唐史論集》，臺北：聯經出版社，1981 年 6 月。

8. 董皓等編：《欽定全唐文》，北京：中華書局，1983 年。

9. 龔鵬程著：《江西詩社宗派研究》，臺北：文史哲出版社，1983 年
   10 月初版。

10. 錢鍾書著：《新編談藝錄》，中華書局，1984 年。

11. 楊家駱主編：《新校本新唐書附索引 七》，鼎文書局，1987 年。

12. 錢鍾書：《宋詩選注》，北京：人民文學出版社，1989 年。

13. 維克多‧弗蘭克著：《生存的理由 與心靈對話的意義治療學》，
    臺北：遠流出版社，1991 年初版。

14. 王仁湘著：《飲食與中國文化》，北京：人民出版社，1991 年 1 月
    3 刷。

15. 姚瀛艇著：《宋代文化史》，河南大學出版社，1992 年。

16. 陳偉明著：《唐宋飲食文化初探》，北京：中國商業出版社，1993
    年 9 月 1 刷。

17. 楊倫箋注：《杜詩鏡銓》，臺北：華正書局，1993 年 9 月。

18. 林乃燊著：《中國飲食文化》，上海：人民出版社，1995 年 4 月
    3 刷。

19. 孫望、常國武主編：《宋代文學史（下）》，北京：人民文學出版
    社，1996 年 9 月。

20. 王易著：《詞曲史》，臺北：廣文書局，1997 年。

21. 朱瑞熙、張邦煒、劉復生等著：《遼宋金夏社會生活史》，北京：
    中國社會科學出版社，1998 年 8 月初版。

22. 《全宋詩》，北京大學出版社，1998 年 12 月一版。

23. 程民生著：《宋代地域經濟》，河南：河南大學出版社，1999 年
    2 月 3 刷。

24. 張其凡：《宋代史（上）（下）》，澳門：澳亞周刊出版，2004 年 7

月初版。

25. 趙岡著:《中國城市發展史論集》,北京:中國新星出版社,2006年。

26. 陳寅恪著:《金明館叢稿二編》,北京:三聯書店,2009年。

27. 于亭著:《玄應《一切經音義》研究》,中國社會科學出版社,2009年6月。

28. 吉川幸次郎著,鄭清茂譯:《宋詩概說》,臺北:聯經出版社,2012年11月。

29. 徐海榮著:《中國飲食史》卷四,杭州:杭州出版社,2014年。

30. 張瑋儀著:《宋代詩歌之養身與療心》,台南:南一書局,2015年1月初版。

31. 陳彭年等重修,林尹校訂:《新校正切 宋本廣韻》,臺北:黎明文化,2015年10月24刷。

32. 陳華勝著:《一起去看宋朝的活色生香》,北京:新世界出版社,2016年9月初版。

33. 劉海永著:《餐桌上的宋朝》,臺北:時報文化出版,2018年6月初版。

34. 李開周著:《吃一場有趣的宋朝飯局》,臺北:時報文化出版,2018年11月,初版25刷。

35. 劉海永著:《大宋饕客:從早市小攤吃到深夜食堂》,臺北:時報文化出版,2019年11月初版。

36. 徐吉軍著:《宋朝大觀:圖說宋朝三百年衣食住行盛世生活》,聯經出版,2020年1月初版。

三、期刊論文（按發表時間排序）

1. 胡道靜:〈《宋元飲食文化》序〉,《宋元飲食文化》,1989年,頁267。

2. 程民生著:〈汴京文明對南宋杭州的影響〉,《河南大學學報（社會科學版）》,1992年7月第32卷第4期,頁15~19。

3. 吳濤:〈北宋東京的飲食生活〉,《史學月刊》,1994 年第 2 期,頁 22～29。

4. 何小庭:〈中國古代文論中的千古妙喻——以味喻詩〉,《北京聯合大學學報》,1995 年第 2 期,頁 80～87。

5. 邢湘臣:〈漫話宋代廚娘〉,《中洲今古》,1995 年第 4 期,頁 23。

6. 王賽時:〈宋人食粥屑說〉,《四川烹飪》,1995 年第 4 期,頁 18、19。

7. 黃南津:〈「羹」的文化解讀〉,《長沙水電師院社會科學學》,1996 年第 3 期,頁 104～106。

8. 黃金貴、黃鴻初:〈說「羹」〉,《古詞辨析》,1997 年第 6 期,頁 47、48。

9. 鐘金雁:〈宋代兩京飲食業析論〉,《雲南教育學院學報》,1998 年 8 月第 14 卷第 4 期,頁 35～40。

10. 周敏:〈談陸游的養生主張〉,《山西師範大學體育學院學報》,1998 年 12 月第 13 卷第 2 期,頁 119、120。

11. 林正秋:〈宋朝烹飪文化研究與古為今用〉,《商業經濟與管理》,2000 年 7 月第 7 期,頁 46～50。

12. 寧欣:〈由唐入宋都市人口結構及外來、流動人口數量變化淺論——從《北里志》和《東京夢華錄》談起〉,《中國文化研究》,2002 年,頁 71～79。

13. 張清宏:〈宋室南渡後的臨安食尚〉,《華夏文化》,2003 年第 2 期,頁 46、47。

14. 譚鳳娥:〈試論宋代的市民大藝和商業〉,《貴州文史叢刊》,2003 年第 3 期,頁 35～37。

15. 郭英德:〈光風霽月:宋型文學的審美風貌〉,《求索》,2003 年 3 月,頁 174～180。

16. 吳正格:〈孟元老與食都汴京〉,《餐飲世界》,2004 年,頁 40～42。

17. 錦雲：〈東坡魚的由來〉,《中國地名》, 2004 年,頁 27。

18. 田耕宇：〈從唐代長安坊市與北宋汴京街市看商業經濟對俗文
學的影響〉,《西南民族大學學報（人文社科版）》, 2004 年第 10
期,頁 230～235。

19. 侯彥喜：〈宋代飲食文化初探〉,《開封大學學報》, 2004 年 3 月
第 18 卷第 1 期,頁 13～19。

20. 康保苓：〈試述南宋杭州休閒文化的特色〉,《社會科學家》, 2004
年 7 月第 4 期,頁 101～104。

21. 錢建狀、李本紅：〈宋室南渡與文化版圖的重組——以宋代文人
及其文學活動為切入點〉,《江淮論壇》, 2005 年,頁 152～156。

22. 孔潤常：〈兩宋時期的飲饌〉,《上海調味品》, 2005 年第 4 期,
頁 30、31。

23. 姚海英：〈略論南宋臨安的市民生活文化〉,《許昌學院學報》,
2005 年第 24 卷第 3 期,頁 94～97。

24. 黃金貴、胡麗珍著：〈評王力的「羹」、「湯」說〉,《浙江大學學報
（人文社會科學版）》, 2005 年 1 月第 35 卷第 1 期,頁 64～71。

25. 李家樹、黃靈庚：〈宋詩茶文化語詞舉例〉,《古籍整理研究學
刊》, 2005 年 3 月第 2 期,頁 9～15。

26. 郭學信：〈宋代俗文化發展探源〉,《西北師大學報（社會科學
版）》, 2005 年 5 月第 42 卷第 3 期,頁 59～62。

27. 劉方：〈宋型文化：概念、分期與類型特徵〉,《湖州師範學院學
報》, 2005 年 6 月第 27 卷第 3 期,頁 1～6。

28. 王賽時：〈宋人食魚覓蹤〉,《四川烹飪高等專科學校學報》, 2005
年 10 月,頁 9、10。

29. 黃金貴：〈「羹」、「湯」辨考〉,《湖州師範學院學報》, 2005 年 12
月第 27 卷第 6 期,頁 1～7。

30. 吳松弟：〈南宋移民與臨安文化〉,《歷史研究》, 2006 年,頁 35
～50。

31. 呂肖奐：〈錢鍾書的陸遊詩歌研究述略——文學本位研究的範例與啟示〉，《四川大學學報（哲學社會科學版）》，2006 年第 6 期，頁 63～68。

32. 熊海英：〈抹茶、生魚片及河豚〉，《尋根》，2006 年第 1 期，頁 108、109。

33. 邱龐同：〈蟹饌史話（上）〉，《中國飲食文化基金會會訊》，2006 年 2 月，頁 7～9。

34. 徐吉軍著：〈南宋定都杭州與南北文化的融合〉，《杭州通訊》，2006 年 3 月，頁 35、36。

35. 周智武著：〈唐宋南北經濟文化的交流與東南飲食文化的發展〉，《南寧職業技術學院學報》，2007 年第 12 卷第 2 期，頁 7～10。

36. 張春波：〈西湖醋魚〉，《北京水產》，2007 年第 6 期，頁 60。

37. 楊蕤著：〈北宋時期經濟思想的轉型〉，《青海民族學院學報》，〈社會科學版〉，2007 年 4 月第 33 卷第 4 期，頁 110～114。

38. 胡淑貞：〈陸龜蒙賦析論〉，《唐代文化、文學研究及教學國際學術研討會》，2007 年 5 月，頁 1～18。

39. 徐艷萍：〈北宋開封飲食業繁榮及其原因〉，《三門峽職業技術學院學報》，2007 年 6 月第 6 卷第 2 期，頁 45～49。

40. 林蒲田：〈帝王與吃魚（上）〉，《科學養魚》，2007 年 6 月，頁 71、72。

41. 王卓然、梁麗著：〈北宋運河走向與政治、經濟中心轉移〉，《華北水利水電學院學報（社會科學版）》，2007 年 10 月第 23 卷第 5 期，頁 134～136。

42. 周全霞著：〈「湯」、「和」相喻——從飲食發展到社會和諧〉，《西南農業大學學報（社會科學版）》，2008 年 2 月第 6 卷第 1 期，頁 96～100。

43. 王文彬：〈春江水暖話東坡　趣談蘇東坡的食魚佳話〉，《科學養

魚》，2008 年 3 月，頁 73。

44. 劉樸兵：〈試論唐宋飲食美學的發展〉，《農業考古》，2009 年第 4 期，頁 256～266。

45. 胡金佳：〈近十年陸游研究綜述〉，《齊齊哈爾師範高等專科學校學報》，2009 年第 5 期，頁 88～90。

46. 周薇：〈宋元話本與運河都城文化現象研究〉，《社會科學戰線》，2009 年第 12 期，頁 113～120。

47. 馬媛媛：〈從《東京夢華錄》看北宋都城城市旅遊發展狀況〉，《安康學院學報》，2009 年 6 月第 21 卷第 3 期，頁 72～75。

48. 黃嬿婉：〈南宋都城臨安的食品交易市場〉，《歷史長廊》，2009 年 7 月，頁 108～110。

49. 董新、曹東毅：〈位卑未敢忘憂國——陸游詩歌中的愛國情懷探析〉，《濮陽職業技術學院學報》，2009 年 8 月第 24 卷第 4 期，頁 69、70。

50. 袁銘：〈北宋京都的文化夜市〉，《西南民族大學學報（人文社科版）》，2009 年 9 月，頁 220～223。

51. 徐吉軍：〈南宋時期杭城商業文化的形成〉，《史話》，2009 年 9 月，頁 50、51。

52. 劉原池：〈仕與隱之間的矛盾——論陸游的人生困境及其消解之道〉，《中國韻文學刊》，2009 年 12 月第 23 卷第 4 期，頁 21～29。

53. 頤禎：〈宋代飲食：於雅俗間變化〉，《變遷》，2010 年，頁 88、89。

54. 王偉勇：〈兩宋立春、除夕、元旦詞中所見之飲食文化〉，《詩學與詞學》，2010 年 1 月，頁 70～80。

55. 蕭欣浩：〈從飲食詩看蘇軾的貶謫生活〉，《揚州大學烹飪學報》，2010 年 4 月，頁 20～23。

56. 李冬紅：〈宋型文化中詩詞的不同走向〉，《湖州師範學院學報》，

2010 年 6 月第 31 卷第 3 期，頁 1～5。

57. 董德志著：〈略論宋代文化的時代特徵〉，《聊城大學學報（社會科學版）》，2011 年第 2 期，頁 293、294。

58. 梁建國：〈東京夢華：南宋人的開封記憶〉，《國際社會科學雜誌》，2011 年第 4 期，頁 156～166。

59. 林倩凡：〈北宋詩壇上的「俞伯牙與鐘子期」——讀梅堯臣《范饒州坐中客語食河豚魚》及歐陽修對其品評有感〉，《語文學刊》，2011 年第 5 期，頁 136、137。

60. 王宏武著：〈略論唐型文化與宋型文化〉，《甘肅高師學報》，2011 年第 16 卷第 6 期，頁 31～33。

61. 鄭新剛：〈膾食文化論考〉，《語文學刊》，2011 年第 11 期，頁 110、111。

62. 周雲容：〈淺談蘇軾的創新人生——以東坡美食為例〉，《黃岡職業技術學院學報》，2011 年 2 月第 13 卷第 2 期，頁 10～13。

63. 薛芳芸：〈陸游《劍南詩稿》中養生方法的啟示〉，《醫學與哲學（人文社會醫學版）》，2011 年 2 月第 32 卷第 2 期，頁 72、73。

64. 夏寶君、陳培愛著：〈論宋代市民文化的傳播與消費變遷〉，《求索》，2011 年 6 月，頁 249～251。

65. 朱紅玉：〈「羹」的歷時語義流變考〉，《西北工業大學學報（社會科學版）》，2011 年 6 月第 31 卷第 2 期，頁 85～87。

66. 鄭建忠：〈《東京夢華錄》盛極風華原一夢的回憶錄〉，《全國新書資訊月刊》，2011 年 8 月，頁 30～33。

67. 宋立：〈淺論北宋汴京商業市場的管理〉，《開封大學學報》，2011 年 9 月第 25 卷第 3 期，頁 20～22。

68. 郭西梁：〈從《東京夢華錄》中的四種小吃看宋代飲食文化〉，《開封大學學報》，2011 年 12 月第 25 卷第 4 期，頁 12～14。

69. 劉樸兵：〈從飲食文化的差異看唐宋社會變遷〉，《史學月刊》，2012 年第 9 期，頁 50～61。

70. 林長華：〈垂釣賞詩兩雅趣〉,《中國水產》,2012 年第 9 期,頁 80。

71. 包偉民：〈兩宋「城市文化」新論〉,《文史哲》,2012 年第 5 期, 頁 95～107。

72. 楊計國：〈宋代植物油的生產、貿易與在飲食中的應用〉,《中國 農史》,2012 年 2 月,頁 62～71。

73. 劉樹友：〈宋代兩京飲食服務業發展原因及概況〉,《渭南師範學 院學報》,2012 年 3 月第 27 卷第 3 期,頁 120～124。

74. 藺若晨：〈從《入蜀記》看陸游的愛國情結〉,《山西廣播電視大 學學報》,2012 年 6 月第 2 期,頁 86～88。

75. 寸代葉、鄧捷、劉延廣：〈略論宋代飲食中體現的情趣美〉,《歷 史哲學》,2012 年 7 月,頁 109。

76. 邱龐同：〈中國湯類菜肴源流考述〉,《四川烹飪高等專科學校學 報》,2013 年第 4 期,頁 4～12。

77. 馮芸著：〈商人社會流動對宋代社會結構的影響〉,《思想戰線》, 2013 年第 3 期第 39 卷,頁 153、154。

78. 劉方：〈東京夢華的文化記憶與文學想像——作為都市文學敘事 的劉子翬《汴京紀事》〉,《井岡山大學學報(社會科學版)》,2013 年 3 月第 34 卷第 2 期,頁 90～95。

79. 朱瑞熙：〈南宋臨安府的飲食文化〉,《視點‧杭州‧生活品質》, 2013 年 4 月,頁 17～19。

80. 李繼華：〈《談藝錄》與《宋詩選注》對陸游評價之對比〉,《河南 科技學院學報》,2013 年 11 月第 11 期,頁 65～69。

81. 胡璟輝：〈解讀《清明上河圖》對市井風情的表現力〉,《鉤玄藝 術百家》,2014 年,頁 119～120。

82. 牛靜靜：〈由《清明上河圖》探析宋代文化發展與藝術的關係〉, 《藝術空間》,2014 年第 4 期,頁 116。

83. 潘立勇、陸慶祥：〈宮廷奢雅與瓦肆風韻——宋代從皇室到民間

的審美文化與休閒風尚〉,《徐州工程學院學報(社會科學版)》,2014 年 1 月第 29 卷第 1 期,頁 75～80。

84. 饒龍隼:〈宋南渡文化重心偏移東南述論——兼對兩宋政術的歷史省察〉,《文學與文化》,2014 年 8 月,頁 100～106。

85. 田利蘭著:〈論宋代城市經濟發展的時代特徵〉,《文史探源》,2014 年 9 月,頁 114、115。

86. 夏方勝:〈唐代魚類的用途探析〉,《新餘學院學報》,2014 年 12 月第 19 卷第 6 期,頁 109～111。

87. 王利民:〈劉子翬紀事詩考論〉,《文學遺產》,2014 年 12 月,頁 47～55。

88. 張冉冉:〈宋代飲食詩的諧謔意識〉,《安徽文學》,2015 年,頁 18、19。

89. 郭學信:〈宋代市民文化興盛的時代特徵及社會效應探論〉,《廣西社會科學》,2015 年第 6 期,頁 115～118。

90. 程民生:〈論汴京對飲食業歷史的貢獻〉,《中國經濟史研究》,2015 年第 2 期,頁 33～43。

91. 王祖遠:〈吃魚愛恨〉,《悅讀》,2015 年第 17 期,頁 76。

92. 楊春華、汪靜心:〈梅堯臣飲食詩歌初探〉,《四川旅遊學院學報》,2015 年第 1 期,頁 14～16。

93. 朱國良:〈一杯羹湯多文章〉,《悅讀》,2015 年第 13 期,頁 59。

94. 趙炎:〈宋朝人很少吃海鮮〉,《文史博覽》,2015 年第 6 期,頁 59。

95. 許麗、韓旭、吳婷婷:〈南宋時期臨安城的市民生活文化特點研究〉,《以史為鑒》,2015 年 6 月,頁 25、26。

96. 薑新:〈三萬裡天供醉眼,二千年事入悲歌——陸游飲食詩歷史文化意義試論〉,《楚雄師範學院學報》,2015 年 10 月第 30 卷第 10 期,頁 1～10。

97. 林嘯:〈陸游追憶從戎南鄭詩的創作類型〉,《陝西理工學院學報

（社會科學版）》，2015 年 11 月第 33 卷第 4 期，頁 38～42。

98. 范常喜：〈馬王堆漢墓遣冊「甘羹」新釋〉，《中原文物》，2016 年第 5 期，頁 54～57。

99. 週一農：〈「紹祚中興」時的舌尖記憶——從陸游的飲食詩談起〉，《紹興文理學院學報》，2016 年 1 月第 36 卷第 1 期，頁 21～25。

100. 蘇梓齡：〈論蘇軾的「味」文藝批評——兼談宋人飲食譬喻批評風尚〉，《成都師範學院學報》，2016 年 10 月第 32 卷第 4 期，頁 89～93。

101. 王興銘、吳曉威、高長山著：〈陸游養生詩的題材風格研究〉，《古籍整理研究學刊》，2016 年 11 月第 6 期，頁 98～102。

102. 劉麗：〈宋代食風新變與詩歌演進〉，《河南師範大學學報（哲學社會科學版）》，2016 年 11 月第 43 卷第 6 期，頁 147～152。

103. 張君君、朱宏斌：〈宋元時期中外飲食文化交流〉，《檔案春秋》，2016 年 12 月，頁 123～127。

104. 李賽、江權佳暾、袁誠聰等：〈《夢粱錄》所見南宋臨安酒俗文化研究〉，《南寧職業技術學院學報》，2017 年第 22 卷第 1 期，頁 21～25。

105. 楊逸：〈宋代食菰文化初探〉，《地域文化研究》，2017 年第 3 期，頁 80～88。

106. 吳雄心：〈尋找 800 年前的臨安味道〉，《杭州》，2017 年第 22 期，頁 43～45。

107. 許至：〈以羹探政：論古代食物與政治關係〉，《孔子研究》，2017 年第 5 期，頁 42～50。

108. 余敏芳：〈論宋型文化的雅俗變奏〉，《江西社會科學》，2017 年第 10 期，頁 112～118。

109. 韓經太：〈宋型文化人格與唐宋轉型藝境的一體生成〉，《中國文化研究》，2017 年秋之卷，頁 14～31。

110. 曹逸梅：〈中唐至宋代詩歌中的南食書寫與士人心態〉，《文學遺產》，2017 年 8 月，頁 68～77。

111. 勞鴻燕：〈文人治學亦做菜〉，《文學素養》，2017 年 11 月，頁 42、43。

112. 簡聖宇：〈格調與追慕：《宋稗類鈔》所蘊飲食美學思想論析〉，《美食研究》，2018 年，頁 5～10。

113. 楊吉華：〈「宋型文化」：宋詞研究的大歷史觀〉，《湖北社會科學》，2018 年第 11 期，頁 104～111。

114. 王雪艷著：〈論陸游的精神養生法──以詩歌為例〉，《醫苑縱橫現代養生》，2018 年 2 月，頁 249、250。

115. 羅旭著：〈《嶺表錄異》與晚唐嶺南飲食民俗〉，《廣西民族師範學院學報》，2018 年 4 月第 35 卷第 2 期，頁 19～21。

116. 吳洋洋：〈花饌與宋代文人的尚「清」趣味〉，《學術交流》，2018 年 7 月第 7 期，頁 181～186。

117. 江津津、林金鶯、董蕾、黃利華著：〈淺談嶺南飲食文化中的養生智慧〉，《廣州城市職業學院學報》，2018 年 9 月第 12 卷第 3 期，頁 13～16。

118. 李妮庭：〈詩人的地方意識──以陸游的山陰經驗為例〉，《國立彰化師範大學（文學院學報）》，第十八期，2018 年 9 月初版一刷，頁 35～58。

119. 陳軍：〈論人口因素在兩宋「城市化」轉型中的作用〉，《安徽工程大學學報》，2018 年 12 月第 33 卷第 16 期，頁 34～37。

120. 紀欽：〈宋代筆記中的甜點探析〉，《文化研究》，2018 年 12 月，頁 109、110。

121. 王雪艷：〈陸游詩歌中的養生方法探究〉，《和田師範專科學校學報》，2018 年 12 月第 37 卷第 6 期，頁 96～99。

122. 閻成：〈北宋時期東京城的市井飲食探究──以《東京夢華錄》記載為主〉，《中國民族博覽》，2019 年第 3 期，頁 104、105。

123. 黃新生：〈詩詞中的養生之道〉，《人民週刊》，2019 年第 3 期，頁 74、75。

124. 郭浩健：〈論唐宋隱逸文學與隱逸文化之關係〉，《齊齊哈爾師範高等專科學校學報》，2019 年第 6 期，頁 33～35。

125. 廖蕾霜、楊曦穎、鄧莉文：〈宋代審美現象的雅俗通融影響因素研究〉，《家具與室內裝飾》，2019 年第 7 期，頁 11～13。

126. 劉凱綺、宋娟：〈論《游宦紀聞》中南宋人的生活〉，《名作欣賞》，2019 年第 30 期，頁 44、45。

127. 楊帆：〈陸游詩詞裡的飲食哲學〉，《北方文學》，2019 年第 36 期，頁 41～45。

128. 劉潯、賴曉君：〈從唐宋論蟹詩歌看宋代蟹文化審美趨向〉，《美食研究》，2019 年第 36 期，頁 18～22。

129. 師樂天：〈分析陸游的時代背景與愛國思想〉，《中華辭賦》，2019 年 6 月第 6 期，頁 258。

130. 淵汾：〈花口碗：宋人的飲食雅趣〉，《收藏》，2020 年第 6 期，頁 18、19。

131. 彭嘉琪：〈簡談宋代麵點特色——以兩宋京城為中心〉，《湘南學院學報》，2020 年 8 月第 41 卷第 4 期，頁 38～41。

132. 莫礪鋒：〈獨特視角下的滄桑巨變——讀劉子翬《汴京紀事》〉，《文史知識》，2020 年 9 月，頁 42～45。

133. 丁潔、黃亞玲：〈兩宋都市民間體育結社的歷史社會學考察〉，《體育成人教育學刊》，2020 年 12 月第 36 卷第 6 期，頁 82～87。

134. 穎子：〈陸游與他的「養生詩」〉，《走進四季人居》，頁 70。

135. 穎子：〈養生之法入詩行〉，《四季養生》，頁 37。

136. 王永婷：〈醣＆糖大不同〉，《長庚醫訊》，第 36 卷第 8 期，頁 29、30。

137. 宋馥李：〈汴京的「街巷經濟」與百年繁華〉，《鏡像》，頁 70～75。

138. 林蒲田：〈蘇軾吃魚趣聞多〉，婁底職業技術學院，頁 269、270。

139. 曹亞瑟：〈宋嫂魚羹〉，《隨筆·專欄·倚馬迷思》。

四、學位論文（按發表時間排序）

1. 陳偉明著：《唐宋飲食文化初探》，北京：中國商業出版社，1993
   年 9 月初版。

2. 王文成：《兩宋白銀貨幣化研究》，雲南大學專門史博士學位論
   文，2000 年 11 月。

3. 劉靜：《周密研究》，四川大學中國古代文學博士學位論文，2005
   年 3 月。

4. 陸愛勇：《宋代城市人口管理探析》，山東大學中國古代史碩士
   學位論文，2005 年 5 月。

5. 胡艷紅：《百種宋人筆記所見飲食文化史料輯考》，華東師範大
   學中國典籍與傳統文化研究碩士學位論文，2006 年 4 月。

6. 劉樸兵：《唐宋飲食文化比較研究——以中原地區為考察中心》，
   華中師範大學專門史博士學位論文，2007 年 5 月。

7. 宋立：《唐宋時期國都商業市場比較研究——以長安和汴京為
   例》，陝西師範大學專門史碩士學位論文，2007 年 5 月。

8. 劉方：《宋代兩京都市文化與文學生產》，上海師範大學中國古
   代文學與文化研究博士學位論文，2008 年 4 月。

9. 謝婧：《唐宋「禁令」研究——以婚姻、飲食、服飾「禁令」為
   例》，四川師範大學中國古代史碩士學位論文，2010 年 4 月。

10. 汪育正：《從《劍南詩稿》論陸游的飲食生活》，東吳大學歷史學
    系碩士論文，2011 年 6 月。

11. 蔡淑月：《南宋四家詩與宋型文化關係之研究》，彰化師範大學
    國文研究所博士論文，2011 年 6 月。

12. 劉鳳娟著：《兩宋經營從商者經營策略研究》，鄭州大學歷史學
    碩士學位論文，2012 年 5 月。

13. 郭彥龍：《《老學庵筆記》研究》，廣西大學中國古典文獻學碩士學位論文，2012 年 5 月。

14. 田建平：《宋代書籍出版史研究》，河北大學歷史學博士學位論文，2012 年 6 月。

15. 林艷輝：《宋詩中的養生觀》，河北大學歷史學碩士學位論文，2012 年 6 月。

16. 何欣隆著：《北宋文人飲食文化——以梅堯臣詩文為例》，東吳大學歷史系碩士學位論文，2013 年 7 月。

17. 詹明珠：《陸游政治思想研究》，華梵大學東方人文思想研究所碩士學位論文，2014 年 3 月。

18. 白金花：《陸游詩歌的地域文化研究——以紹興、漢中為中心》，陝西理工學院中國古代文學碩士學位論文，2014 年 5 月。

19. 張冉冉：《中唐至北束詩歌中的食物書寫》，浙江工業大學中國古代文學碩士學位論文，2014 年 12 月。

20. 王宏芹著：《晚年陸游的日常生活與詩歌創作——幾個側面的研究》，華中師範大學古代文學碩士學位論文，2015 年 4 月。

21. 傅及光著：《唐代飲食文化研究》，國立中山大學中國文學系博士論文，2015 年 6 月。

22. 魏美強：《論唐宋都城坊市制的崩潰》，南京大學考古學及博物館學碩士學位論文，2016 年 5 月。

23. 宋玉莉著：《唐宋詩詞中養生作品研究》，延邊大學文學碩士學位論文，2016 年 5 月 15 日。

24. 周雅心：《陸游蜀中山水詩研究》，中海大學中國文學系碩士在職專班學位論文，2016 年 6 月。

25. 溫雪茹：《陸游詩歌中的飲食書寫》，廈門大學中國古代文學碩士學位論文，2017 年。

26. 劉麗：《宋代飲食詩研究》，浙江大學中國古代文學博士學位論文，2017 年 2 月。

27. 蝴蝶：《宋代膏油研究》，河南大學專門史碩士學位論文，2017 年6 月。

28. 薑玲：《陸游飲茶詩研究》，佛光大學中國文學與應用學系碩士論文，2017 年6 月。

29. 林建安著：《北宋中後期士人宦遊飲食生活》，東吳大學歷史學系碩士班論文，2017 年9 月。

30. 劉夢娜：《宋代飲食文化的考古學考察》，鄭州大學考古學碩士學位論文，2018 年5 月。

31. 耿方方：《兩宋都城歲時節日民俗的傳承與流變——以《東京夢華錄》和《夢梁錄》為中心》，青島大學中國史學術碩士學位論文，2018 年5 月。

32. 林璐璐：《從《太平廣記》《夷堅志》看唐宋城市生活》，雲南大學專門史碩士學位論文，2018 年5 月。

33. 肖春蘭著：《陸游飲食詩歌研究》，廣西師範大學中國語言文學碩士學位論文，2018 年6 月。

34. 邱飛飛著：《宋代調料研究》，河北大學歷史學碩士學位論文，2018 年6 月。

35. 孫劉偉著：《北宋東京飲食文化研究》，鄭州大學中國古代史博士學位論文，2019 年5 月。

36. 李文月：《陸游詩歌的回憶書寫》，山東師範大學中國古代文學碩士學位論文，2019 年6 月。

37. 張雪菲著：《陸游飲食詩「以俗為雅」的審美趣味研究》，長安大學美學碩士學位論文，2019 年6 月。

38. 王英傑：《陸游詩歌日常化書寫》，山東師範大學中國古代文學碩士學位論文，2020 年5 月。

39. 許欣悅：《南宋風物志《錦繡萬花谷》宋人世俗探源》，南京藝術學院中國設計藝術史與文獻研究博士學位論文，2020 年7 月。

五、電子資源（按筆畫順序排序）

1. 中研院營養資訊網，資料來源：中研營養資訊網
   https://www.ibms.sinica.edu.tw/health/howeatsix.html。

2. 〈如何評價陸游〉，資料來源：
   https://www.zhihu.com/question/56067840/answer/149427515。

3. 國立臺灣師範大學出版中心編輯電子書，台北：師大出版中心。

4. 國民健康署：〈國健署公布 107 年最新版「每日飲食指南」提倡均
   衡飲食更健康〉，https://www.mohw.gov.tw/cp-16-40152-1.html。

5. 國家教育研究院，資料來源：
   https://terms.naer.edu.tw/detail/1685067/?index=8。

6. 教育部重編國語辭典修訂本：
   http://dict.revised.moe.edu.tw/cbdic/。

7. 欽定四庫全書，原書來源：浙江大學圖書館，資料來源：
   https://ctext.org/library.pl?if=gb&collection=4。

附錄：陸游生平年表與羹詩統計

西元	年　代	歲數	經　歷	羹　詩
1125	宋徽宗宣和七年	1	十月十七日，陸游出生	
1126	宋欽宗靖康元年	2	由榮陽搬至壽春	
1127	宋欽宗靖康二年 宋高宗建炎元年	3	歸山陰	
1129	建炎三年	5	識張浚	
1130	建炎四年	6	搬至東陽避亂	
1133	紹興三年	9	由東陽歸山陰	
1134	紹興四年	10	從韓有功及從父彥遠讀	
1136	紹興六年	12	已能詩文，以門蔭補登仕郎	
1139	紹興九年	15	李光罷官歸山陰，常訪陸游之父陸宰，言秦檜誤國	
1140	紹興十年	16	至臨安應試	
1142	紹興十二年	18	與愛國詩人曾幾同遊，《劍南詩稿》存詩於本年	

1143	紹興十三年	19	至臨安應試	
1144	紹興十四年	20	與唐琬結婚，不久被迫離婚	
1145	紹興十五年	21	在山陰	
1147	紹興十七年	23	與王氏結婚	
1148	紹興十八年	24	自剡縣往游天台 長子誕生 父卒	
1150	紹興二十年	26	次子誕生	
1151	紹興二十一年	27	三子誕生	
1153	紹興二十三年	29	赴鎖廳試，得第一	
1154	紹興二十四年	30	赴禮部試，以論恢復語觸秦檜，為秦檜所黜落 歸山陰，居雲門山草堂兩年，讀兵書	
1155	紹興二十五年	31	游沈園，與前妻唐琬相遇	
1156	紹興二十六年	32	四子誕生	
1158	紹興二十八年	34	始出仕，為福州寧德縣主簿 取道永嘉、瑞安、平陽	
1159	紹興二十九年	35	調官福州決曹	
1160	紹興三十年	36	自福州歸，取道永嘉、括蒼、東陽 至臨安，任敕令所刪定官	
1161	紹興三十一年	37	七月，以敕令所刪定官為大理司直 十月，以敕令所罷，返山陰 冬，再入都為史官	

1162	紹興三十二年	38	九月，任樞密院編修官兼編類聖政所檢討官，同官有范成大、周必大等 以史浩、黃祖舜薦，受召見，賜進士出身	
1163	宋孝宗隆興元年	39	力圖北伐 與張燾論龍大淵等結黨營私之事，觸怒孝宗 五月，被出為鎮江府通判，先返山陰	〈晨起偶題〉
1164	隆興二年	40	二月，到鎮江通判任 張浚過鎮江，游往謁	
1165	乾道元年	41	改任通判隆興軍事，取道建康	
1166	乾道二年	42	五子誕生 言官論游「交結台諫，鼓唱是非，力說張浚用兵」罷歸 歸途經玉山，五月返至山陰 始定居三山	
1167	乾道三年	43		〈統分稻晚歸二首 其一〉
1169	乾道五年	45	十二月，以左奉議郎為通判夔州軍州事，久病本年未啟程	
1170	乾道六年	46	閏五月，自山陰至夔州，取道臨安、秀州、蘇州、常州至鎮江，溯江西上，經建康、江州、黃州、武昌、荊州、巴東，十月至夔州 成《入蜀記》六卷	〈黃牛峽廟〉
1171	乾道七年	47	在夔州通判任 四月，為州考監試官	〈遣興〉 〈玉笈齋書事二首 其二〉

1172	乾道八年	48	四川宣撫使王炎召游為權四川宣撫使司幹辦公事兼檢法官 正月，取道萬州、梁山軍、鄰水、岳池、果州、廣元、寧強、西縣，三月抵王炎幕府任職 時南鄭王炎準備收復長安，陸游積極參加備戰，半年中在南鄭與抗金前線不斷往返參與渭水強渡及大散關遭遇戰 秋，因公至閬中，十月回南鄭，王炎幕府已散，調成都撫路安撫司參議官 十一月，自南鄭取道劍門關、武連、綿州、羅江、漢州，歲末抵成都	
1173	乾道九年	49	春，權通判蜀州事 夏，攝知嘉州事	
1174	淳熙元年	50	春，離嘉州，返蜀州任 冬，攝知榮州事 六子誕生	〈初到榮州〉 〈宿彭山縣通津驛大風鄰園多喬木終夜有聲〉
1175	淳熙二年	51	正月，離榮州任，赴成都，成都撫路安撫司參議官兼四川制置使司參議官 六月，有新都、漢州、金堂之行	〈書懷〉 〈成都書事二首　其一〉
1176	淳熙三年	52	六月，免官，奉祠，主管台州桐柏山崇道觀 九月，有知嘉州新命，未到任，以臣僚言其	〈飯保福〉

			代知嘉州時宴飲頹放，罷新命，改為主管台州桐柏山崇道觀，因自號放翁	
1177	淳熙四年	53	在成都奉祠 六月，范成大還朝，游送之至眉州 八月，游邛州 九月，往漢州	
1178	淳熙五年	54	奉召還朝，二月離成都，取道眉州、青神、敘州，沿江東下，經瀘州、合江、酆都、忠州、萬州、荊州、武昌、黃州、九江、建康、常州，秋抵臨安 召對，除提舉福建常平茶鹽公事，暫歸山陰 冬季赴任，取道諸暨、衢州、江山、仙霞嶺、浦城，抵建安任所 幼子誕生	〈贈楓橋化城院老僧〉 〈南烹〉
1179	淳熙六年	55	秋，奉召赴臨安，取道建陽、玉山、衢州，奏起奉祠 改提舉江南西路常平茶鹽公事，取道上饒、弋陽，十二月至撫州任所	〈芒屨〉 〈長歌行〉
1180	淳熙七年	56	十一月，奉召回臨安行至桐廬，泛江而東，為給事中趙汝愚所彈劾，遂歸山陰	〈觀蔬圃〉
1181	淳熙八年	57	在山陰，三月，有提舉淮南東路常平茶鹽公事，因臣僚之言而罷	〈正月二十八日大雪過若耶溪至雲門山中〉 〈幽居〉 〈村居酒熟偶無肉食煮菜

1182	淳熙九年	58	五月奉祠，主管成都府玉局觀	〈讀書〉
				羹飲酒〉 〈蔬園雜詠五首　其三蔥〉 〈十月旦日至近村〉

1182	淳熙九年	58	五月奉祠，主管成都府玉局觀	〈讀書〉
1183	淳熙十年	59		〈樊江晚泊〉 〈冬夜讀書甚樂偶作短歌〉
1184	淳熙十一年	60		〈歲暮〉 〈冬夜與溥庵主說川食戲作〉 〈冬夜與溥庵主說川食戲作〉
1185	淳熙十二年	61		〈豐年行〉
1186	淳熙十三年	62	春，有知嚴州之命赴臨安，入見孝宗，孝宗告以莫談國政和抗金問題 暮春返山陰 七月，到嚴州任	〈思蜀〉 〈春遊至樊江戲示坐客〉
1187	淳熙十四年	63	在嚴州任所 《劍南詩稿》二十卷成	〈感寓〉
1188	淳熙十五年	64	嚴州任滿，返山陰 冬，除軍器少監，至臨安	〈閉閣〉 〈有懷青城霧中道友〉 〈釣臺見送客罷還舟熟睡至覺度寺〉
1189	淳熙十六年	65	正月，除禮部郎中 四月，兼膳部 七月，兼實錄院檢討官 十一月，被彈劾罷官，此後十三年，在山陰家居	〈野饋〉
1190	淳熙十七年 紹熙元年	66	冬，奉祠，提舉建寧府武夷山冲祐觀 五子卒	〈山居食每不肉戲作〉 〈秋晚弊廬小葺一室過冬欣然有作〉

1191	紹熙二年	67		〈晚春感事四首　其二〉 〈甜羹〉 〈甜羹之法以菘菜山藥芋萊菔雜為之不施醯醬山庖珍烹也戲作一絕〉 〈晨興〉
1192	紹熙三年	68	封山陰縣開國男	〈黃祊小店野飯示子坦子聿〉 〈次韵范參政書懷十首　其一〉 〈夜與兒子出門閑步〉 〈秋雨初晴有感〉 〈初冬〉
1193	紹熙四年	69		〈題齋壁〉 〈雪中作〉
1194	紹熙五年	70		〈薄醉遣懷〉 〈園蔬薦村酒戲作〉 〈早行〉 〈秋晴每至園中輒抵暮戲示兒子〉 〈寄徐秀才斯遠并呈莊賢良器之〉
1195	慶元元年	71		〈上巳書事〉
1196	慶元二年	72	朱熹不肯為陸游作〈老學齋銘〉	〈復罷祠祿示兒子〉
1197	慶元三年	73	妻王氏卒	〈龜堂東窗戲弄筆墨偶得絕句五首　其一〉
1198	慶元四年	74	奉祠歲滿，不復請	〈東西家〉 〈三山卜居今三十有三年矣屋陋甚而地有餘數世之後當自成一村今日病少間作詩以示後人二首　其一〉 〈祠祿滿不敢復請作口號三首　其一〉 〈戲詠山家食品〉 〈午飯二首　其一〉

1199	慶元五年	75	七月，致仕，為文繫銜，稱中大夫、直文華閣	〈戲作貧詩二首 其二〉 〈致仕後即事十五首 其六〉 〈望霽〉 〈絕祿以來衣食愈不繼小兒力圖之殊未有涯予謂不若痛節用爾示以此詩〉 〈東堂睡起〉 〈薪米偶不繼戲書〉 〈居室甚隘而藏書頗富率終日不出戶二首 其二〉 〈冬初薄霜病軀益健欣然有賦〉 〈冬夜讀書示子聿八首 其六〉 〈冬夜讀書示子聿八首 其八〉
1200	慶元六年	76		〈飯罷戲示鄰曲〉 〈東園小飲四首 其三〉 〈養生〉 〈獨夜〉 〈對酒〉 〈述懷〉 〈十月八日九日連夕雷雨〉 〈初晴〉 〈新晴出門閑步〉
1201	嘉泰元年	77		〈平昔〉 〈晚興二首 其一〉 〈儒生〉 〈省事〉 〈寓言三首 其三〉 〈弊廬〉 〈養生〉 〈晚興〉 〈歲暮雜感四首 其三〉
1202	嘉泰二年	78	五月，寧宗召陸游以原官提舉祐神觀兼實錄院同修撰兼同修國史	〈北窗懷友〉 〈村居書事二首 其一〉 〈雪後龜堂獨坐四首 其一〉

			六月，至臨安 十二月，除秘書監	〈雪後龜堂獨坐四首　其三〉 〈夏夜〉 〈暇日〉
1203	嘉泰三年	79	正月，任寶謨閣待制 四月，修史成，請致仕 除提舉江州太平興國宮，五月歸山陰	〈對食〉 〈筑舍〉 〈幽興〉 〈飯飽晝臥戲作短歌〉 〈連陰欲雪排悶〉 〈示諸孫〉 〈庵中雜書四首　其二〉
1204	嘉泰四年	80	為文繫銜，稱太中大夫、充寶謨閣待制、致仕、山陰縣開國子領半俸	〈送子虞吳門之行〉 〈老甚自詠二首　其一〉 〈野步至近村〉 〈新堂〉 〈秋雨〉 〈書懷〉 〈野興四首　其三〉 〈甲子秋八月偶思出遊往往累日不能歸或遠至傍縣凡得絕句十有二首雜錄入稿中亦不復詮次也　其七〉 〈過鄰家〉 〈菜羹〉 〈即事二首　其二〉 〈書喜二首　其一〉
1205	開禧元年	81		〈自詠絕句八首　其六〉 〈石帆夏日二首　其二〉 〈老鰥〉 〈寄十二姪〉 〈漁父二首　其一〉 〈寓嘆〉 〈幽興〉 〈初冬絕句二首　其一〉 〈養疾〉
1206	開禧二年	82	封渭南縣開國伯 幼子編《劍南詩續稿》成，共四十八卷	〈新晴二首　其二〉 〈悲歌行〉 〈雜興五首　其一〉

				〈雜興五首　其二〉 〈庵中紀事用前輩韵〉 〈秋興十二首　其八〉 〈飯後自嘲〉 〈宿村舍〉
1207	開禧三年	83		〈春遊〉 〈考古〉 〈閑遊所至少留得長句五首　其四〉 〈初秋即事二首　其二〉 〈秋來苦貧戲作〉 〈題尊信齋〉 〈新秋往來湖山間四首其一〉 〈小市暮歸〉 〈小圃醉中作〉 〈村翁〉 〈霜夜二首　其二〉 〈梅市暮歸〉 〈食薺糝甚美蓋蜀人所謂東坡羹也〉
1208	嘉定元年	84	二月，寶謨閣待制半俸被剝奪，本年為文，都無繫銜，蓋已被劾落職	〈春雨〉 〈遯迹〉 〈農家〉 〈秋日次前輩新年韵五首其三〉 〈讀近人詩〉 〈村舍七首　其七〉 〈秋思四首　其三〉 〈道上見村民聚飲〉 〈招鄰父啜菜羹〉
1209	嘉定二年	85	立秋後，得膈上疾，近寒露，稍癒 十月底又病倒 十二月二十九日 （1210年1月26日）逝世，葬會稽五雲鄉	〈出遊二首　其一〉 〈肩輿歷湖桑堰東西過陳灣至陳讓堰小市抵暮乃歸二首　其一〉 〈夜窗〉 〈衰甚書感〉 〈放言〉 〈短歌行〉

				〈術家言予今歲畏四孟月而秋尤甚自初秋小疾屢作戲題長句〉 〈病小減復作三首　其一〉 〈臥病雜題五首　其五〉 〈病中臥聞春聲二首　其一〉 〈病中遣懷六首　其五〉 〈秋夕排悶十韻〉 〈病中雜詠十首　其四〉

（參考自《劍南詩稿校注》，頁 4609～4634）